풍수 ④

나남
nanam

김 종 록 (金鍾祿)
1963년 운장산에서 나서 마이산과 전주에서 성장했다.
전북대 국문학과와 성균관대 한국철학과 대학원을 마쳤으며
청오 지창룡 박사에게 풍수사상을, 동원 남탁우 선생에게
《주역》을 배웠다. 한국인의 얼을 소설화하는 데 주력한 작가는
이 소설을 쓰기 위해 백두산에서 한라산까지는 물론,
만주벌판, 알타이, 홍안령, 바이칼, 히말라야, 카일라스, 세도나 등을
장기간 여행했고, 동서양 고전과 천문학, 물리학을 공부했다.
저서로《바이칼》,《장영실은 하늘을 보았다》,《내 안의 우주목》등
다수가 있다.

김종록 소설 풍수 4

2006년 8월 25일 발행
2006년 8월 25일 1쇄

저자 … 김종록
발행자 … 趙相浩
발행처 … (주)나남출판
주소 … 413-756 경기도 파주시 교하읍
        출판도시 518-4
전화 … 031) 955-4600(代)
FAX … 031) 955-4555
등록 … 제 1-71호(79.5.12)
홈페이지 … www.nanam.net
전자우편 … post@nanam.net

ISBN 89-300-0580-2
ISBN 89-300-0576-4 (전5권)

책값은 뒤표지에 있습니다.

김종록 소설
풍수 ④ 춤추는 용

나남
nanam

차례

풍수 ❹
춤추는 용

13. 인연풀이 … 9

반상의 개념이 무너지고 토지가 일본인에게 넘어간 세상, 조영수는 난세에 신분을 상승시키고 재물을 모으기 위해 고단하게 몸과 머리를 굴린다. 한편, 득량은 이숙영과 서둘러 혼인하고 하지인은 그리움을 가슴에 묻는데…. 엇갈린 인연과는 별개로 득량은 스승과 호남땅을 답사하다 스승에게서 '우규'라는 호를 받는다. 바람을 타고 드높은 구름길에 오른 기러기의 아름다운 비상을 어느 누가 어지럽힐 것인가.

14. 다시 떠도는 바람결에 … 60

조영수의 놀라운 변신! 서울에 입성한 조영수는 엿장수 노릇을 하며 헐값에 골동품을 수집하고 이것을 비싼 값에 되파는 골동품 수집상이 된다. 득량은 다시 길을 나선다. 이하응은 하늘이 이제껏 누구도 허락하지 않던 천하대명당에 아버지의 묘를 써서 아들을 왕으로 만든다. 풍수에 담긴 욕망의 끝은 어디인가.

15. 조 풍수 집안의 훈풍 … 119

정말 명당바람이 부는 것일까, 그날이 오는 것일까. 골동품 사업을 하는 조영수의 집에 돈이 쌓이더 승승장구한다. 그러나 구한말 뱁새둥지 같은 우리 땅의 슬픔을 온돋으로 느끼며 미래를 걱정하는 태을과 득량이 있었으니‥.

16. 그리운 저 만주벌판 … 189

골동품 사업으로 돈을 번 조영수는 이제 땅장사로 눈을 돌린다. 명당바람을 타고 부자가 된 그에게 새로운 사랑이 찾아오고…. 태을과 득량은 일본의 풍수탄압으로 허리가 끊긴 호랑이 형국의 산하에 가슴 아파한다.

17. 스승을 길에 묻고 … 229

태을은 득량과 함께 서둘러 자하도인을 만나고 자하도인은 학의 다리뼈로 만든 피리를 득량에게 건네고 선화한다. 기나긴 풍수답사를 마친 태을은 임진강에서 하염없이 눈물을 쏟은 후 숨을 거두는데….

풍수 제5권 인간의 대지

18. 집단무의식의 원형질
강 박사는 죽은 윤서가 남긴 파일을 정리한다. 그 속은 세속도시와 대자연 사이에 낙원을 세우려는 계획과 빛나는 아포리즘으로 채워져 있는데…. 9·11테러를 계기로 영적 세계에 눈을 뜬 미국인 억만장자 앨빈이 한국에 세우려는 이상향이 점점 실체를 드러낸다.

19. 혼자 가는 길
스승을 묻은 득량은 상실감을 뒤로한 채 공부를 시작한다. 비밀의 문을 열려고 애쓰는 구도자의 고독은 더해만 가고, 가문을 뒤흔들고 자신을 풍수의 길로 이끈 무안 승달산의 호승예불혈 정혈을 찾는 것은 쉽지 않은데….

20. 풍운의 땅
태을이 죽은 지 10년 후, 득량은 자배기에 담긴 별로 영성을 체험하며 정진하다 백두산에 올라 운명처럼 하지인을 만난다. 한편; 조영수는 아내와 자식이 있음을 속이고 최민숙과 결혼해 달콤한 생활에 젖지만….

21. 불멸의 혼
해방, 조선의 산하는 다시 일어선다. 산에서 떨어져 죽을 뻔한 득량을 조 풍수의 큰아들 조민수가 구해줘 정씨가문과 조씨가문의 긴 악연을 마무리한다. 한편 득량이 제자로 받아들인 지청오는 동작동의 국립묘지 터를 잡으면서 국사가 된다. 지청오는 이승만과 박정희와의 인연을 어떻게 풀어갈 것인가.

22. 천하명당은 어디에
앨빈과 정한수, 강 박사는 정득량 재단을 설립하고 이상향을 구체화한다. 정치나 이념, 종교, 가족을 넘어선 세계정신과 우주정신이 서린 공간, 세계평화도시로서의 이상향은 실현될까? 정득량의 삶과 사상을 체득한 세 사람의 인생은 크게 변하는데….

풍수의 등장인물

···**진태을** 구한말 전설적 풍수. 묘를 파보지 않아도 땅속의 조화를 알고, 순간순간 내뱉는 말들은 그대로 예언이 된다. 정도령의 출현을 믿는 정 참판의 무안 승달산 호승예불혈 사건을 계기로 정득량을 제자로 맞은 후 바람의 얼굴과 물의 마음을 찾아 풍수답사를 떠나 우리 강산 곳곳에서 동기감응의 한국적 체험을 같이한다.

···**정 참판** 자신의 후손 가운데 왕이 나기를 바라는 마음으로 천하대명당을 찾는 야심가. 수십 년의 노력 덕분에 명풍수 미후랑인이 남긴 천하대명당 무안 승달산 호승예불혈의 지도가 그의 손에 들어온다.

···**정득량** 정 참판의 둘째 손자로 경성제국대 법학부에 재학중인 수재. 정 참판이 묻힌 천하대명당 때문에 미치광이가 된다. 전설적 풍수 진태을이 명당에 얽힌 계략을 밝혀낸 후 그를 스승으로 모신다. 풍수의 삶을 시작한 우리의 주인공 득량은 바람의 얼굴과 물의 마음을 보기 위해 고군분투하는데···

···**조판기** 정 참판댁 풍수였으나 천하대명당에 눈이 멀어 군왕지지를 훔친다. 결국 초주검이 되어 쫓겨났으나 아무도 모르는 또 하나의 비밀을 명당에 묻어놓고 조씨 집안에 훈풍이 불기를 기다린다.

···**조영수** 명당도둑 조판기의 둘째 아들. 구한말과 6·25 등 난세에 풍수를 이용해 날이 갈수록 부를 축적한다. 훔친 명당의 바람 때문일까? 철저히 은자로 살다 간 득량과 완벽한 대조를 이루며 소설《풍수》의 또 다른 중심축이 된다.

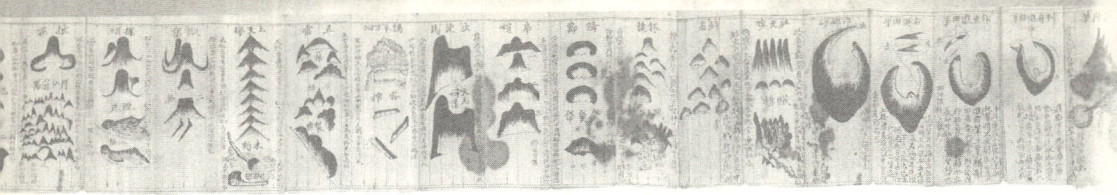

　하 지 인　정득량을 사랑하지만 태을의 반대로 이어지지 못하고 평생 그리움을 안고 사는 신여성. 그녀가 키우는 아들 하득중은 과연 득량에게 이르는 무지개 돌다리가 될까?

　지 청 오　은자의 삶을 택한 득량을 대신해 현대의 국사가 된다. 국립묘지의 터를 잡고, 청계천 복개공사를 반대하며, 이승만, 박정희 대통령을 비롯한 역대 정치인과 삼성가 등 재계인사들의 묘를 소점한 실존인물로 이야기에 생동감을 더한다.

　정 윤 서　정득량의 증손자로 미국 유학중 바다에서 자살하는 사람을 구하려다 젊은 나이에 생을 마감한 비운의 청년. 그가 남긴 파일에는 낙원은 없다고 단언하고 세속도시와 대자연 사이에 낙원을 세우려는 계획이 담겨 있는데….

　앨　빈　뉴욕의 성자라 불리는 억만장자. 9·11테러를 온몸으로 겪은 후 인위적인 고통이 없는 이상향, 무릉도원을 꿈꾼다. 정치나 각종 종교로부터 중립적이고 진화된 영혼만으로 구성된 마을이 죽은 윤서가 남긴 파일과 강 박사, 윤서의 아버지 정 교수의 도움으로 현실화된다.

　강 박 사　죽은 정득량이 남긴 자료를 바탕으로 그의 삶을 복원하는 이 소설의 화자격인 인물. 명풍수 진태을의 외손자이자 동양철학 박사다.

13
인연풀이

혼 례

득량이 본가에 모습을 드러낸 건 결혼식 날을 불과 일주일 앞두고서였다. 봄볕에 그을른 얼굴은 까맸다. 그간 몇 차례 전화를 넣었기 때문에 식구들은 큰 걱정이 없었다. 하긴 천하의 진태을과 함께 떠난 답사 길이었다.

집안도 모두 평안했다. 득량은 사당에 가서 주과포를 진설하고 조상께 고유(告由)했다. 저간의 여로를 무탈하게 마치고 귀가했음을 조상께 고하는 의식이었다.

진태을은 사랑채에서 묵었다. 여독을 풀며 쉬다가 대례 집례를 해야 했다.

복잡한 혼례절차는 이미 끝났고 이제 남은 건 신랑이 신부를 맞아오는 친영(親迎)과 대례였다. 대례는 신랑집에 돌아와 올리고 그날 밤

신방을 차리게 되었다. 혼례는 육례(六禮) 가운데 하나였다. 육례란 관혼상제(冠婚喪祭)와 향례·상견례 등 여섯 가지 생활예절을 말했다. 관혼상제가 사람이 장성하고 혼인하여 살다가 죽으면 제사하는 가례(家禮), 곧 가정의 예법이라면 향례와 상견례는 공례(公禮)였다. 예는 실생활에서 하루도 빼놓을 수 없는 실용철학이다. 그 근본은 사람의 정에서 나왔는데 격식이 따르므로 까다로웠다. 때문에 본말이 전도되어 불편을 초래하기도 한다. 《주례(周禮)》나 《예기(禮記)》, 《주자가례(朱子家禮)》에 근거하여 형식을 따지다가 정치 세력싸움으로까지 번지기도 했으니, 그것이 예송논쟁(禮訟論爭)이었다. 그 중심을 잡아 문질빈빈(文質彬彬, 형식과 내용이 잘 조화를 이룸)하기가 쉽지 않다.

"얘야, 이제 너도 곧 어른이 되는구나. 결혼이란 양가가 서로 기울지 않는 지체여야 가능하다. 혼반(婚班)이라는 말이 그래서 나왔다. 혼인으로 인연 맺을 만한 양반집이라는 뜻이겠지. 여러 복잡한 얘기들이 많다만 너에게 한 가지만 일러주고 싶구나."

태을이 사랑채로 득량을 불러서 할아버지나 아버지처럼 자상하게 일렀다.

"말씀하십시오, 선생님!"

"가족이란 타인과 타인이 결합해서 비롯된 최소 사회구성 단위다. 우리가 끔찍이 여기는 피붙이, 동기간이 성씨가 다른 남녀로부터 시작되었음은 많은 걸 느끼게 한다. 몇 촌간인지 친소를 따지지만 무촌(無寸)이나 팔촌이 넘더라도 결국 남이란 없다. 모두 나의 다른 모습일 뿐이지. 혼례로써 받아들인 남은 너의 유전자를 후대로 전달하는 성스러운 대업을 함께한다. 짝을 존중하며 새끼들을 바르고 현명하게 낳아야 하는 게다. 그간 영남의 명당들을 순례했으니 맑은 기운이 충만해 있겠지. 그 맑은 몸과 정신으로 새 식구를 맞아 합궁해야 명석한 자식을 두는 법이다. 네 식구가 몸을 가질 때까지 언행을 바르게 하고 술 같은 음식을 삼가라."

스승은 정말 어버이 같았다. 득량은 머리를 숙여 사의를 표했다. 사랑채에서 물러나오면서 득량은 서울의 하지인을 생각했다. 서로 사랑했지만 부부가 될 인연은 아닌 모양이었다. 그는 전화를 한 번 할까하다가 스승의 말씀을 떠올리고 그만두었다. 새 사람을 맞아들이면서 예의가 아니라고 생각되었다. 그녀와는 지난 겨울 서울에서 이미 감정정리가 된 마당이었다. 청춘남녀가 밤새 서로의 몸을 열었던 것이 이별 의식이었던 셈이다.

홀로 남은 사랑의 기도

하지인은 시 짓기에 미쳐 있었다. 문단에 데뷔하여 여류시인이 된 그녀는 서정시를 주로 썼다. 마이산 돌탑을 득량과의 사랑에 빗댄 연애시, 득량이 미쳐 있는 바람과 물의 노래를 시로 형상화했다.

사랑은 쟁취하는 것일까. 옆에서 지켜보며 축복해주는 것일까. 이루지 못한 사랑을 한 사람은 다른 짝을 찾아가야 하는가. 아니면 그 사랑을 온전히 지켜내면서 승화시켜야 하는 것일까.

곧 있으면 득량은 다른 여자의 남편이 된다. 말릴 여지가 전혀 없다. 그간 노력도 많이 했었다. 하지만 아무런 노력도 하지 않던 여자가 그를 차지해 버리고 말았다. 알 수 없는 남녀간의 관계였다. 부부라는 인연이 따로 있다더니 정말 그랬다.

못내 아쉽고 그리운 마음을 시로 적었다. 시작노트로 쓰는 두툼한 노트가 깨알 같은 시어(詩語)들로 꽉 찼다. 마음 안의 파도가 일렁이며 정한을 노래한 흔적들이었다.

일요일이었다. 꽃들이 만발하고 신록이 짙어가는 오후에 그녀는 명동성당으로 향했다. 예비신자의 과정을 밟고 있었던 것이다. 지인은 성당 뒤편 성모상 앞에 초를 피웠다. 그리고 고해성사실로 가서 복잡한 속내를 터놓았다.

"신부님, 저는 한 남자를 사랑하고 있어요. 그런데 너무 많이 와 버렸네요. 돌아갈 수도 없고 함께 갈 수도 없어요."

"자매님, 사랑은 축복입니다."

"이루지 못한 사랑이에요. 그 남자는 곧 결혼하죠. 제가 아닌 다른 여자와 말이죠. 그를 보내줘야 하지만 제 안에 담긴 그를 저는 절대 보내줄 수 없답니다. 이대로 가슴에 지니고 살까 해요."

그 순간, 울컥 하고 눈물이 쏟아졌다. 어둡긴 하지만 칸막이 반대편의 신부는 이쪽 경황을 온전히 파악한다. 부끄럽고 못난 모습이다.

"어떤 사랑이건 천주님은 축복하십니다. 소유이건 존재이건 그 모습을 천주님은 축복하십니다."

열린 생각을 지닌 신부였다. 남의 남편이 될 사람이니 깨끗이 지우고 새 사람을 만나라는 상식 같은 대답은 하지 않았다.

"더 솔직히 고백하렵니다. 어떻게 해서든 소유하고 싶어요. 저처럼 당당한 여자가 시골뜨기 여자에게 소중한 사람을 빼앗겼다는 걸 인정할 수 없어요."

하지인은 그녀답게 속 시원히 내심을 터놓았다.

"하늘이 정한 것을 사람이 깰 수 없습니다."

역시 뻔한 결론으로 몰아갔다. 하지인은 신부의 그 말에 동조할 수 없었다. 남녀의 짝짓기가 왜 하늘이 정한 것인가. 사람끼리 마음대로 만나놓고 고원한 하늘을 끌어들여서 의미화한 것에 지나지 않았다.

하지인은 득량이 찾아다닐 명당을 생각했다. 명당 역시 하늘과 땅이 감춰둔 거라 했다. 풍수는 그것을 찾아내는 보물찾기 비법인 것이다. 찾는 사람이 임자지 처음부터 하늘이 정해둔 사람이 있다면 무엇하려고 애써 시간과 돈을 들여 찾아다니는가. 세상에는 남의 명당을 빼앗는 일도 얼마든지 많다. 아니다. 빼앗는 게 아니다. 애초 내 것이었던 것을 빼앗겼다가 도로 찾아오는 일이다.

어떻게 찾아올 것인가. 표 나지 않게 찾아오는 묘법이 무엇일까.

하지인은 형식적인 고해성사를 그만 두고 밖으로 나왔다. 당당한 사람이 그런 어둠침침한 자리에서 오래 머물 일이 아니었다.

그녀는 성당 안으로 들어가서 기도했다. 신의 영광을 위해서가 아니라 자신의 사랑을 쟁취하기 위한 기도였다. 일종의 자기최면 같은 행위였다.

양반 마님이 차린 주막

그 시간 북촌.

남의 명당을 훔친 족속의 후예 조영수는 집주릅을 데리고 저택들을 둘러보았다. 윤씨들이 살고 있는 고택과 전씨, 김씨들이 살고 있는 집들은 이 나라 으뜸 양택 가운데 하나였다. 안동이 좋네, 전주가 좋네, 지리산 밑이 좋네 하지만 서울의 5대궁 사이가 첫째였다. 향리에 있는 종갓집들과는 차원이 달랐다. 작지만 수려한 북악산을 주산으로 하고 낙산을 좌청룡으로, 인왕산을 우백호로, 남산을 안산으로 하며 청계천을 내당수, 한강수를 외당수로 하는 복지 가운데 복지였다.

말은 제주도로 보내고 사람은 서울로 보내랬다고 큰 인물은 서울하고도 북촌(안국동, 가회동, 계동, 화동, 삼청동 일대)쯤에 터 잡고 살아야 명사들과 교류가 원활하다. 만나는 사람이 훌륭하면 자신도 어느새 그들과 닮게 돼 있는 게 사람이었다. 산맥만 중요한 게 아니라 인맥도 중요하다. 아니, 세상을 사는 데는 인맥이 훨씬 더 중요하다.

"저 백송이 서 있는 곳은 본래 연암(燕巖) 박지원(朴趾源, 1737~1805)과 그의 손자 박규수가 살던 집인데, 김씨들이 들어와 살다가 나중에 해평 윤씨들이 매입해서 합쳐버렸지요. 절대로 팔지 않는 저택들입니다."

집주릅은 대문 안으로 발도 들여놓지 못하고 담장 밖 길가에서 침만 꿀꺽 삼키며 서 있는 조영수에게 말했다.

"명당이네요. 저런 집에 들어가 살면 천황폐하인들 부럽겠소? 그림의 떡이니 어찌 해볼 수도 없고."

"저 위쪽으로 가서 여염집 몇 채를 사서 새로 지으세요. 터만 잘 고르면 건축이야 궁궐같이 못 짓겠어요? 옛날처럼 규제가 있는 것도 아니고 돈만 있으면 만사형통이지요."

집주릅의 말에 조영수는 발길을 돌렸다. 중앙학원 쪽으로 올라가며 집터를 보았다. 대부분의 집들이 100평이 채 안 되는 작은 집들뿐이었다. 서너 채는 사야 그럭저럭 구색이 갖춰질 것 같았다. 조선왕조가 세워지기 이전부터 사람들이 살아온 터였다. 지기를 생각해서 이왕이면 용맥이 실하게 내려오는 지점에서 집들을 골랐다.

"이 동네는 워낙 보수적이고 에헴 하는 양반촌이어서 가난해도 집은 잘 팔지 않으려 합니다. 다소 웃돈을 줘야 작업이 용이할 거요."

"그럴 줄 압니다. 나중에 다 터놓았을 때, 모난 데가 없이 장방형이 되게끔 작업해서 사들이세요. 복비는 넉넉히 드리리다. 거 출출한데 어디 가서 한 잔 하십시다."

집주릅은 조영수를 데리고 운현궁 뒤편 골목, 내외주막이라는 곳으로 들어갔다. 작고 아담한 여염집들이 즐비한 골목이었다.

"피맛골도 아니고 종삼(鐘三) 아닌 이 골목에서 무슨 술을 마시오?"

청사초롱이 내걸린 색주가를 생각했던 조영수가 의아해서 물었다.

"내외주막 술과 음식이 훨씬 깔끔하오. 곧 죽어도 양반가에서 빚은 가양주요, 서울 반찬 아니겠소?"

집주릅은 가정집 판자문을 밀고 들어서며 외쳤다.

"이리 오너라."

안에서 곧장 여인네의 음성이 울려나왔다. 지체 높은 마님의 어조였다.

"들어오셔서 대청마루에 자리를 깔고 앉으시라, 여쭈어라."

이러면 누가 나와서 안내를 해야 하는데 아무도 안 나왔다. 종년은커녕 비루먹은 강아지 한 마리 안 보였다.

"벌써 올라와 앉았다 여쭈어라."

집주릅의 대거리가 더 재미있었다. 말을 전할 사람이 아무도 없는데 둘 사이에 꼭 누가 있는 것처럼 대꾸했다. 주인은 데데하게 문도 열어보지 않고서였다.

"아니, 이게 무슨 짓이오? 술 한 상 하자는데 촌놈이라고 이런데 데려와서 놀리는 것이오?"

조영수가 발끈 했다. 사람이 눈치가 빠르고 두뇌회전이 비상해서 웬만해서는 누구에게 당하지 않는 그였다. 게다가 붙임성도 있어서 사람도 곧잘 사귀었다. 하지만 이쯤 되면 완전히 도깨비장난이었다. 본래 사람관계에서는 먼저 화내는 사람이 지는 법인데, 이 마당에서는 뭐라고 나무라지 않을 수 없었다.

"허허허. 돈 많은 양반네니 몰락양반들 속사정에 어두워서 그렇군요. 나라가 깨져 벼슬자리도 막히고 꼿꼿한 자존심에 어디 가서 할 만한 것도 없고 하니 죽지 못해서 호구지책으로 낸 게 이런 내외주막이오. 종이나 비녀 하나 거느리지 못하고 마님께서 술장사를 해야 하니 차마 얼굴을 내밀겠소?"

"서방은 뭐하고요?"

"양반에 괄시당한 상것들에게 족보까지 팔아먹었는데 말할 게 뭐요? 그만 술이나 듭시다."

부엌과 연결된 대청마루 샛문으로 술상이 차려져 나왔다. 마님의 얼굴은 볼 수 없고 양손만 내비쳤다가 도로 들어간다.

"산해진미는 아니더라도 정성들여 만들었으니 맛나게 드시라 여쭈어라."

참으로 눈물겨운 광경이었다. 세상이 바뀌고 신분제도도 무너진 지 오래인데 그놈의 말라비틀어진 체면과 자존심 때문에 해괴한 영업형태가 등장했다. 사내는 꼴같잖게 양반의 후예를 찾으며 무위도식하고 있을 거였다.

조영수는 새삼 아버지 조판기의 희생과 변신에 감사했다. 내로라하는 양반의 후예지만 기꺼이 아전노릇을 했고 그마저 나라가 망해 할 수 없게 되자 풍수쟁이로 변신했다. 옛날만 해도 풍수는 중인이나 상민들이 하는 잡직이었다. 체면이 밥 먹여 주랴. 아버지는 실용주의 노선을 걸었다. 그를 본받아 형 조민수는 숯가마공장을 차렸고 자신은 풍수가 되었다. 다만 고리타분하게 믿거나 말거나 식인 법술에 연연하거나 인연법과 권선징악적인 요소에 머물지 않았다. 명당이라고 생각되면 대담한 방법으로 다채롭게 접근해서 임자를 찾아다녔고 명당장사를 했다. 과학적인 요소를 과감히 수용하고 미신적인 요소를 배제하고자 했다.

"술맛 한 번 좋소이다. 생치만두 맛은 기막히네요. 나라면 이런 솜씨를 이 골목에서 내외주점으로 썩힐 게 아니라 종삼이나 명치정(명동)에 번듯하게 간판을 내걸어서 떼돈을 벌겠소. 술장사로 나서는 판에 그깟 체면이 뭐요?"

조영수다운 발상이었다. 체면 차린다고 목구멍에 풀칠도 못하는 양반을 대접해주는 세상이 아니었다. 대담하게 돈벌이로 나서서 일단 돈을 벌면 양반행세가 저절로 되었다. 종도 부리고 자동차도 몰았다. 눈치 보느라 미적미적댄다고 몰락한 양반이 신흥부호가 될 수는 없었다. 그는 꿩고기를 다져 소를 넣은 생치만두로 자꾸 젓가락을 가져갔다.

"능력 좋으신 조 사장께서 한 번 술장사로 나서보시구려. 서울 사대문 안 돈을 모조리 끌어모으시겠소이다."

집주릅이 어느새 조 사장 어쩌고 지청구를 떨었다. 거간꾼들은 눈치가 빨랐다. 양복 입은 젊은 신사가 북촌에 나타나 기와집 몇 채를 사서 큰집을 짓겠다면 벌써 인물이었다.

"말이 그렇다는 거지 내가 이깟 술장사를 하겠습니까? 일본인들을 상대로 더 큰 장사를 할 셈이오."

"오호! 그렇습니까? 몰라 뵈었습니다."

조영수는 풍수나 명당장사 얘기는 일체 하지 않았다. 서울에 입성해서는 될 수 있는 대로 그짓은 드러내지 않을 작정이었다. 유력자들과 은밀히 거래하고 외형상으로는 다른 장사를 해보기로 했던 것이다.

"일본인들이 인사동이라고 부르는 곳 말이오. 그곳 사거리에 가게자리 하나도 알아봐 주시오. 물이 들어오는 자리라 돈이 몰릴 곳이오."

인연풀이 17

"알겠습니다. 거기야 뭐 아직 종삼에 비해서 사람들이 많지 않은 거리라 몇 푼 안 주면 기와집 한 채 살 수 있지요. 그런데 거기서 뭘 하시려구요? 장사가 될 만한 지역이 아니오."

"이미 자리가 잡힌 데 들어가서 뭐하오. 될 성싶은 자리를 미리 찾아 들어가야 돈이 되는 기라."

"대체 조 사장님은 고향이 어디시오? 서울 말씨도 조금 있고 경상도 말씨도 섞여 있고."

"나는 전주 가면 전주사람이 되고, 대구 가면 대구사람이 되고, 서울 오면 서울사람이 되지요."

"큰 장사는 경계가 없다지요."

"허허허, 그런가요? 날 서울 큰 부자로 만들어주시오. 터를 잘 잡아야 돈이 벌리는 법이니까."

"술값이 몇 푼인지 여쭈어라."

집주릅이 안방에다 대고 외쳤다.

"걸게 차려냈으니 2전은 주셔야 한다고 여쭈어라."

안에서 대꾸했다.

"잘 마셨으니 그리 내겠다고 여쭈어라."

그렇게 대답한 건 조영수였다. 그는 상 위에 돈을 소리 나게 꺼내놓고 자리에서 일어섰다. 여관에 들어서 잠을 청할 생각이었다.

"살펴가셨다가 또 들러주시라 여쭈어라."

걸게 차린 술 한 상을 다 비우고 나오도록 주모 얼굴 한 번 보지 못하고 목소리만 들었다. 그래도 술맛과 안주가 그럭저럭 깔끔하고 좋아서 또 오고 싶었다. 조영수는 달게 마신 술을 쓴입으로 트림하며 판자문을 열고 나왔다.

옛날 같으면 이 골목에는 세도가들만 드나들고 지방에 있는 토지에서 올라오는 도조를 받아서 보란 듯이 살았을 거였다. 조선은 불과 2~3%도 안 되는 양반들의 세상이었다. 그들은 땀 흘리며 노동하지 않아도 기품 어린 독서인으로서 떵떵거리고 거드름피우며 살았다. 구한말에 삼정이 문란해지면서 매관매직이 성행했어도 양반은 3%를 넘기지 않았으니 충분히 특권을 누릴 만했다. 게다가 40%나 되는 노비들이 있어서 노역을 대신했지 않은가.

좋았던 시절은 끝났다. 벼슬자리는 모두 덜어졌고 토지는 일본인들과 신흥지주들의 손에 넘어갔다. 노동하지 않으면 굶어죽어야 했다. 양반도 변하지 않으면 거지꼴이 된다. 양반은 더 이상 없는 셈이다.

난세에 영웅 나고 혼란기에 큰돈이 벌린다. 이런 때 신분을 상승시키고 재물을 모으지 못하면 태평시대에 즐길 수가 없다. 머리를 쓰고 몸을 고단하게 움직여야 한다.

조영수는 집주릅과 헤어져 청진옥으로 향했다. 며칠 묵으면서 계약이라도 성사시키고 내려갈 계획이었다. 그는 자신에게 대운이 들어와 있음을 실감했다. 보잘것없는 시골뜨기가 서울 사대문 안에 입성해서 집터와 가게자리를 물색하고 다니며 새로운 사업을 구상하다니 연못을 나온 용이 밭에 나타난 셈이었다. 대인을 만나서 간혹 뛰다보면 드디어 하늘을 나는 용이 될 수 있었다. 더구나 그에게는 집념을 가지고 공부에 매진하는 자식들이 있었다.

예나 지금이나 자녀들의 교육이 가문의 미래였다. 자식들의 출세를 위해서는 일본 유학이라도 시킬 작정이었다. 발 빠른 집안에서는 자식들을 미국이나 영국에까지 유학보냈다. 아까 보았던 윤씨들 집안에서도 아들을 영국 에든버러대학교에 유학시켰다고 한다. 이렇게 시끄러운 시절에 조선에 있어봤댔자, 생각이 똑바르면 독립운동이나 하다가 붙잡혀 신세 조지고, 넋 빠지면 유식한 한량 되기 십상이었다.

돈을 벌자. 돈이 될 장사면 무엇이든 하자. 전주 정 참판댁에서 아버지가 당한 설움과 수모를 벗어나는 길은 그 집보다 더 잘되는 일이다. 그 집 사람들이 못된 사람들이라기보다는 모든 것이 우리가 없이 살고 힘이 약해서 생긴 사달이다. 오죽했으면 고용된 풍수가 주인집 명당을 가로채려 했겠는가.

일본인들이 좋아하는 일을 해야 한다. 그래야 총독부의 도움도 받을 수 있다. 몸을 일으키려 하는 자는 관(官)에 맞서면 안 된다.

조영수는 여관에 누워서 배시시 웃음을 물었다. 조선 천지가 온통 돈으로 도배돼 있었다. 그 돈들이 나 좀 가져가 달라고 애원하고 있었다. 구석에 처박혀서 곰팡이만 기른다며 햇빛 좀 보게 해달라고 매달렸다. 세상은 확실히 보는 눈이 다른 사람들의 것이었다. 금광에만 금맥이 있는 게 아니었다. 누구도 관심 두지 않는 곳에 노천광처럼 노다지가 드러나 있었다.

새 생명

득량은 전주 본가에서 신혼의 단꿈에 젖어 지냈다. 스승 태을은 남원으로 내려가서 모처럼 가족들과 회포를 풀었다. 득량은 스승이 이른 대로 몸과 마음을 정갈히 하면서 독서하고 천기를 봐가며 잠자리를 가졌다. 그것이 심성이 바르고 총명한 자식을 두는 방법이라고 했다.

아내 이숙영은 전형적인 양반집 규수였는데 여성스러우면서도 대담한 면이 있었다. 큰살림을 척척 해내서 할머니로부터 맏며느리감이라는 칭찬을 받았다. 진짜 맏며느리인 세량의 처가 어디에 있는가도 모를 정도로 소리 없이 일하는 스타일이라면 이숙영은 맡은 역할을 척척 해내면서도 분명히 제 목소리를 가지고 있었다. 대담하고 적극적인 서울의 하지인과는 조금 다른, 정중동(靜中動)의 면모였다.

"우리 작은손자 득량이가 어디 가서 무엇을 해도 마음놓고 살겠구나."

한 달가량 살림솜씨와 성정을 지켜보고 나서 큰 마나님이 내린 평판이었다.

"난 말이오. 법관이 되겠다는 생각도 없이 경성제국대 법학부를 다녔소. 돌아가신 할아버님의 의지가 많이 작용했지요. 그런데 당신이 아는 것처럼 뜻하지 않은 변고로 학교를 쉬게 되었지. 그러다 지금 스승님을 만나 산공부에 입문하게 된 것이오."

"진태을 선생님 말씀은 잘 알고 있어요."

득량과 이숙영은 잠자리에서 모처럼 신상 얘기를 나눴다.

"아직은 시작단계라서 잘 모르지만 이 공부가 그리 간단한 공부가 아니오. 세상 사람들이 나지리 보는 그런 천직이 아니란 말씀이오. 나는《주역(周易)》의 온오, 그 깊은 비밀의 문을 열고 하늘과 땅과 인간의 조홧속인 천지인 삼재사상에 몸을 던져볼 작정이오. 단순한 점쟁이나 풍수로 머물지 않겠다는 뜻이오."

"능히 그러실 줄 압니다."

이숙영은 스승 태을이 예견한 것처럼 절대로 득량의 말에 이의를 다는 법이 없었다. 부군의 뜻을 온전히 받들겠다는 식이었다.

"문제는 일본인들의 세상이 얼마나 계속되는가, 하는 거요. 무슨 일이 있어도 일본인들 세상 아래서는 어떠한 직책도 가지질 않을 겁니다. 그저 난세를 넘기는 징검다리로 여기며 공부만 할 것이오. 지금 우리집 형편이 전보다는 못하지만 그래도 만석꾼이오. 내가 돈벌이에 나서지 않아도 사는 데 곤란을 겪지는 않을 거요. 백년대계를 가졌다고 여기고 나나 앞으로 생길 우리 자식들 공부 뒷바라지나 잘 해주시오. 돈 못 번다고, 이름 날리지 않는다고 타박하지 말아주었으면 하오."

"서방님, 여부가 있겠습니까. 옛 성인이, 나라에 도가 없는데 부귀를 누리는 건 수치라고 했지요. 물려받은 재산을 밑천으로 공부하신다면 그보다 더 큰 미덕이 어디에 있겠습니까. 일본인들이 물러간 이후라도 명예에 집착하지 않고 일생 동안 공부하는 삶을 사신다면 저는 족합니다."

이숙영은 전주 이씨답지가 않았다. 득량이 아는 한 전주 이씨들은 권세에 대한 집착이 대단했다. 오백 년 조선왕조를 이끈 왕가답게 같은 종씨끼리도 문파끼리의 경쟁과 암투가 혀를 내두르게 할 정도였다. 나라가 깨졌는데도 전주 이씨들은 그런 속성을 버리지 못했다. 어쩌면 그것이 나눠 먹기보다 통째로 독식하려는 권력의 속성이며 그 여파인지도 몰랐다. 김해 김씨나 동래 정씨라 해도 마찬가지였을 것이다. 그런데 이숙영은 출세보다 인격수양에 가치를 더 두고 있었다. 득량은 혹시 스승 태을이 이숙영에게 단단히 일러준 말씀의 영향일까도 생각했다. 그래도 천성이라는 게 있었다. 누가 이른다고 그대로 실행할 사람이 얼마나 있겠는가. 스승은 그녀의 이런 성정을 간파하고서 무던한 짝이라고 판단했던 듯했다.

그해 여름, 집안 식구들이 모두 모여 상의할 일이 생겼다. 형 세량이 군산에 근접한 대야의 토지를 정리하고 싶어했다. 그 일대의 토지들은 이주해온 일본인들이 거의 소유하고 있었고 동척에서도 집요하게 회유책을 썼다. 일본인 집단농장 구역이니 팔라는 거였다. 값을 잘 쳐줄 테니 그 돈으로 김제 쪽에 새로 사면 되지 않겠냐는 대안이었다.

"멀어서 관리도 어렵고 농사져봐야 수입도 별반 없으니 정리할까 합니다."

세량이 할머니와 어머니의 의향을 물었다.

"바깥에서 하는 일을 안에서 뭐라 하겠는고. 단지 조상에게 물려받은 땅을 처분하는 일은 섭섭한 일이다."

큰 마나님이 소회를 피력했다. 조상에게 물려받았다는 표현을 썼지만 대야에 있는 그 땅은 정 참판이 사금광에서 얻은 수익으로 산 땅이었다. 돌아간 남편이 산 땅을 손자가 파는 일이었다.

"나도 같은 생각이다."

어머니도 간단히 뜻을 밝혔다.

"형님이 알아서 하십시오. 가산관리는 전적으로 형님 일이니까요. 버거우시면 등짐을 줄이시는 것도 좋지요."

득량은 형 세량 편을 들어주었다. 전에는 차 천자를 찾아다니며 재산을 헌납하는 우를 범했지만 이제는 오로지 사업에만 몰두하고 있는 세량이었다. 술을 즐기는 것도 계집질을 하는 것도 아니었다.

"고맙네, 우리 아우. 이번에 돈이 좀 만져지면 아우 몫으로 절반쯤 떼줄 걸세. 이제 가정을 꾸렸으니 재산도 좀 지녀야지. 그래야 우리 제수씨 살림 늘쿠는 재미도 가지실 테고."

세량이 토지를 정리하고자 하는 까닭의 이면을 밝혔다. 새로 들어온 식구를 생각하는 형의 따뜻한 마음씀이 득량은 고마웠다. 그런데 예상 밖의 반응이 바로 아내 이숙영의 입에서 나왔다.

"외람되오나 저도 이제 정씨 집안 사당에 참배하는 사람이 되었으니 한 말씀 여쭤도 되겠습니까?"

"물론입니다. 제수씨."

"시숙어른의 깊은 뜻은 잘 알겠습니다. 하오나 저는 두 가지 이유로 반대합니다. 첫째는 지금처럼 어려운 시절에 토지를 파는 것이 옳지 않다고 봐요. 우리 집안이 돈을 굴려서 고리대금업을 한다거나 장사를 하는 집안도 아니니 한꺼번에 많은 목돈이 필요치 않지요. 돈이라는 건 지니고 있으면 축나게 마련이지만 토지는 언제나 그 자리에 있어요. 더구나 일본인들이 자꾸 팔라고 하면 아쉬운 게 없는 우리들로서는 더 꿋꿋하게 버팀이 옳습니다. 둘째는 저희를 생각해서 그러실 필요가 없다는 거예요. 저는 이제 갓 시집온 처지예요. 적어도 3년은 웃어른들 모시며 살다가 분가를 하더라도 해야지요. 더구나 서방님께서는 곧 장도에 오를 것인데 분가할 자금을 벌써 만드실 필요가 없다고 봐요. 시숙어른, 제가 무례하게 나서서 죄송해요."

이숙영에게 이처럼 대담한 면이 있었다. 가족회의 분위기가 온화한 화톳불에 찬물을 끼얹은 것처럼 잦아들었다. 할머니와 어머니는 한편으로 놀라면서도 반기는 기색이었으나 형 세량과 형수는 당황하는 눈치가 역력했다.

"아, 네. 제수씨 말씀이 일리가 있네요."

세량이 태연한 척 사태를 수습했다. 모처럼 연 가족회의는 그렇게 유야무야 되었다. 새 식구 하나가 들어오고 나니 전혀 다른 상황이 벌어진 것이다.

"형님, 그 문제는 저와 나중에 상의해요."

"아니네, 아우. 제수씨 생각이 옳아. 난 그저 식구들 의향을 알아본 거야."

형제간의 대화에 보이지 않는 유리벽 같은 게 가로막혀 있는 느낌이었다.

득량은 방으로 돌아와서 이숙영을 타일렀다.

"부인 말씀이 틀렸다고는 보지 않소. 다만 평소 당신답지 않게 그처럼 직설적으로 반대할 이유가 없었소. 형님이 얼마나 무안했겠소?"

"서방님, 저에게도 생각이 있어요. 전 두 형제분의 우애에 금이 가는 걸 원치 않아요. 곧 있으면 서방님은 진태을 선생님과 함께 긴 여행길에 오르시잖아요. 그럼 제가 서방님 목소리를 대신해서 내줘야 한다고 봐요. 우리 두 사람도 이젠 어엿한 어른이고 집안의 대소사를 결정하는 데 분명한 의견을 내놓아야지요. 오늘은 그럴 경우를 대비한 예행연습이었어요. 앞으로는 될 수 있는 대로 안 나설게요. 제가 경우 없는 사람은 아닙니다."

이숙영의 소신에 득량은 대꾸할 말이 궁했다. 득량은 내심 맘놓고 출타를 해도 되겠다고 생각했다. 할머니 인물평이 옳았다. 아니, 그 전에 이미 스승 진태을의 탁견이 있었다. 서울 하지인을 물리치고 이숙영을 들이게끔 도모했던 것이다.

득량은 득서하며 신혼을 즐겼다. 가난한 선비는 낮에는 밭 갈고 저녁에는 책을 본다고 했지만 득량은 유복한 집 자손이었다. 주경야독할 필요가 없었다. 거꾸로 주독야경하는 나날이었다. 낮에는 책 읽고 밤에 생명의 밭을 갈아 씨 뿌리는 셈이었다. 농사중의 상농사가 사람농사랬다.

혼례식이 있고 두 달여 만에 이숙영에게 태기가 있었다. 태몽은 할머니가 대신 꿔주었다. 가물치가 부엌 물동이 속에 들어와서 커다란 눈을 깜박거렸다고 했다.

"새아기야, 몸 가진 거 아니냐?"
"몸이 나른하고 자꾸 잠이 쏟아지네요."
"틀림없다. 달거리가 안 오셨지?"
"… 예."

식구들이 축복했다. 특히 할머니와 어머니가 좋아라 했다. 정작 득량은 실감하지 못했다. 장남이 아니어서일까. 새끼를 가진다는 것, 한 생명을 우주로부터 지상에 불러들인다는 것이 좋아만 할 일일까. 새 생명을 위해서 적합한 환경을 만들어놓는 일이 우선 아닌가. 양육을 위한 돈이 아니라 어떤 자식으로 키울 건가 하는 계획 같은 게 있어야 했다. 그러나 득량에게는 아직 뚜렷한 자녀관이 없었다. 그런 건 오히려 이숙영 쪽이 더 분명했다. 그녀는 음식을 가려먹고 산보와 독서로 태교를 시작했다. 득량 또한 스승의 가르침에 따라 아내와 한이불에서 잠은 자되 음양교접은 하지 않았다.

호남땅을 거닐다

그해 여름 남녘에서 귀인이 찾아왔다. 귀신같은 재주를 지닌 노인이었다.
"건해방(乾亥方, 북서쪽)에 길성(吉星)이 비추기에 와봤구나. 좋은 소식 없는고?"
모처럼 남원 본가에서 식구들과 여름을 나고 오시겠다던 스승 태을이 들이닥쳤다. 행장을 보니 그저 다니러 온 걸음이 아니었다.
"선생님! 어떻게 아셨어요? 저 내년 정초에 아버지가 된다네요."
귀신은 속여도 스승 태을은 속일 수 없었다.
"허허허, 그러면 그렇지. 이 사람! 축하하네."
"실감이 안 나요."
"그게 그런 것일세. 나는 4남 3녀를 생산하면서 어떻게 생겼는지 낳는지도 모르고 살았네. 바람처럼 떠돌다가 집에 들러보면 새 식구가 늘어나 있지 뭔가. 내자나 애들한테는 참으로 무정한 세월이었어. 자네는 그러지 마시게."

스승은 저간의 해라, 투에서 하시게, 투로 공대를 했다. 결혼도 했고 자식도 가졌으니 어른 대접을 하겠다는 뜻이었다.

"그리고 자네에게 줄 이름이 있네. 호 하나를 지었어. 사제지간이라도 호를 부르는 게 편하고 격이 있는 법이야."

태을은 서안 위에 창호지 두루말이를 펼쳤다. 해서로 반듯하게 이름이 써 있었고 그 옆으로 이름을 찬하는 글귀가 세필 초서로 기록돼 있었다. 스승의 글씨는 시원스럽고 기세가 넘쳤다. 초서는 음양과 강약에 맞춰 폭포수가 흘러내리는 느낌이었다.

于逵(우규).

"우규, 어떤가? 우규 선생. 우규 정득량 선생! 바람을 타고 드높은 구름길에 오른 기러기의 아름다운 비상을 어느 누가 어지럽힐 것인가. 군자의 높은 뜻이 하늘에 이르기를 나는 바라네."

태을이 자찬의 글을 대략 해석하여 이름풀이를 해주었다.

"선생님, 고맙습니다. 기쁘게 받고 이름을 헛되이 하지 않는 삶을 살겠습니다. 감사합니다."

득량은 큰절을 올렸다.

"선생님, 아이도 가졌고 이름도 얻었으니 제가 약주 대접할게요. 이젠 술 좀 마셔도 괜찮지요?"

"여부가 있겠나? 이왕이면 소리꾼 있는 데로 데려가 주시게."

득량은 태을을 태평관 요정으로 모셨다. 일류 기생들과 소리꾼이 있었고 요리도 이 나라 최고의 음식들로 나왔다. 물산이 풍부하고 역사가 깊은 풍류의 고장 전주인 것이다. 남쪽 지리산과 동쪽 덕유산, 운장산에서 나는 산채와 호남평야의 기름진 쌀, 갯벌이 드넓은 서해바다의 해산물이 있었다. 이 고을사람들은 거기서 문화를 꽃피웠다. 온전한 고을, 곧 온다라, 온고을이라는 뜻의 전주(全州) 지명이 거기서 나왔다. 사람이 살기에 가장 좋은 터라는 뜻이다.

여류 소리꾼이 부르는 남도소리〈호남가(湖南歌)〉를 들으며 이강주를 마셨다. 호남가는 호남의 지명을 가지고 중머리 장단에 맞춰 고장의 산수와 순후한 인심을 노래한 단가였다. 흥겹고 구성진 가락이었다.

함평천지(咸平天地) 늙은 몸이 광주(光州) 고향을 보랴 하고
제주어선(濟州漁船) 빌려 타고 해남(海南)으로 건너갈제
흥양(興陽)의 돋는 해는 보성(寶城)에 비쳐 있고
고산(高山)에 아침안개 영암(靈巖)을 둘러 있네
태인(泰仁) 하신 우리 성군(聖君) 예악(禮樂)을 장흥(長興)하니
삼태육경(三台六卿) 순천(順天)이요 방백수령(方伯守令)이 진안(鎭安) 현이라
고창(高敞) 성 높이 앉아 나주(羅州) 풍경 바라보니
만장운봉(萬丈雲峰) 높이 솟아 층층한 익산(益山)이요
백 리 담양(潭陽)의 흐르는 물은 굽이굽이 만경(萬頃)인데
용담(龍潭)의 맑은 물은 이 아니 용안처(龍安處)며
능주(陵州)의 붉은 꽃은 골골마다 금산(錦山)이라
남원(南原)에 봄이 들어 각색 화초 무장(茂長)허니
나무나무 임실(任實)이요 가지가지 옥과(玉果)로다
풍속은 화순(和順)이요 인심은 함열(咸悅)인디
기초는 무주(茂朱)하고 서기는 영광(靈光)이라…….

전라감사를 지낸 이서구, 혹은 판소리 여섯 마당을 정리한 신재효가 지었다고 전한다(특이한 것은 당시 제주와 금산이 호남에 속해 있었다는 점이었다. 지금은 제주도로 독립하고 금산은 충청도에 속했다).

태을은 도선국사의 이름을 빌려서 전하는 《유산록(遊山錄)》 구절을 기억하며 지명이 나올 때마다 각 고을의 경혈을 그려보았다. 유산이라는 말은 참으로 멋졌다. 오를 등(登)자를 써서 등산이라 하지 않고, 놀 유(遊)자를 써서 풍수가 산과 노닌다는 뜻을 나타냈다.

태을이 그랬다. 칠십 평생을 산과 노닐다가 이렇게 저물었다. 호남 일대만 나와 있는 유산록뿐이겠는가. 이 땅의 산하에 그의 발자국 찍히지 않은 곳이 없을 정도였다. 흔히 무른 메주 밟듯이 일생을 떠돌았다. 광주 하고 소리만 들어도 무등산 입석대가 그림처럼 펼쳐졌고, 영암 하면 월출산이, 무안 하면 승달산이 떠올랐다. 어느 골짜기가 어떻게 흘러내려 왔고 어떤 국세를 이뤘는지 당장 그림으로 그려 보일 수가 있었다.

"이보게, 우규 선생!"

"네, 선생님."

"이거 술 마시고 노래 부르는 것도 좋지만 우리 전주 일대 유산이나 가보세. 등하불명이라고 가까운 곳을 되레 모를 수가 있거든."

"전 좋습니다. 방 안에서 책만 봤더니 다시 산이 그리워지네요."

"멀리 갈 것도 없네. 기린봉이나 완산 칠봉에만 올라도 좋지."

이튿날 두 사람은 기린봉에 올랐다. 보름날 밤에 기린봉 너머로 달이 떠오르는 풍광이 일품이었다. 이 고장 사람들은 그것을 기린토월(麒麟吐月)이라 하여 전주팔경의 머리로 쳤다.

기린봉은 운동삼아 가볍게 오를 수 있는 산이었다. 태을과 득량은 모자를 쓰고 햇빛가리개로 합죽선을 들고서 봉우리에 올랐다. 전주가 한눈에 들어왔다.

　전주는 돛단배가 서해바다로 나아가는 행주형이라고 한다. 동쪽은 산악지대로 높고 서쪽은 들판과 바다로 낮고 평양했다. 호남정맥 만덕산에서 은내봉과 묵방산을 지나 한 가닥은 북쪽으로 뻗어 건지산을 만들었고, 다른 가닥은 남서쪽으로 감돌아 기린봉을 일으켰다. 남쪽에서 북쪽으로 흐르는 전주천을 사이에 두고 남서쪽에는 완산칠봉이 늘어섰고 그 너머로 모악산이 우뚝 솟았다.

　"나는 전주를 큰 국세로 따져서 천시원(天市垣)으로 봐. 호남평야와 만경강과 동진강과 서해바다를 감싸 안은 호남정맥과 금강정맥을 거대한 담으로 보지. 천시원은 천문에서 자미원 다음으로 치는 별자리야. 왜, 전에 말한 《보천가(步天歌)》 있지 않던가?"

　"예, 압니다. 도선국사가 당나라 상인에게 풍수를 배울 때, 섬진강가 사도리에서 천문도 배웠지요. 마침 집안 서고에 《보천가》가 있어서 꺼내 봤습니다."

　"천문은 책으로 보는 게 아니네만 잘했네. 선보름 후보름 일기청명한 날에 이런 산에 올라와 보는 것이지. 사람들이 흔히 천문은 쉽고 지리가 어렵다고 하지만 틀린 말이야. 매한가지거든. 요즘 천문 보는 사람이 없다는 말을 하지들. 그 말은 결국 풍수도 제대로 보는 사람이 없다는 말이야. 용어만 들먹이고 맞는지 틀리는지도 모르는 각종 이기법을 들이대며 나침반만 돌린다고 풍수 보는 게 아니거든. 그렇게 봤다가는 대부분 틀리게 돼 있어. 당장 확인이 안 된다고 무책임하게 나부대다가 사기꾼 소리나 듣고 물만 흐려놓지."

　태을은 또다시 풍수공부의 어려움을 상기시켰다. 조금 지나치다 싶을 만큼 신중했지만 득량은 그대로 받아들였다.

"진안 용담의 물이 운장산을 넘어서 이곳 전주로 흘러들어 오면 그때부터 이 천시원은 기운이 떨치게 돼 있어."

또 특유의 표정과 어조가 나왔다. 무언가를 예견할 때 다른 혼령이 들어온 것처럼 변하는 스승이었다. 물론 당신 스스로는 전혀 의식하지 못했다.

"어떻게 용담 물이 그 높은 운장산을 넘어올 수 있겠습니까?"

득량은 불가능한 요망사항이라고 여겼다.

"그게 그렇지가 않다. 일본사람들이 용담에 댐을 막으려고 시도하고 있거든. 운장산이야 도수터널을 뚫어서 물을 넘겨오면 되는 것이고. 쉽지 않은 일이지만 불가능한 것도 아니지. 전주는 들에 비해 물이 너무 작은 게 흠이야. 그 물이 넘어와야 큰 인물이 나거든. 우규 선생이 아는 것처럼 전주 사람들은 오래 묵은 염원이 있지. 그러나 제대로 떨쳐 일어선 적이 없거든. 조선왕조를 세운 무인 이성계의 관향으로 풍패지향(豊沛之鄕)이라 불리지만 경기전에 왕의 어진이 보관돼 있을 뿐이지, 제왕이 거주하는 수도는 아니지. 천시원에는 분명 제좌(帝座)가 있거든. 왕이 거처하는 궁전자리가 들어설 수 있다는 말일세. 그리고 두성(斗星)과 곡성(斛星), 열사(列肆)가 있지. 바로 완산 칠봉이 두성이고 누런 삽살개가 누워 있는 형상인 황방산(黃尨山)은 곡성이거든. 두성은 말들이 그릇이기도 하고 곡성은 열 말들이 그릇이야. 모악산은 열사, 곧 시장에 늘어선 점포야. 저 그릇들로 무엇을 재고 저 시장에서 무엇을 팔겠는가?"

"풍부한 물산뿐만이 아니겠죠."

"잘 보았네. 금산사 미륵전에서 볼 수 있는 미륵신앙, 우규 선생의 선조 되시는 정여립의 대동사상, 전봉준과 해월 최시형의 동학혁명사상, 치명자산과 숲정이 성지에 서린 천주사상, 강증산의 해원사상과 그 밖의 무수한 신흥종교들을 생각해 보시게. 그리고 판소리나 묵향 등으로 피어나는 예술혼과 곳곳에 즐비한 복숭아밭을 보시게. 이곳 사람들은 무릉도원을 꿈꿔왔어."

과연 그랬다. 전주에는 유난히 이상세계를 지향하는 기운이 왕성했다. 복숭아밭이 많은 것이 단순히 과일을 얻기 위한 농사가 아니었다. 무릉도원에의 꿈이 담겨 있었던 것이다. 말하자면 천시원에 자라는 복숭아이니 천도복숭아였다.

"《보천가》를 더 자세히 본 다음에 밤하늘을 보며 별자리를 익혀야겠습니다."

"《보천가》는 이름 그대로 하늘을 거니는 노래야. 밤하늘 별들의 노래를 칠언율시로 받아 적은 시이기도 해. 줄줄 외울 수 있게 만들어놨거든. 외우다 보면 자연스럽게 별자리 모양이 그려지지. 그렇게 별자리가 익숙해지면 어느 때 어떤 별이 뜨는가를 알아야 해. 별들은 태양처럼 일주운동을 하니까 햇빛 때문에 별이 보이지 않아도 지금쯤 어떤 별이 어디쯤에 있겠다고 짐작할 수가 있는 거야. 대낮에 천문을 본다는 말이 거기서 나왔어. 눈이 열리면 우주가 다 사람 머리 속에 있는 걸세."

"그렇군요. 심오한 세계라서 두렵습니다."

"물론일세. 두렵고 어렵지. 상통천문(上通天文) 하달지리(下達地理) 중찰인사(中察人事)가 어디 말처럼 쉬운 경지인가. 오직 그렇게 개안된 사람만이 명당을 잡아서 사람들에게 복을 짓게 해. 안 그러면 그저 밥벌이 수단으로 풍수를 이용하는 풍수쟁이가 되는 거지. 남의 집안도 망치고 자신은 업장을 쌓고. 그처럼 천한 짓거리도 없지. 우규 선생이야 전혀 그럴 사람이 아니니까 내가 하나라도 더 알려주고 가고 싶다네. 자업자득이라는 말이 있어. 자신이 배우고 아는 만큼 복을 받는 거지. 나는 풍수도 저마다 기본기를 익혀서 본인이 자기 집안일을 해야 한다고 보네. 제집 일에 장난을 칠 수 없을 테고 정직하게 결과를 얻겠지. 그게 자업자득이야."

"놀랍습니다. 진정한 공부가 제 앞길을 닦아가는 것이듯 풍수도 자업자득을 위한 공부로군요."

"덕을 쌓아서 양사를 만나면 더 바랄 게 없지. 복불복(福不福)이야. 천명대로 가는 거라고 하면 우규 선생 자넨 과학정신이 아니라고 하겠지?"

"반복해서 증명할 수 없으면 어쨌든 신비주의죠."

"그런가? 풍수나 천문은 자연과학적인 측면도 있지만 은비학적인 측면이 더 강한데? 누구나 감정하고 관측할 수 있지만 해석은 제각각이거든. 아는 만큼 보이니까 그럴 수밖에 없지."

"그렇다면 결국 사람들로부터 외면당할 수밖에 없습니다. 제 소견으로는 풍수가 지금까지 명맥을 유지해온 것은 그 과학성 때문이 아니라 예법 때문이라고 봅니다. 조상을 함부로 모실 수 없다는 뜻에서 풍수를 찾지요. 그런데 어지러워지면 분명 다른 방법을 찾겠지요. 예법이란 절대적인 게 아니라 상대적이며 시대마다 달라지기 때문이죠."

태을은 득량의 소론에 잠시 뭔가를 생각했다. 똑똑한 제자라서, 분석하고 통찰하는 능력이 탁월했다. 천성이 양명해서 명쾌한 걸 좋아했다. 분명 훌륭한 자세지만 그것이 이 방면 공부에 도움만 주는 건 아니었다. 세상은 숫자를 더하고 빼는 산수나 똑같은 결과가 나오는 과학으로 이뤄진 것이 아니었다. 물질의 구성이 그렇게 되었다고 치더라도 수용자의 마음에 따라 얼마든지 달라진다.

마음의 영역을 넓고 깊고 그윽하게 해주려고 처음 입산할 당시 땔나무를 시키고 나물을 뜯어오게 했던 것이다. 분명히 그전과는 많이 달라졌지만 현상 이면의 세계에 눈을 뜰는지는 아직 알 수 없었다. 불가에서는 그래서 마음의 눈을 뜨게 하려고 분별심을 버리라고까지 하는 것이다. 물론 풍수나 천문에서는 그렇게 할 수는 없었다.

"저 북쪽 멀리 건지산과 가련산 사이 덕진연못은 인공이라면서요. 비보일 텐데 어떤 효과를 기대했을까요?"

"흔히 서북쪽으로 빠져나가는 기운을 붙잡아두기 위해서라거나 화제예방 차원이라고 하는데 나는 그렇게 보지 않아. 그 일대가 낮고 저습해서 논농사가 잘 되지 않았던 게야. 내수구이기도 하니까 차라리 연못으로 만들어서 물을 가둬둬서 나쁠 게 없었겠지."

"제 말씀은 전주가 행주형인데 배의 바닥을 뚫는 연못을 파서 쓰겠냐는 겁니다. 차라리 인공으로 산을 만들던지 숲을 가꿔야겠지요. 저렇게 연못을 파서는 경주에서처럼 배가 기울어서 지기가 쇠해지지 않겠습니까?"

득량은 빈틈이 없었다. 분별심이 이런 정도면 됐다고 태을은 생각했다. 득량은 분명 웬만한 속사들의 경지는 넘어서 있었다. 자신보다 얼마든지 더 크게 열릴 수가 있었다.

"잘 지적했어. 일부러 연못을 팠다면 행주형에 위배되지. 그런데 형국론 한 가지로 말할 수 없는 게 풍수야. 필요에 따라서는 형국론을 무시할 수도 있어야 하는데 그렇게 되면 뒤죽박죽이 되는 한계도 있겠지. 풍수가 종합적인 술법이다 보니 좋다는 건 다 붙여놓은 측면이 많아. 그래서 나는 모두 무시해버리고 마땅한 도리나 편안한 쪽을 택하기도 하거든."

어떤 분야에서건 일가를 이루면 형식적인 구애를 받지 않았다. 하지만 그것은 대가들의 얘기고 득량과 같은 초학자들에게는 바랄 수 없었다. 바로 그런 면 때문에 초학자들이 어려움을 느끼는 거였고 일반인들은 잡술 취급하는 것이었다. 코에 걸면 코걸이 귀에 걸면 귀걸이가 아닌가.

오후에는 자동차를 타고 전주 외곽을 돌기로 했다. 먼저 소리개재 넘어 금상티 회안대군(懷安大君, 1364~1421) 내외 묘와 소양의 전주 최씨들 묘, 고산 선인독서혈, 봉동 봉실산 아래 추수경 장군묘와 그 서쪽 옥녀봉을 돌아보기로 했다.

"우규 선생! 자네와 가형이 서로 재산을 가지고 피를 흘리도록 다툰다면 어찌하겠는가?"

태을은 회안대군묘에 다다라 물었다.

"생각할 수 없는 일입니다."

득량이 잘라서 대답했다.

"그렇겠지. 하지만 주위에서 꼬드기는 사람들이 있거나 사업을 일으켜 돈이 필요하게 되면 골육상쟁 안 한다고 장담할 수 없어."

"저희 형제는 다릅니다."

"물론 그래야지. 여기 잠든 이 분네 형제들은 친형제나 이복형제 간에 피비린내를 풍겼지. 권력쟁투 때문이야. 태조 이성계의 넷째 아들 이방간은 1400년 제2차 왕자의 난을 일으켰지. 제왕이 예약된 실세였던 세 살 아래 동생 이방원의 군사들에게 붙잡혀 황해도 토산으로 귀향 갔다 전주로 옮겨와 살았어. 이방원은 왕이 되고 세종에게 양위하고서 형님 방간을 한양으로 올라오라고 불렀지. 왕권을 가지고 다퉜지만 세월이 흐르면서 형제간의 정이 그리웠던 게야. 그러나 도중에 충청도 은진에서 병으로 죽고 말아. 태종은 왕실의 묘를 잡는 세 명의 국사를 내려보내고 성대히 장례를 치르게 했지. 나중에 태종이 지관들에게 물었거든. 명당에 모셔드렸느냐고. 지사들은, 마침 전주 가까운 곳에 늙은 쥐가 밭으로 내려오는 노서하전형(老鼠下田形)의 군왕지지가 있어서 그리로 잘 모셔드렸습니다, 하거든. 태종이 가만히 생각해 보니, 그럼 자기 자손들은 어찌 되는가 싶었지."

"그 욕심 많은 사람이 형의 자손이 잘되는 걸 볼 수 없었겠지요."

"물론이지. 그래서 지관들을 힐책했어. 누가 밥술이나 뜨는 자리로 모시라 했지 군왕이 나는 대지로 모시라 했느냐고. 지사들이 들으니 이거 큰일 났거든. 역적 나라고 명당 써준 거밖에 더 되느냐고? 그 길로 득달같이 내려와서 여러 군데 혈을 끊고 숯불로 지져버렸어."

"그 자리가 바로 여기로군요."

"그렇지. 여기 이 파여진 곳을 보시게나. 오백 년이 지났건만 아직도 숯검정이 나오니까 얼마나 단단히 방비를 한 거야."

태을은 명아주 지팡이로 숯을 파보였다.

"명당이 무언지 참으로 비감스럽네요."

"명당이 그런 게 아니라 권력의 속성이 그래. 지사들이 올라가서 사실대로 고하고, 이제는 자손 대대로 호밋자루 쥐는 신세를 면키 어려울 것입니다, 한단 말야. 그랬더니 태종이 하는 말이 걸작이야. 살짝 뜸만 떠놓지 너무 심했구나. 그렇게 무서운 사람이야. 피를 먹는 호랑이요, 불을 뿜는 용이었지. 그랬으니 세종이 성군이 되도록 궂은일을 깨끗이 정리하고 갔지. 선악을 떠나서 걸출한 대장부였어."

"선생님, 풍수공부를 하다보니 인간의 추악한 모습만 자꾸 듣게 되네요. 무덤이라는 게 숫제 욕망의 찌꺼기들이로군요. 암투에, 술수에, 야망에…."

"그게 인간 군상들의 솔직한 모습이지. 자꾸 성인을 들먹이며 가르치고 지옥을 상기시키며 착하게 살도록 종교로 정화시켜도 늘 그렇지. 아마 앞으로도 권력과 돈 싸움은 끊이질 않을 걸세. 풍수는 기득권층의 영구화 전략이야. 서민들이야 산이 있나, 양사를 만날 돈과 인맥이 있나?"

솔직한 대기였다. 태을 자신은 사람을 가리지 않고 형편이 닿는 대로 자리를 잡아주지만 그래도 대지는 가진 자들의 몫이었다. 그래서 결국은 빈익빈 부익부가 되었다. 도선국사의 위대한 점은 좋은 땅을 고르지 않고 허하거나 드센 땅을 보(補)하고 눌러서 쓰게 했다는 것이었다.

"회안대군의 후손들은 왜 이대로 방치해 뒀을까요? 파헤쳐진 곳을 복원시키고 숯검정을 파내면 되는데 말씀예요."

"그랬다간 아마 그대로 장계(狀啓)가 올라갔을 걸. 모반죄로 다스렸겠지."

기가 막혔다. 왕조시대의 비극이었다.

"이렇게 파헤쳐지고 숯불로 뜸을 뜨거나 일본인들처럼 쇠말뚝을 박게 되면 혈이 완전히 망가지는 건가요?"

득량은 용의 몸통이 여러 군데 패인 곳을 밟으며 물었다. 어언 오백 년이 흘렀는데 상처는 그대로 남아 있었다.

"그렇지는 않지. 모든 상처는 세월이 약이야. 그리고 맥이 잘렸다고 하는 건 용맥 이편에서 저편으로 물이 넘어가야 완전히 잘린 거야. 전에도 일렀듯 심리적인 열패감이나 좌절감을 심어주려는 의도가 크지. 회안대군파는 전국에 몇만이나 퍼져 있거든. 왕위에 오르지 못해서 그렇지 자손이 이만큼 번성했으니 큰 영향은 없었다고 봐."

"묘가 완전히 파헤쳐지고 유골이 흩뿌려졌다고 해도 자손은 번성하지 않았을까요? 인도나 티베트 같은 곳에서는 전부 화장(火葬)하거나 조장(鳥葬)해도 자손은 그대로 이어지거든요. 저는 묘지 풍수는 단순히 조상을 편히 모시기 위한 예법이 아닌가 하는 느낌이 들어요. 발복과는 직접적인 연관이 없다는 거죠. 심리적인 효과는 있겠지만요. 그렇지만 양택풍수는 다르지요. 살면서 바로 영향을 받으니까요."

득량이 이제껏 보고 느낀 것을 솔직히 말했다.

"그럴 수도 있지. 그런데 조부 묘 때문에 우규 선생에게 변고가 생겼던 것은 왜였을까? 앞으로 수도 없이 부정도 하고 긍정도 하게 될 걸세. 나도 그랬으니까. 허허허허."

태을은 너털웃음을 웃었다. 이해하겠다는 뜻이었다.

득량은 다소 무거워진 머리로 답사를 다녔다. 저수지 안으로 맥이 내려온 전주 최씨들 묘에서도 득량은 줄곧 예법에 대해서 골몰했다.

다만 고산 운암산 서쪽 가파른 바위벼랑 위에 있는 선인독서혈(仙人讀書穴)의 경우는 예법의 일환으로 조상을 모셨다고 보기 어려웠다. 신선이 옥으로 된 책을 읽고 있는 형국이 완연했다. 흔히 지리오과(地理五果)라고 하는 용(龍)·혈(穴)·사(砂)·수(水)·향(向)을 정법으로 따져서 보면 자리가 될 수 없는 괴혈(怪穴)이다. 정격을 벗어난 파격이라는 얘기다. 일반 풍수사들은 보지 못하여 그냥 버려버리고 개안된 명사라야 능히 알아본다. 범상한 미혈을 놔두고 이런 괴혈을 찾아 쓰는 데는 '발복을 위한 한 방의 노림수'라 할 수 있다.

흔히 토산지하 석산이혈(土山之下 石山而穴)이요, 석산지하 토산이혈(石山之下 土山而穴)이라, 해서 억센 기운이 부드럽게 순화되는 박환과 탈살, 부드럽게 흐르다가 단단한 기운이 뭉치는 응기의 역리(易理)에 따른다. 그런데 이 자리는 석중혈(石中穴)로써 돌산에는 묘를 쓸 수 없다는 석산불가장(石山不可葬)의 금기를 벗어나고 있었다. 암석 사이에 토맥이 흐르고 그곳을 정으로 쪼아내고 묘를 쓴 것이다.

《설심부》에서 이른 것처럼, 바위틈에서 귀한 혈을 얻는 것은 명사라야 가능하다.

"이런 자리는 누가 봐도 살기가 넘친다고 보지. 오직 속기를 벗어버린 선인(仙人) 같은 안목이라야 볼 수 있거든. 입수처가 예뻐야 하고 암석 가운데에 토맥이 흘러야 쓰지, 안 그러면 살기가 등등해서 못써. 이 자리는 중국 한나라 때 유방의 창업을 도운 삼걸(三傑), 한신(韓信)·소하(蕭何)·장량(張良) 같은 인물이 출현한다는 것인데 워낙 어려운 자리여서 나도 장담은 못하겠네. 우규 선생이 그냥 이런 괴혈도 있다고 보면 좋겠어."

"이미 묘를 썼잖아요."

"이 자리 쓰고 큰 부자가 됐다는 얘기가 있어. 그런데 오래 가지는 못할 것 같아. 공개하지 말아야 할 자린데 《유산록》이나 여러 산도(山圖)에 올라가서 사방에 나돌고 있으니 버렸지 뭐. 장난을 칠 수가 있거든."

"유골을 바꿔치기라도 한다는 건가요?"

"그보다 더한 짓도 할 수 있지."

"전 풍수가 알면 알수록 더 어렵고 무서워져요. 간 큰 사람 아니면 명당 쓰려고 마음이나 먹어보겠어요?"

"그래서 은비학이 아닌가. 고수들만 은밀히 하는 것이지 일반에게 공개하는 게 아냐. 풍수비법이 공개돼 버리면 좋을 것 같아도 병폐가 더 많아. 얼치기들도 쉽게 나서서 사기를 치거든."

태을은 이 대목에서 비밀리에 전해온 책과 비법을 알려줄까 싶었다. 득량이라면 분명 제대로 배우고 제대로 쓸 것이다.

아니다.

아직은 때가 아니다.

좀더 일반적인 풍수공부를 하게 한 다음에 어느 정도 개안이 된 상태에서 비전의 책과 비법을 전해줘야 한다. 그래야 회통을 칠 수가 있다. 지금 하는 대로라면 충분히 일가를 이룰 재목이었다.

태을은 바위산을 내려갔다. 봉동 봉실산 아래 단봉하전형(丹鳳下田形)을 볼 차례였다. 자동차를 타고 다니니 하루에도 여러 혈을 볼 수 있었다.

만경강 상류 평야지에 수려하게 솟은 봉실산은 북동쪽의 비봉산과 서쪽의 옥녀봉과 더불어 그림같이 빼어난 자태를 지녔다. 주변에 명혈들이 여럿이었다.

임진왜란 때, 명나라 이여송의 부장이었던 추수경(秋水鏡)의 묘는 봉실산 자락이 평양하게 흘러내린 추동마을 중앙에 자리잡았다. 전주 추씨는 중국 송나라 때 고려로 귀화한 함흥 추씨에서 갈라져 나왔다. 추씨의 일부가 다시 중국에 들어갔고 추수경은 그 자손이었다. 그는 중국으로 갈려나간 함흥 추씨들을 다시 국내로 합류시킨 장본인이다. 임진왜란 때 큰 공을 세우고 전주 외곽에 잠든 것이다.

그가 묻힌 자리는, 목과 날개가 붉은 단봉(丹鳳)이 밭으로 내려오는 형국으로 대혈이었다. 봉황은 본시 죽순이 아니면 먹지를 않고 오동나무가 아니면 집을 짓지 않는다고 한다. 그런데 어찌된 것인지 주변에는 대숲도 없고 오동나무도 없었다. 과거에는 봉동이라는 고을지명에 맞게 대숲과 오동나무를 가꿨지만 어느새 생강으로 유명한 고을로 뒤바뀌었다.

"나는 이 자리에 올 때마다 암호를 해독하는 느낌이 드네."

태을이 묘 앞에 세운 제각 봉양제 마당을 서성였다. 용맥이 워낙 낮고 깨끗하게 흘러들어 와서 내룡을 밟을 필요조차 없는 곳이었다. 그렇더라도 봉분 앞도 아니고 제각 마당에 멈춰선 까닭은 뭐고 암호는 또 뭔가?

"이 마당에 뭐가 있습니까?"

득량이 소나무 그늘 아래서 빈 마당을 두리번거렸다.

"우규 선생이 그 암호를 풀어보시게. 먼저 정혈을 정확히 찾아내야 비로소 암호의 실마리를 찾아낼 수 있지."

득량은 추 장군의 묘 쪽으로 올라갔다. 봉분 뒤 입수처에서 사방을 살폈다. 아직 개안이 안 돼서일까. 어디가 정혈인지 분간이 안 되었다. 제대로 써진 묘가 아니라는 얘긴가. 득량으로서는 분별하기가 어려웠다. 우뚝 솟은 돌혈이나 오목한 와혈처럼 당판의 모양이 분명한 자리에서와는 달리 이렇게 평양한 곳에서는 일점영광의 혈처를 볼 수 있어야만 제대로 자리를 잡을 수 있었다. 안 그러면 혈에서 벗어나 괜히 자리만 버리는 우를 범했다. 혈자리에 바르게 모시는 재혈이 그래서 어려웠다. 간산 3년, 재혈 10년 공부가 그래서 나왔다. 전국의 명혈들 가운데 상당수가 혈에서 조금씩 비켜나, 너도나도 못 쓰는 생지로 남은 예에서 재혈난망을 알 수 있다.

"어렵습니다, 선상님."

"물론 어려운 자리야. 보다 아래쪽으로 내려가면서 주변 형세와 혈판의 기운을 느껴보시게. 대개 이처럼 평양한 자리에서는 명당의 무게 중심을 찾아보면 수월하고, 때로는 버드나무가지로 수맥을 찾은 다음 그 수맥들이 내려오며 보호하는 기운 센 곳이 혈자리네. 하지만 처음부터 그런 도구 없이 기감을 열고 단련하는 훈련을 해야 해. 자꾸 기계를 이용하다 보면 기감 계발이 안 되거든. 만물의 영장이라는 우리 머리와 몸은 더 없이 빼어난 패철이고 용맥의 기를 측정하는 관룡자야. 버드나뭇가지나 서양 신부들이 가지고 다니는 추, 탐사봉에 비할 바가 아니지. 어디 저 북녘 바이칼까지 날아갔다 오는 겨울철새들이 그런 도구를 지니고 하늘길을 찾던가? 천연의 몸을 도구로 쓸 줄 모르고 인공도구를 쓰게 되면 기감이 열리지도 못하고 변질되는 걸세."

그래서 태을은 득량더러 마이산 고금당 석굴에서 바람의 얼굴과 물의 노래, 땅의 마음을 읽도록 훈련시켰던 것이다. 아무리 역리를 공부하고 자연에 젖어 살았다지만 그렇게 쉽게 기감이 열리지는 않았다. 태을은 득량이 지금 이 자리에서 정혈을 찾지 못하는 걸 충분히 이해했다. 훈련받다 보면 자연스레 눈을 뜨는 것이다.

득량은 차라리 눈을 감았다. 당대 최고의 달사에게 그렇게 집중적으로 배우고도 이런 데서는 꽉 막혀버렸다. 눈 뜨고도 보지 못하면 청맹과니가 아닌가. 부끄러웠다.

"좀더 아래로. 좀더."

스승의 지시에 따라서 그가 멈춘 곳은 아까 제실마당 소나무 아래였다. 그곳에서 느끼는 지기가 과연 고르고 편안했다. 양명하고 정일한 기운이 충만했다.

"그래. 그 자리가 정혈처일세."

20여 보 이상이나 아래로 내려왔으니 벗어나도 너무 벗어났다. 그러나 지금 추 장군이 묻힌 자리도 단지 기가 지나가는 자리로 볼 수는 없었다. 좋은 자리되 가장 좋은 자리인 정혈처는 아니라는 뜻이었다.

"이것이 왜 암호가 되죠?"

득량은 아직도 이해가 되지 않았다.

"여기 이 산 아래 명혈이 있음을 간파하고 자리를 잡은 풍수사는 분명 고수라고 할 수 있지. 당시에는 어떤 결록에도 나와 있지 않은 생지였으니까. 그런데 왜 재혈을 엉뚱하게 했을까? 실수였다고 말할 수 있을까?"

태을이 물었다.

"그럴 수도 있지요."

"절대 그렇지 않아. 제각을 짓느라 터를 깎아서 그렇지 원래는 평양한 용을 약간 도톰하고 완만하게 끌고 내려왔을 걸세. 분명 혈증이 있었단 말이지. 지금도 잘 보면 지각이 보이거든. 여기 이쪽이 약간 도톰하지? 생지를 건들지 않았을 때에 이 정도를 놓쳤다던야 지리를 때려치워야지."

태을이 갈라 말했다.

"그렇겠어요, 선생님."

"왜 풍수사는 이 자리를 비워두고 저 위쪽에 재혈했을까?"

"시운이 아니니 기다렸다가 후대에 쓰라는 뜻에서였을까요?"

"만일 그랬다면 이 자리에 제각을 못 짓게 했겠지. 비워뒀다가 언제쯤 쓰라고 일렀겠지."

"그렇지요."

"내 추측이네만 이 자리를 잡은 풍수사는 추씨 집안에게 무언가 서운한 점이 있었을 것이네. 가령 약속한 폐백을 제대로 주지 않았다거나 혹은 어떤 일로 무시를 당했다거나 했을 거야. 풍수사들은 대개 근성이 있거든. 일본말로 곤조라고 하지. 후하지 대접하고 선생으로 모시면 제대로 일해주지만 천한 일을 한다고 업신여기거나 홀대했다간 좌향을 틀어지게 놓는다거나 재혈을 엉뚱하게 하는 거야. 난 그런 풍수사들 많이 봤어. 그래, 니 복은 여기까지다. 나는 하늘이 시키는 대로 해줄 뿐이다. 이렇게 합리화해 버리는 거지."

"일리가 있습니다. 암호가 풀렸네요."

득량이 귀신같은 스승 태을의 추리력에 다시 한 번 감탄했다.

"아직은 다 풀린 게 아닐세."

"예! 또 뭐가 더 있어요?"

"추 장군은 중국 황제에게 울면서 간청하여 이여송의 5만 군대를 조선에 파견하게 하는 데 결정적인 공을 세웠지. 추수경은 아들들과 함께 6부자가 군대를 거느리고 와서 중상을 입으면서까지 싸웠어. 선대에서 귀화했다가 중국에 다시 돌아가 살던 입장이었지만 조선은 조국이었던 거지. 전쟁이 끝나고 장수들은 명나라로 돌아가자고 간청했지만 그는 자식들과 함께 이곳 추동에 터 잡고 살았지. 조선의 추씨와 중국 추씨의 재결합이었지. 조선조정은 그를 완산부원군에 봉하고 일등 충신으로 예우했어. 후손들 중에도 위인들이 많지."

"이 땅을 사랑함이 눈물겹군요."

"그런 당사자가 정혈에 들어가지 못했다면 과연 천도(天道)의 진정한 의미가 뭘까? 설령 당시 풍수사에게 대접이 소홀했다손 치더라도 하늘은 왜 풍수사의 농간을 용납했을까."

"그렇군요. 그 풍수사가 정말 불순한 근성을 부렸다면 그 역시 복을 받기는커녕 벌을 받았겠죠. 추 장군이 비록 침략자들이긴 하지만 왜구들을 너무 많이 죽여서가 아닐까요? 사람 목숨을 죽이는 것은 어떤 명분으로도 정당화될 수는 없으니까요."

득량이 나름대로 이유를 댔다.

"인명의 중함은 맞는 얘기야. 하지만 그럼 전쟁으로 공을 세운 장수나 창업 군주들은 다 명당에 들어가지 못해야지. 김유신 장군이나 계백, 왕건, 최영, 이성계, 이순신 장군 등 말일세. 내가 보기에 그런대로 좋은 자리에 묻혔거든. 이 추 장군의 경우도 분명 명당이지. 정혈에 못 들어갔다는 것뿐이니까. 흔히 덕을 쌓아야 하늘이 한 자리를 허락한다는 속설이 있네. 그 덕이 뭘까? 만인을 다 감동시키며 살 수는 없는 것 아닌가? 어차피 인간은 자신과 자기 집안과 고향 등 이기적인 입장을 취하며 살 수밖에 없는 존재거든. 덕을 쌓아야 한다고 했을 때, 그 덕에는 지혜가 반드시 포함돼 있어야 하네. 명당에 묻힐 당사자나 자손 가운데 누구 하나는 풍수에 안목이 있었어야 한다는 거지. 그랬다면 이른바 곤조를 못 부리게 할 수 있었겠지. 공부하고 알아야 당하지 않는 거야."

태을이 독특한 견해를 피력했다. 무조건 베푼다고 덕이 될 수 없고, 바르게 알고서 적절하게 대처하는 지혜도 덕의 밑받침이라는 논조였다. 가슴에 와 닿는 논리였다.

"제가 이렇게 풍수공부를 하는 것도 하나의 덕을 닦는 행위가 될 수 있겠군요."

"우규 선생은 이해가 빨라서 좋아."

봉실과 연결된 서쪽 옥녀봉 역시 수려한 산세가 일품이었다. 옥녀가 하늘로 올라가는 자리로 수많은 풍수사들이 즐겨 찾는 곳이었다. 그들은 모두 남쪽 낙맥을 염두에 두고 혈을 찾았고 실제로 셀 수 없는 묘들을 썼다. 하지만 태을은 다른 관점을 지녔다. 서쪽 날 등에 진혈이 있다는 거였다. 혈은 서쪽 등산로에 그대로 비어 있었다. 아직 임자를 만나지 못한 것이다.

"혈을 제대로 찾는 방법 가운데 개장천심이라는 용어가 있지. 개장(開帳)이란 장막을 펼쳐놓은 형상이고, 천심(穿心)이란 그 가운데를 뚫고 내려온 산 능선을 말한다는 건 자네도 잘 알 걸세."

"네. 천심은 중심에 여러 번 반복되기도 하지요."

"여긴 숱하게 개장천심하고 내려온 용의 마지막 천심 자리야. 문제는 개장의 형태가 일반 속사들 눈에는 안 보이게끔 지각이 약하게 뻗었어. 그래서 속사들은 하나같이 이 마지막 천심을 우백호로 삼아서 남쪽에서 혈을 찾으려 하는 거지. 그런데 저 남쪽 아래는 혈이 맺지 못했어. 왜인가?"

태을이 또 물었다. 현장에서 바로바로 묻고 대답하는 공부처럼 확실한 공부는 없다. 수준이 그대로 드러나기 때문이며 설령 틀린다더라도 그 자리에서 바로잡아질 수 있기 때문이다.

"우백호가 감싸지 않고 쭉 흘러서 배주하는 모습이잖아요."
"잘 보았네. 이 서쪽 날을 타면서 저 앞의 낮은 안산과 그 너머 멀리 호남평야와 서해바다를 생각하면서 자리를 잡아야 쓰는 걸세. 미세하게 양 옆으로 갈라져나간 지각을 찾으면 바로 그 지점이 혈인 거지."

득량은 등산로를 오르내리다가 한 곳에 멈춰 섰다.
"거기라고 보는가?"
"네, 선생님."
"풍수의 기본인 좌청룡 우백호조차 없질 않는가?"
"내청룡 내백호가 없을 뿐이지 멀리 바깥에는 있지요. 그리고 선생님의 말씀대로 지각이 갈라져 나온 그 자체가 청룡과 백호 구실을 한다고 봅니다. 여기서는 양 옆으로 도톰하게 분지가 되었습니다."

득량이 확신에 차서 말했다.
"이번에는 제대로 보았네. 여기도 매우 어려운 자린데 잘 잡았어. 하지만 정씨들이 들어갈 자리는 아니네."
"주인봉의 형상에 따라서 성씨를 따지시는 거죠?"
"그것도 해석에 따라서 귀에 걸면 귀걸이, 코에 걸면 코걸이지만 아무튼 정씨들 자리는 아냐. 호남평야 너머 서해로 저물어가는 낙조가 장관이네. 둥근 홍옥 같구먼. 그만 내려가세."

다음날도 답사는 계속되었다. 순창 인계 마흘리의 말 명당과 고창 홍덕 호암의 선인취와형(仙人醉臥形), 군산 임피 술산 복구형(伏狗

形, 개가 엎드려 있는 형국)은 워낙 유명할 혈이어서 빠뜨릴 수 없었다. 호남은 풍수의 본고장이었다. 백두산에 달려온 산맥들이 남쪽까지 달려와 서쪽으로 혹은 남쪽으로 잔가지를 쳤으니 마치 과일나무가 가지 끝에 주저리주저리 열매 맺는 것과 같은 이치로 명당들이 많았다. 뿐더러 한국 풍수의 비조인 옥룡자 도선국사가 이 지역 사람이었다. 호남에는 웬만한 가문이면 이런저런 이름의 비기나 유산록을 가지고 있었다.

순창 마흘리의 천마시풍형(天馬嘶風形)은 조선 초기의 문신 김극뉴(金克忸, 1436~1496)의 묘로 조선의 8대 명당이라고 한다. 명문가 광산 김씨들의 발복처로 통한다. 아들 김집과 함께 문묘에 배향된 해동18현의 하나인 사계(沙溪) 김장생(金長生, 1548~1631)을 비롯, 정승 다섯 명, 대제학 일곱 명, 왕비 한 명(숙종의 인경왕후)을 배출했다. 김극뉴는 김장생의 5대조다.

"이런 모양의 혈판을 뭐라 하던가?"

태을이 또 제자에게 물었다.

"유혈(乳穴)이네요. 둥글고 풍만한 여성의 유방같이 돌기했어요."

득량이 막힘없이 대답했다.

"허허허, 결혼하더니 땅을 보는 안목이 깊어졌네 그려. 음양을 모르고 무슨 풍수를 할고. 여체를 알면 풍수도 알지."

"그럼 스님들이나 신부들은 명당을 잘 못 잡겠네요. 풍수에 일가를 이룬 도선국사나 무학대사, 일지승과 그의 제자 일이승, 학조대사가 모두 승려들 아닙니까?"

"그런가? 그 분네들은 워낙 도사들이라서 여체를 안 보고도 아는 수가 있나 보지. 허허허."

"안 보고도 알았다면 과연 도사들이네요."

태을이야 백전노장이니 그렇다지만 득량도 이젠 야한 농담을 할 줄 알았다.

뒷산 수리봉은 금성체(金星體)로 말머리 모양이 완연하다. 비스듬히 맥이 내려와 앞으로 쭉 뻗은 능선 위에 박씨들과 김극뉴를 비롯한 김씨들 묘가 있다. 기맥을 묶어주었다가 뿜어내기 위한 결인속기(結咽束氣, 물 호스를 누르면 물이 세게 멀리 나가는 효과)를 하고 혈로 들어가기 직전에 입수도두(入首倒頭)를 만들었다. 입수도두란 전기로 치면 가정용 두꺼비집 같은 것이다. 바로 그 자리에 장인 박씨 내외가 묻혔고 그 아래에는 김극뉴의 부인 박씨가, 다시 아래에 김극뉴가 묻혔다. 혈 앞의 명당은 넓고 평탄한데 여러 산자락에서 나오는 물이 모두 이 명당에 모이니 이른바 광취명당(廣聚明堂)이다. 사방의 모든 물이 명당으로 모인다는 것은 결국 사방의 산들도 모두 이곳을 향하여 모인다는 것을 뜻한다. 그러니 생기가 충만한 대지가 된다.

"이 자리는 외손이 복을 받는 자리라고 하지. 본래는 김극뉴의 장인인 함양 박씨 박감찰의 신후지지였지. 박감찰이 죽어 하루 전날에 이 광중을 파놓았는데 그의 딸이 밤에 물을 잔뜩 부어 물이 나오는 흉지처럼 꾸몄지. 할 수 없이 지금의 자리인 뒤로 올렸고 딸의 남편 자리가 되었어."

"딸은 친정집 도둑이란 말이 정말이네요."

"친정집보다 제 자식들을 먼저 생각하는 것이 인지상정이지 뭔가."

"하긴 그렇지요."

"이래서 며느리를 중하게 생각해야 하는 거지. 절대 남의 식구가 아니거든. 전에도 일렀듯 동기감응이라는 게 뼈나 피로만 국한할 수 없지. 생각과 마음도 기운 가운데 하나야."

"그 대목은 알 것도 같고 참 애매한 데가 있습니다. 차차 연구해봐야겠습니다. 김극뉴가 복이 참 많군요."

"물각유주지. 김씨들이 박씨들 터에서 복을 받고 일어섰으니 남자는 여자를 잘 단나야 출세하나봐. 두레박 신세라고 하는 여자 또한 남자를 잘 만나야 하지만. 경기도 남양주 화도에 있는 기계 쿠씨들 묘에도 친정 묏자리에 물을 부어 시집 박씨들 것으로 만든 곳이 있지. 흔한 일이야."

"워낙 명혈이니 사람들이 말 명당, 말 명당 해쌓는데 이 많은 묘들이 모두 말 명당은 아니겠지요? 정혈만 해당하는 말씀 아닌가요?"

"물론일세. 형국론, 곧 물형론은 이래서 중요한 게야. 물형론을 무시하는 사람들도 있지만 정혈을 잡는 데는 반드시 필요해. 말은 콧구멍에 기가 가장 많이 응집된 동물일세. 특히 시풍형(嘶風形)이니 바람을 마시는 말의 콧구멍을 찾아야 진혈이야. 김극뉴의 묘가 바로 콧구멍이거든. 두 개의 수리봉 가운데 이 작은 수리봉을 말머리로 치면, 급하게 내려온 용맥은 이마에서 코까지 이어지는 콧잔등이 되고 바로 이 묘가 영락없는 콧구멍에 해당하지."

참으로 재미있는 논리였다. 산을 말머리로 보는 것이나 그 가운데서 콧구멍에 기운이 몰렸다며 그 자리를 찾는 일이나 모두 아이들 그림붓 들고 먹물 장난치는 일 같았다.

"용맥과 수법을 따져보시게."

"좌선룡에 우선수가 되어 양래음수(陽來陰受)로 길격이네요."

"그렇지. 혈판에서는 보이지 않지만 멀리 섬진강의 지류인 적성강이 암공수(暗拱水, 숨어서 받드는 물)가 되어 청룡 쪽에서 백호 쪽으로 감아돌지. 뒤를 감싸고 흐르는 공배수와 함께 다 길로 치거든. 명조불여암공(明朝不如暗拱)이라. 앞에 보이는 물보다 숨어서 받드는 물이 더 낫다는 거네. 부귀가 은근하여 끊이질 않지."

실제로 광산 김씨들은 대대로 부귀를 겸전하는 내로라하는 명문가였다. 사계 김장생의 자손이라면 맞선도 보지 않고 딸을 준다는 말이 있을 정도다.

친정집 산에서 시집, 아니 제 자식들을 복 받게 한 사람이 또 있었으니 그게 바로 고창 선인취와형(仙人醉臥形)에 잠든 정씨 부인이다. 부인은 전라남도 장성 사람인 울산 김씨 김요협과 짝을 지어 친정집에서 살았다. 남편은 공부만 하게 하고 자신은 가산을 일으켰고 죽어서는 명혈에 들어갔다.

"정씨 부인은 두 아들을 두었는데 손자 되는 사람이 김성수라는 사람이다."

"아, 예. 일본 와세다대학(早稻田大學) 정경학부를 졸업하고 중앙학교를 인수하여 교장이 되었던 분이죠. 방직회사도 세우고 《동아일보》도 창간했지요. 대단한 인물입니다."

득량이 익히 아는 사람이라고 침을 튀겼다.

"우규 선생도 그런 인물이 돼야 할 텐데. 그처럼 왕성하게 활동하려면 대학을 마저 마쳐야지. 내가 나라의 동량이 될 인물을 데리고 다니며 헛짓이나 가르치고 있는 건 아닌지 몰라."

태을이 처음으로 회의적인 태도를 보였다. 지금껏 풍수공부에 매진하라고만 독려하던 그였다. 크게 깨치고 나면 그깟 재물과 권력을 얻는 것보다 더 보람 있다고 역설했었다. 재물이나 권력은 오래 갈 수 없지만 영혼을 맑히고 진화시키는 공부는 우주에 영원히 담긴다고 거창하게 기름을 쳤다. 소인배는 몸으로 재물을 일으키지만 군자는 재물로 몸을 닦는다고도 했다.

"선생님! 헛짓이라뇨? 전 그렇게 생각해본 적 없어요."

득량이 손사래를 쳤다.

"나중에 후회하지 않을까? 이 공부는 금년으로 얼추 마치고 내년에는 복학하게. 돈이 있는데 뭐가 걱정인가."

"나중에 봐서요. 선생님 말씀대로 몇 년 사이에 망해나갈 일본인들이 아니라면 배워서 자칫 친일파가 되고 말아요. 관직에 나가 일을 하다 보면 본의 아니게 그렇게 되죠. 일본 천황의 신하요, 총독부 소속이니까요."

"그렇긴 하지. 부디 이런 공부를 하면서도 공부를 게을리 말아야 쓰네. 자유인이 게으름을 피우면 일개 야인에 그쳐버리지. 제갈량은 밭을 갈면서도 공부에 매진했어."

"명심하겠습니다, 선생님!"

"이제 진묵대사(震默大師, 1562~1633) 모친 좀 뵙고 돌아갈까?"

만경들 화포리 해안가 나지막한 주행산(舟行山)에 성모암(聖母庵)과 진묵대사의 모친 고씨의 묘가 있다. 주행산이 있는 곳은 만경강과 서해가 만나는 하구다. 말이 산이지 해발 20m밖에 되지 않는 구릉이다. 풍수에서는 한 자만 높아도 용이라 하니 바다와 접한 이 평야지대에서는 충분히 산 구실을 한다. 성모는 성인의 모친이니 진묵대사는 이 일대 사람들에게 성자로 통한다.

진묵은 숱한 이적(履跡)을 행하여 전주 일대에 많은 전설을 만든 도승이다. 중이 천렵하는 자리에 껴들어 어죽을 탐하고 술까지 얻어 마셔 거나하게 취하곤 했다. 그러면 사람들이 땡추라고 놀렸다. 진묵은 태연히 일어나 춤을 추다가 오도송(悟道頌, 깨달음을 노래한 수행자의 시)를 읊었다.

천금지석산위침(天衾地席山爲枕) 하고
월촉운병해작준(月燭雲屛海作樽) 이라
대취거연잉기무(大醉居然仍起舞) 하니
각혐장수괘곤륜(却嫌長袖掛崑崙) 이라
하늘을 이불 삼고 땅을 요 삼고 산을 베개 삼아
달로 촛불 삼고 구름을 병풍 삼고 바다를 술단지 삼아
크게 취해서 거연히 일어나 춤추니
문득 긴 소매가 곤륜산에 걸릴까 염려로다

"똥 싼 놈이 매화타령이라더니 그 짝 났소. 게송 한 번 겁나게 웅장하고 거룩하시구려. 스님이 고기 먹고 술 마시고 같잖으시오. 이제 색시만 하나 얻어 끼면 그만이시겠구려."
 어죽과 술을 내어준 저수지 천렵꾼들은 진묵을 욕보였다. 스님들 망신 혼자 다 시키는 꼴이었다.
 "허허, 내가 무슨 물고기를 먹고 술을 마셨다고 그러시오. 나는 우리 처사님들이 아무 죄 없는 물고기를 잡아서 솥에 펄펄 끓였기에 불쌍해서 뱃속에 담아둔 것뿐이라오."
 진묵은 천연덕스레 받아쳤다.
 "그럼 얼굴이 벌겋게 달아올라 오도록 퍼마신 술은 또 뭐랑가?"
 좌중에서 한 사내가 눈꼴사납게 이죽거렸다.
 "아 그거야 곡차(穀茶)지 어디 술이오?"
 "곡차? 그 술이 곡식으로 빚은 차라는 거요? 정말 남의 색시 끼고 자놓고 아픈데 치료해줬다고 할 양반이네그려."
 아까 그 사내는 약발 오른 청양고추처럼 단단히 맵게 나왔다. 사람들은 평소 수행자들을 존경하는 것처럼 하다가도 엉터리라고 판단되면 여지없이 깔아 뭉개버렸다. 그래서 도를 행하는 일이 어려웠다. 진묵의 입장이 난처해졌다. 꼼짝없이 놀림거리가 될 판이었다.

"어으, 끄윽! 걸게 먹고 나니 뒤가 마렵네."

진묵은 트림을 하고 방죽가에 골마리(허리춤)를 까고 앉아 똥을 퍼질러놓기 시작했다. 참으로 못 말릴 중놈이었다.

"저런 화상을 보거나. 이젠 방죽물까지 흐려놓고 자빠졌네. 인간 말종이로세."

사람들이 모두 손가락질을 해댔다.

그때였다.

진묵의 엉덩이에서 나온 똥이 방죽물에 닿자마자 기적 같은 일이 벌어졌다.

"얼레! 저건 또 뭐야?"

"뭔데 또 그러나?"

"저기 좀 봐. 저 스님이 싼 똥에서 물고기가 살아서 헤엄치네."

"거 더운 밥 먹고 쉰소리 작작하게. 매운탕에 으깨어 어죽까지 쑤어 먹었는데 소화되면 똥이지 무슨 수로 살아나?"

"아냐, 이 사람아. 일어나서 이리 와보라고."

사람들이 몰려들었다. 정말로 물고기들이 살아서 헤엄쳤다. 눈을 씻고 봐도 여실했다. 진묵은 태연하게 꾀를 추스르고 빙그레 웃었다. 사람들이 두 무릎을 꿇었다. 도승을 몰라보고 땡추라고 놀렸던 것이다.

"큰스님! 저희가 구업을 졌네요. 용서해주세요."

"허허허, 배부르게 얻어먹었으니 소승은 그저 감사할 뿐이오."

진묵은 덕담했다.

"저 물고기는 꼬리가 없네!"

누군가 외쳤고 방죽 물 속에 꼬리 잃은 물고기가 버둥댔다. 그때 진묵이 천연덕스럽게 말했다.

"저기 걸린 솥단지 한쪽에 달라붙어 있을 게요. 그걸 긁어와서 방죽물에 던져주시오."

그대로 했더니 꼬리가 살아서 아까 그 물고기에 가 붙었다.

그 이후로 사람들은 진묵이 아무리 기이한 행위를 하더라도 절대 놀리지 않았다. 도승이 났다고 소문이 퍼졌고 앞다퉈 시주했다. 절집에서 술을 곡차라고 하는 말이 진묵대사에게서 유래되었다. 중고기라는 물고기 이름 역시 그랬다. 진묵스님이 먹고 살려냈던 물고기가 바로 피라미 사촌쯤 되는 버들치였는데 그만 중고기라는 별칭이 붙었다. 버들치라고도 한다. 대사가 남긴 숱한 이적이 누가 지어낸 게 아니고 민중들 속에 파고들어 전해진 것들이었다. 그렇지만 예수나 석가의 이적은 믿어도 이 땅의 도인 행적은 꾸며낸 이야기로 치부해버린다. 꾸몄다면 진묵대사의 일화만 꾸민 것이겠는가. 예수나 석가와 관련된 일화들도 모두 같은 맥락이었다.

명풍수일 뿐더러 구성진 이야기꾼이기도 한 태을이 잠시 눈시울을 붉혔다.

"진묵대사는 효성이 지극한 분이셨지. 부모 버리고 출가한 게 스님이라지만 진묵대사는 오히려 어머니를 절집이 가까운 전주 아중리로 모셔다 놓고 효도를 했어. 나는 출가한 사람도 아닌데 가출한 처지가 되어 내 어머니께 효도 한 번 못했네."

길에서 일생을 보낸 노인의 쓸쓸한 고백이었다. 그 자신이 이제 칠순이었고 자손에게 효도를 받아야 할 위치인데도 돌아가신 어머니께 생전 못해드린 효도를 애석해 했다. 부모 살아계실 때에는 공경하고 돌아가시면 좋은 터에 장례해 드리고 제사하는 게 효였다.

"그래도 명당에 모셨을 건데요 뭘."

득량이 위로로 말했다.

"그저 무탈한 곳일세. 풍수사라고 부모를 명당에 모시는 건 아냐. 복불복(福不福)이지. 어머니나 나나 욕심이 없어서 대지대혈은 생각도 안 했고 그저 편한 자리를 봤어. 풍수사가 당대 발복하는 자리를 골라 제 부모 모시면 자기가 출세하는 게 맞지만 꼭 그렇지가 않거든."

"그럼 당대 발복하는 자리가 아닌 거죠. 풍수사가 잘못 봤든지 아니면 풍수법술이 틀렸든지 둘 가운데 하나죠."

득량은 본의 아니게 지금 우울해 있는 스승 태을과 맞서게 되었다. 아무리 인정상 걸리는 것이라도 공부를 위해서는 치열한 자세를 취했다. 그것은 스승이나 제자가 마찬가지였다.

"둘 다 아닐세."

태을이 단언했다.

"논리적으로는 다른 이유가 있을 수 없는데요?"

득량도 날을 세웠다.

"물각유주라고 하질 않았나. 주인이 아니면 들어가도 소용없어."

"그러니까 풍수사가 법술을 잘못 따진 것이죠. 주인이 따로 있어 제 것이 아닌데도 제 것으로 착각한 것이니까요."

이제 두 사람은 서로 물러설 수 없이 대립했다. 물론 사적인 감정 같은 건 전혀 없었다. 모두 공부의 일환이었다.

"주인을 제대로 찾는 법은 없다네. 주인봉의 형태에 따라 무슨 성씨가 차지하네, 언제 쓸 수 있는 자리네, 라는 법술 정도로 정확히 주인을 찾을 수는 없어. 알다시피 혈판에서 보이는 가장 높은 봉우리의 형태를 오행으로 따져서 성씨를 가리지만 그것도 한자로 할 것인가, 우리말 소리로 할 것인가에 따라 다르지. 더구나 때를 찾는 이기법도 워낙 많아서 어느 것이 적확한 것인지 누가 알겠나? 귀신같은 달사가 아무 때나 나는 것도 아니고. 결론적으로 말해서 그런 법술도 그런 풍수사도 지상에는 있을 수가 없네. 주로 틀리다가 아주 가끔씩 정통으로 맞히면 오묘한 법술이네, 달사네 소문이 나버리는 것일 뿐이야."

태을은 언제나 솔직한 사람이었다. 공인받지 못한 야인들이 도인 흉내를 하면 세상이 시끄러워진다. 그네들이 갖는 특징 가운데 하나가 자신을 과대포장하고 체하는 것이었다. 몰라도 다 아는 체, 안 가놓고도 다 가본 체, 틀려놓고도 맞춘 체하는 걸로 버릇된 사람들이었다. 그러다 보니 나중에는 도덕불감증에 걸려서 못하는 짓이 없게 된다. 거기에 생활을 꾸려야 한다는 명분까지 곁들이면 사기행위도 서슴지 않는다.

누가 뭐라도 태을은 당대 최고수였다. 그래서 굳이 자신을 포장할 필요가 없었고 체할 필요도 없었다. 나이 어린 제자 앞에서 피우기 쉬운 거드름조차도 전혀 드러내는 법이 없었다.

"그렇다면 풍수의 한계를 인정하시는 건가요?"

"물론일세. 세상에 한계 없는 법술은 없어. 그 한계점 위에서 진실하게 천도를 읽어내려고 애쓰는 것이지."

통달한 도인에게 이런 면이 있었다. 풍수법술은 물론 당신 자신의 실력도 한계가 있음을 솔직히 털어놓았다. 벼가 익으면 고개를 숙인다는 말의 의미를 알 것도 같았다. 그러나 득량으로서는 다소 실망이었다. 스승은 남과 다르다. 아니, 달라야 한다. 그런데 그렇게 우러러만 보였던 스승도 어쩔 수 없이 나약한 한 인간존재에 지나지 않는다는 말인가.

"우규 선생!"

"네, 선생님."

"너무 실망은 마시게. 그래도 오백 년 천 년 앞을 보는 도인들도 풍수에는 많으니까 말일세. 여기 이 자리는 무자손 천년 향화지지(無子孫千年香火之地)야. 사시사철 참배객들이 끊이질 않거든."

아들이 승려 신분이기 때문에 대가 끊어지는 건 당연했다. 그런데도 봉제사를 올려주는 사람들이 이어진다는 명당이었다. 혈맥으로 이어나가는 자손과 다를 바 없었다. 이름도 성도 모르는 타인들로 이어가는 인맥이었다. 절묘한 법술이 아닌가. 풍수에는 이런 오묘함도 있었다.

"고시레!"

암자에서 나와 왼쪽에 발로 붙어 있는 진묵대사의 묘소에 와보니, 과연 참배객들이 여럿 있었다. 태을과 득량이 암자에 들어간 사이 온 참배객들이었다. 그들은 이미 참배를 마치고 진설해 놓았던 제물을 조금씩 떼어 던지며 고시레를 외쳤다.

"아주머니! 고시레는 왜 하는 거요?"

득량이 다가가 물었다.

밭 매다가 온 듯한 삼베적삼의 아낙네가 태을의 행색을 훑어보며 대꾸했다. 새까맣게 탄 얼굴에 부스스한 머리가 고단한 삶을 대변했다. 자기 먹을 것도 넉넉지 않을 듯한데 참배까지 오고 음식까지 던져주었다.

"지야 뭘 알간요. 넘들이 모다 그라니까 그라지요."

그리고 보니 득량도 궁금해졌다. 사람들은 들일을 나와서나 소풍 가서도 고시레를 했다. 음식을 먹기 전에 조금 떼어 던지며 외쳤다. 산이나 들이 깃든 정령이나 제사를 못 받아먹는 귀신들에게 주는 음식이라고 들었던 것 같다. 누구는 산에서 맹수들의 존재여부를 가려내려고 던져보는 미끼 같은 거라고도 했다.

"내가 그 사연을 일러드리리다."

사람들이 모두 태을의 성성한 수염 가운데 있는 입으로 시선이 모아졌다. 득량도 귀여겨들었다.

"신통하고 법력 높으신 진묵대사의 모친이 고씨였지요. 대사께서는 풍수에도 조예가 깊었는데 생전에 남다른 효성이 있었다오. 모친이 돌아가셨는데 걱정인 거라. 살아 계실 때는 대사께서 시봉했지만 대사가 죽고 나면 누가 어머니 묘를 벌초하고 제사를 지내겠느냐 말이오. 그래서 무자손 천년 향화지지인 이 자리를 잡아 모신 거요."

"갸륵하고도 놀라운 법술이네요."

"그래놓고 묘 옆에 성모암을 지은 거요. 신도들에게 이르길, '내 어머니는 내가 죽고 나서도 백 년 천 년이 가도 향화를 받을 명당에 모셨소. 내가 승려니 대는 끊겼소. 그러니 여러분들 가운데 누구라도 벌초하고 사초하는 이가 그 즉시로 자손이 되는 셈이오. 그 복을 받는 자손이 된다는 말씀이오. 특히 질병에 거린 사람이 묘를 돌보면 병이 낫고 극락에 갈 수 있게끔 내가 빌어줄 거요. 우리 모친이 고씨였소. 고씨 부인께 편하게 례를 갖추면 좋은 일들이 생길 것이외다.' 이렇게 일러뒀지요. 그게 고시레가 된 유래요."

말씀, 곧 말과 글은 모든 공부와 도의 시작과 끝이다. 선객들은 말을 하지 않는 묵언수행을 하지만 그 자체가 말의 중요성을 역설적으로 드러낸다. 말과 글이 가미돼야 완성된다. 말과 글은 의미화이기 때문이다.

진묵대사는 과연 법력이 높은 도승이었다. 실제로 그의 모친의 묘가 풍수적으로 봐서 천 년 향화지지인가는 중요치 않다. 법력 높은 스님이 그렇다고 민중들에게 전파하고, 언제 어디서라도 편하게 행할 수 있는 간단한 예법을 가미시키니 자연스럽게 뿌리내렸다. 이게 고수들이 쓰는 법술이다. 도는 사람에게 멀지 않다. 진묵은 그걸 너무 잘 알았고 기가 막히게 잘 활용한 고수였다.

"나중에 광양에 들를 때, 시간이 허락하면 도선국사 고친 묘도 둘러보세. 그곳도 이와 똑같이 무자손 천년 향화지지야. 고시례는 없지만. 나는 종족번식을 뛰어넘는 가치를 이런 데서 본다네. 동기간이라는 게 꼭 피와 뼈를 나눠야지만 되는 게 다냐. 온 세상이 마음먹기에 따라 동기간이 될 수도 있거든. 여기에 풍수의 비밀이 숨겨져 있어. 이것은 우규 선생이 차차 연구해 볼 만한 일이야. 자, 그럼 우리 만경강 건너 개가 잠들어 있는 술산(戌山)으로 건너가 볼까."

둘은 군산 쪽으로 건너가기 위해 주행산을 벗어났다. 지평선과 수평선 사이로 가도가도 들판은 계속되었다.

14
다시 떠도는 바람결에

어떤 엿장수

조영수의 서울 입성은 순조로웠다. 중앙학원 아래 한옥 세 채를 구입해서 트고 기존 한옥을 옮겨서 안채와 행랑채를 세웠다. 대들보와 기둥은 베어 말려둔 춘양목을 사다가 바꿨더니 고대광실이 되었다. 틀이 거의 다 갖춰지고 잔일만 남아 있었다. 그 자신이 풍수였기 때문에 안채의 구조는 가장 길하다는 용(用)자 형태로 지었다. 복잡한 이기법은 집어던지고 북악산에서 남쪽으로 내려온 용맥에 맞춰서 남향판으로 앉혔다. 구들도 놓았고 이제 벽 바르기와 마루 놓기, 정원 가꾸기, 꽃담 쌓기를 해야 했다. 늦어도 추석 무렵이면 완전한 저택으로 변모할 것이었다. 99칸이라는 윤씨들 집에 비할 수는 없어도 일대에서는 제법 눈에 띄는 집이었다.

비좁은 골목 안에서 하는 공사라 어려움이 많았다. 조영수는 특유의 처세술로 총독부와 경찰서 도움을 받았다. 대구경찰서 지인을 이용하여 서울 종로경찰서 사람을 소개받았고, 무라야마를 만나서 서울 총독부 사람들도 여럿 사귀었다. 골목사람들이 민원을 넣어도 칼을 찬 일본인 경찰이 한 번 다녀가면 잠잠했다.

도편수에게 마무리를 맡긴 조영수는 지방나들이를 다니기 시작했다. 사람이 워낙 야무지고 빈틈없는 모도리였다. 혹시 누가 틈바구니에서 장난을 치면 단번에 간파해버리고 응징했기 때문에 속일 수가 없었다.

그는 우선 안동에 여관방을 얻었다. 양복을 벗어놓고 시원한 삼베 옷에 밀짚모자를 눌러썼다. 큼직한 손수레를 맞춘 그는 거울이나 백분, 머릿기름, 향수 따위의 화장도구와 실패, 바늘, 색실, 골무 등 바느질 용품은 물론 족집게, 빗, 유리로 된 작고 예쁜 주방용기들, 심지어는 소설책을 준비했다. 그리고 울릉도 호박엿판을 떡 하니 올려놓으니 영락없는 엿장수와 방물장수였다.

고령에서는 풍수, 서울에서는 사업가, 여기서는 방물장수와 엿장수였다. 풍수에서 말하는 용(龍)이 뭔가. 용의 미덕은 무엇보다 변화에 있었다. 자유자재로 변화하고 조화를 부려야 살아있는 용이다. 변화를 모르고 조화를 부리지 못하면 죽은 용인 것이다. 산이 용이 될 수 있는 것은 본체는 가만히 있는 것처럼 보이지만 사시사철 초목과 구름과 비바람으로 변화무쌍했다. 새싹을 틔우고 무성해지다가 붉게 단풍을 들였고 옷을 벗었다. 흰눈 내리면 신선처럼 백발이 되었고 이듬해 봄이면 연분홍 진달래 산천으로 변신했다.

나는 용이다. 용의 눈에는 다른 이들이 보지 못하는 것들이 보인다. 눈 빤히 뜨고도 보지 못하는 청맹과니들과 미련 곰탱이들 세상에서 머리 밝은 이가 우뚝 솟구치는 이유다. 헐벗은 산하, 남루한 민초들의 삶의 현장에도 유구한 역사는 살아 있고 유물유적들은 발에 채였다. 귀신 나온다고 불쏘시개로 쓰거나 소금단지, 간장종지로 쓰는 보배들이 쌔고쌨다.

그랬다. 조선 천지가 온통 돈으로 도배돼 있었다. 그 돈들을 긁어내오면 벼락부자가 될 수 있다. 더구나 이미 철창에 갇혀가며 확보해둔 판로가 있었고 나까마라 부르는 거간꾼들이 있었다.

나는 몸을 낮추고 기꺼이 엿장수 노릇을 할 것이다. 엿을 팔고 방물을 팔지만 일본 엽전 따위는 받지 않으리라. 역사의 향기가 어린 골동품들을 거둬들일 테다.

조영수는 터덜터덜 손수레를 끌며 고색창연한 골목들을 누볐다. 손에는 가위까지 들었다.

철커덩— 철커덩— 철커덩—.

"동티날 물건들 거둬가요! 예쁜 거울과 화장품으로 바꿔줘요! 우는 아이 뚝 그치는 울릉도 호박엿도 줍니다!"

처음에는 모기소리처럼 기어들어 가던 소리가 점차 우렁차고 구성지게 자리를 잡아갔다. 특히 장지문을 다시 바르던 집에서 고서화가 여러 겹으로 덧붙여진 보물을 엿 두 줄로 맞바꾼 이후로는 신이 절로 났다.

"무거운 양념단지 같은 것도 가볍고 예쁜 유리제품으로 바꿔줍니다."

조영수는 내놓는 물건만 받는 게 아니고 부엌과 안방을 기웃거리며 대물할 물건들을 골랐다. 특히 금이 갔거나 이가 빠진 도자기들을 적극적으로 거둬들였다. 수리공에게 맡기면 감쪽같이 새것으로 변신한다는 걸 잘 알고 있었다.

"파리똥이 새까맣게 앉은 족자들도 가져가남유?"

아낙네가 마루에 내걸린 족자를 가리켰다. 정교하게 그려진 연도가 꽤 높은 까치호랑이 그림이었다. 잘 닦아내면 최상품이었다. 일본인 수집상들이 환장하는 물건 아닌가.

"저런 건 가져가봤자 불쏘시개 감밖에 안 돼요. 참빗 하나에 엿 두어 볼때기 드리리다. 안 쓰는 병풍 같은 건 없슈? 광에 처박아둬서 쥐가 쏠은 그런 것 말이라우."

조영수는 평가절하하느라 부러 미간을 찌푸렸다.

"거울도 하나 줬으면 좋것쿠마."

순진한 아낙네는 슬슬 눈치를 봐가며 거울을 만지작거렸다.

"그건 안 돼요. 뭐 다른 물건들 좀 보여줘요. 괜찮은 게 나오면 거울뿐이랍니까. 백분에 향수도 줄 수 있지라."

조영수는 작은 댑새눈을 부지런히 굴려대며 집안 구석구석을 살폈다. 고물을 걷어다가 겨우 입에 풀칠이나 하는 사람행색을 하느라 무릎이 툭 튀어나온 삼베바지를 걸쳤다. 상의는 몇 군데 기운 흔적도 있었다.

"아까 병풍이라고 하셨소?"

"깨끗하고 좋은 건 집에서 쓰시고 안 쓰고 처박아둔 것만 보여줘요."

아낙네는 광에 들어가서 굴왕신같은 병풍들을 꺼내왔다. 어떻게 해서든 백분과 향수를 갖고 싶어하는 눈치였다.

"저 여편네가 지금 뭐할라꼬 병풍을 죄다 꺼내놓고 지랄일꼬? 먼지 뒤집어써감서나?"

언제 들어왔는지 주인 사내가 꼬장꼬장한 목소리도 야단을 쳤다. 긴 장죽을 입에 물고 담배연기를 날렸다.

"쥐 뜯어먹은 거 보여주는 거여요. 뭐하고 좀 바꿔볼까 해서."

"조상이 물려준 걸 엿 바꿔 먹을라꼬? 한 잎에 툭 털어넣고 우물거리면 그만인 걸 잘하고 자빠졌다!"

사내가 눈을 부라렸다. 조영수는 은근히 얼굴이 달아올랐지만 여기가 물러나면 조조라 불리는 조판기 아들이 아니었다. 그저 사람 좋은 사람처럼 헤벌쭉이 웃고 서 있다가 질 좋은 봉초 한 봉을 꺼내서 내밀었다.

"이거 새로 나온 담배요. 한 번 피워봐요."

사내는 엿장수를 흘끔 보고 나서 아직 남아 있던 담배를 댓돌에 탁탁 쳐 꺼내버리고 봉초를 쟁였다. 조영수가 잽싸게 라이터로 불을 댕겨주었다. 사내는 라이터에 얼이 빠졌다.

"그거 한 번 줘보쇼. 귀한 것을 가지고 댕기네."

사내는 엿장수의 위아래를 다시 훑어 내렸다. 개발에 주석편자라는 뇌꼴스런 빛이 역력했다. 나 같은 양반집 주인도 없는 최신상품을 너 같은 엿장수가 지니고 있냐는 투였다.

"워낙 귀한 거니께 조심해서 구경해요. 아주 새것이라 아입니꺼."

조영수가 신주단지 모시듯 라이터를 다뤘다.

"이것 몇 원은 줘야 할 긴디. 아매 쌀 두어 말 값은 줘야 살끼구마."

사내는 이리저리 돌려가며 만지작거리다가 불을 댕겨보았다. 불꽃보다 더 환한 웃음이 피어났다. 안식구가 화장품을 탐내는 것과 다름없었다. 조영수는 마루로 올라가서 먼지를 뒤집어 쓴 병풍들을 펼쳐보기 시작했다.

조영수는 그만 비명을 지를 뻔했다. 추사(秋史) 김정희(金正喜, 1786~1856)의 글씨로 된 여덟 폭짜리 병풍이 나왔던 것이다. 작자 미상의 백자도(百子圖)도 명품이었다. 어린 아기 백 명이 천진하게 놀고 있는 그림이었다.

아낙네는 빗물로 얼룩진 추사의 병풍을 내놓고 싶어했다.

"이거면 거울과 백분, 향수 모두 바꿀 수 있것지요? 왜, 모자라나요? 그럼 이 까치호랑이 그림도 가지시면 안 될라꼬?"

"왜 그 글씨를 줄라카나? 그건 조부님 친구 분이 써준 긴디. 차라리 그 아새끼를 그림 줘삐리라. 제사 때도 못 써먹고 아무 필요 없는 기라."

사내가 훈수를 뒀다. 조영수는 내심 쾌재를 불렀다. 백자도가 훨씬 가치 있는 물건이었다. 아들이 귀한 집에서 안방에 두면 득남을 한다는 그림이었다. 민화(民畵)로 치부해 버리기에는 너무도 재밌고 잘 그려진 명품이었다.

"그라까예?"

"그라지 말고 둘 다 주이소. 화장품 일습에 라이타까지 드릴랑께요."

이 말에 사내는 회가 동했다. 금방이라도 바꿀 듯하다가 이내 말을 바꿨다.

"안 되겠쿠마. 그 글씨 병풍은 조부님 함자까지 써있는 거라서 곤란하다 아입니꺼. 도연명의 귀거래사(歸去來辭)가 써진 것이라 향촌에 내려와서는 거처하시는 방에 늘 펼쳐두셨지. 못 내놓것소."

좋다 말았다. 조영수는 반전을 노렸다.

"그런 것 둬봐야 비나 맞고 쥐가 쏠아버리면 땔감밖에 더 될라꼬예? 그라지 말고 저 주이소. 내는 워낙 없이 살다보니께 명절 때 쓸 병풍 하나가 없십니더. 내가 가져다가 쓸라니께 저 주이소. 약주값도 좀 내놓겠소."

"이 사람 무식허기는! 귀거래사가 뭔 뜻인 줄이나 알고 하는 얘기요? 낙향하는 선비 얘긴디 명절 때 어떻게 써. 혹 제사 때나 쓸까 모르것네."

사내가 혀를 끌끌 차며 한심하다는 투로 야단을 쳤다. 조영수는 상대가 낚싯밥을 물었다 생각하고 잽싸게 줄을 당겼다.

"무식해서 그라지요. 이 손으로 붓 한 자루 굴려본 적 없고 문종이 한 장 먹칠해본 적이 없다 아잉교? 남들이 뭐라캐도 난 이것 가져가서 명절 때 쳐놓고 차례상 올릴라요. 자식들 커가는디 병풍 하나 없으니 모양도 사납고요. 이런 명문가야 넘쳐나는 게 병풍이지만 우리거튼 사람은 어디 그랍니꺼?"

조영수는 굽실거리며 거울과 화장품, 라이터에 엿까지 푸짐하게 떼어서 마루에 올려놓았다. 때가 꼬질꼬질한 쌈지에서 1원짜리 지전까지 꺼낸 그는 사내의 괴춤에 찔러주었다. 사내는 엉겁결에 라이터와 돈을 받고는 우두커니 서 있었다. 그러다가 주머니에 찔러준 지전이 1원이나 되는 거금임을 알고는 바로 흐뭇해졌다.

"이 라이타 쇠구지름 넣는 거요? 돌도 갈아줘야 쓴다는디?"

이렇게 거래가 성사되었다. 아직은 속단할 수 없지만 몇천 대 일의 물물교환이었다. 나중에 대구나 서울에 나가서 일본인 수집상과 협상할 때는 집안에 내려온 가보라고 둘러댈 판이었다.

"석유 맞고요. 라이타돌은 내가 충분히 드리고 가겠심더."

조영수는 연필심 부러진 모양의 부싯쇠를 열 개나 꺼내주었다. 사내는 보물처럼 떠받들고서 입이 귀에 걸릴 지경이 되었다. 아낙네는 거울과 화장품을 챙겨들고 벌써 안방으로 사라진 뒤였다.

조화를 부린 용은 다시 연못에 잠겨야 한다.

조영수는 마른하늘을 쳐다보았다. 비라도 내리면 큰일이었다. 오늘은 이쯤에서 철수하기로 했다. 괜히 더 욕심 부리다가 확보해둔 물건이 손상되거나 분실하면 낭패였다.

그는 여관방에 틀어박혀서 물건들을 펼쳐놓고 벅찬 가슴을 달랬다.

삼천리강산에 이런 노다지가 넘쳐났다. 왜 진작 이런 생각을 못하고 옛 무덤을 도굴하느라 밤잠 못 자고 그 야단을 했던지 후회스러웠다. 경찰서 유치장 신세까지 졌질 않았던가. 아니었다. 꿈을 키우며 살아가는 자 헛된 체험이란 없다. 젊어서는 돈 주고 사서라도 고생한다는 말이 그래서 나왔다. 도굴을 해서 나까마들과 거래하고 들통나 철창신세를 져봤기 때문에 보다 안전하고 더 돈이 되는 이런 엿장수 노릇할 생각을 했다. 처음부터 이 길로 올 수는 없었다.

안 먹어도 배가 부른 그는 고등어자반에 밥 한 공기를 비우고 돌아와 공부에 매달렸다. 한문이야 가학(家學)이 있어서 막힌 데가 없었다. 문제는 골동품에 관한 지식이었다. 벌써 오래 전부터 일본인이 쓴 책들을 구해 읽어왔지만 정작 조선의 골동에 관한 정보가 부족했다. 그림에는 표암, 겸재, 단원, 혜원이 유명하다고 했고, 글씨에는 추사를 비롯한 여러 문사들과 왕이 쓴 어필(御筆)들, 도자기는 때깔 좋은 고려청자와 조선백자, 그 밖에 여러 민화들도 값나가는 게 많았다. 특히 오늘 먼지구덩이에서 건진 백자도 같은 그림은 임자만 잘 만나면 부르는 게 값이었다.

아무래도 남산 소화통의 경성미술구락부에 가봐야 할 것 같았다. 일본인들이 세운 골동품 경매회사지만 값을 정당하게 받아낼 수 있는 곳이었다. 야매(암시장)로 팔면 손해였다. 장물이나 도굴한 것도 아닌데 음지에서 거래할 필요가 없었다.

그는 열흘가량 안동 구석구석을 훑어서 트럭 한 대 분량의 골동품들을 수집했다. 고령 집에 들러서 아버지를 찾아뵙고 싶은 마음이 굴뚝같았지만 대써 다독거렸다. 큰일을 하는 장부가 소소한 정에 얽매여서는 안 된다. 나중에 웃는 사람이 되려면 과정상의 즐거움은 포기할 줄도 알아야 한다. 스스로를 한정짓는 것, 그것은 큰일을 도모하는 이가 지녀야 할 덕목이다. 이도 저도 다 잘할 수 없는 인생이었다.

조영수는 북촌 집에 골동품들을 옮겨다놓고 시건 장치를 특별히 맞췄다. 도난당하면 도로아미타불이었다. 표구점에 맡길 물건은 맡기고 수선할 것은 수선했다. 때를 벗겨내고 옷을 다시 입히니 골동품 특유의 고졸한 맛들이 기품 있게 살아났다. 사람이나 물건이나 돈을 좀 먹여야 윤택이 돌았다.

그는 경성미술구락부에 출입하며 물건에 대한 안목도 넓히고 사람도 사귀기로 했다. 아직 조선인들은 이 방면에 눈을 뜨지 못해서 몇 명이 되지 않고 거개가 일본인들이었다. 아주 가끔씩 미국과 영국인도 한둘 보였다. 야나기 무네요시〔柳宗悅, 1889~1961〕라는 일본인 민예운동가가 세운 경복궁의 조선민족미술관도 자주 찾았다. 그곳 역시 일본인들로 북적댔다.

일본인들은 왜 조선의 골동품에 열광할까. 하다못해 막사발 하나를 두고도 하늘을 떠받드는 선의 미학 운운하며 극찬했다.

"나는 조선인들의 예술을 생각할 때마다 스며 흐르는 눈물을 생각하지 않을 수 없소."

야나기는 조선의 도자기 등 민예품을 예찬한 일본인이었다. 침략자 입장에서 패배자의 미술품들은 슬퍼만 보였을 것이다. 그렇더라도 그는 양심 있는 지성이었고 조선의 문화를 사랑한 미술평론가였다. 일제가 조선총독부 건물을 세우기 위해 광화문을 철거하려고 했을 때도 정면으로 비판하며 언론을 통해 철거반대 여론을 모았다.

경성미술구락부에서 만난 일본인 수집가 모리타 역시 조선의 문화에 매료된 사람이었다. 모리타는 자신을 그저 애호가 수준이라고 했다. 오쿠라나 아가타, 하야시 같은 기업형 수집가들과는 비교도 안 된다고 했다. 그는 조선의 고미술이 그냥 좋아서 관부연락선을 타고 조선에 건너와 적은 돈으로 몇 점씩 경매를 받는단다. 모리타는 조영수보다 10년가량 연상이었다.

"기와지붕의 끝을 장식하는 치미, 그 하늘을 비상하는 웅장한 선과, 여인들의 그네뛰기, 그 여인들이 신고 있는 하얀 버선코와 유려한 상승곡선을 지닌 수눅 선을 보면 조선인들은 천상을 꿈꾸고 살아가는 종족이라는 생각이 든다오."

모리타는 도자기나 그림보다도 아기자기한 소품들을 더 좋아했다. 돈이 적게 들면서 조선인의 심성을 더 많이 느낄 수 있다는 것이다. 포마드를 발라서 올백으로 빗어 넘긴 머리칼 선이나 당딸한 키에 볼록한 항아리 배의 선이 인상적이었다. 그의 볼품없이 퍼진 몸이 지닌 선들과 조선의 민예품이 지닌 선은 격이 너무 달랐다. 그래서 아름다운 선에 더 집착하는 건지도 모른다고 생각했다.

"그런 사람들이 왜 조선을 짓밟고 침략했소?"

민족주의자는 아니었으나 제 나라를 생각하는 건 어쩔 수 없었다. 조영수는 솔직한 면을 보이기 위해서라도 부러 모리타의 심기를 불편하게 만들었다. 그냥 순종하는 모습만 보이는 것보다 이렇게 따질 건 따지는 모습을 보여주는 게 신뢰를 더 주었다. 천하의 조영수는 말 한마디라도 철저한 계산 아래 건넸다.

"조상, 나는 아니오. 나는 일본과 조선이 대등한 입장에서 선린 외교하는 걸 바라는 사람입니다. 나 같은 일본인들이 대부분이라는 걸 알아주시오."

모리타는 정말 죄스러워하는 기색이 완연했다.

"모리타 상을 두고 한 말씀이 아닙니다. 군국주의자들이 문제라는 것쯤은 익히 알고 있으니까요. 제가 이 방면에는 초짜배기니 모리타

상의 가르침 부탁드립니다."

조영수는 허리를 숙여서 예를 갖췄다.

곧 경매가 시작되었다. 소품들부터 시작해서 서화나 도자기로 이어졌다. 모리타는 사이사이 경매 참여방법과 좋은 물건을 보는 법 등을 일러주었다. 배불뚝이 노신사들은 명품이 나올 때마다 침을 꿀꺽 삼켰다. 조영수로서는 좀처럼 이해되지 않는 행동이었다. 돈이 된다니까 하는 것이지 그림과 글씨는 밥이 될 수 없었고 도자기는 그릇에 지나지 않았다. 대가들 것도 아닌 서화 한 점에 쌀 열 가마, 스무 가마값을 매기는 게 이상했다. 쌀은 사람 목숨을 부지시키지만 서화는 눈요기밖에 더 하는가. 쌀 열 가마면 다섯 식구가 몇 년을 먹을 양식이었다. 값싼 보리나 감자로 바꿔서 섞어먹으면 10년도 지낼 수 있는 양이었다.

하지만 조영수의 이런 생각은 경매 마지막에 피날레로 등장한 고려청자 병 하나로 여지없이 깨졌다.

청자상감운학매병(青磁象嵌雲鶴梅瓶).

고미술을 모르는 이라도 척 보면 명품이라는 느낌이 왔다. 모양은 물론이고 빛깔도 좋았다. 구름과 학이 상감(象嵌, 무늬를 새겨 그 틈에 여러 재료들을 박아 넣는 공예기법)된 꽃병이었다.

"이 매병은 걸작입니다. 왕실이나 고관대작이 소장하던 것입니다. 명품을 확보하려고 애써온 저희 경성미술구락부가 여러분께 공개하는 오늘의 스페셜입니다. 시작 가격을 5천 원으로 하겠습니다."

조영수는 귀를 의심했다.

"모리타 상! 방금 5백 원이라고 했습니까, 5천 원이라고 했습니까?"

"5천 원이오."

"햐! 쌀이 천 가마 아닌가요?"

"그렇게 따지면 고미술은 못 사요."

두 사람이 소곤소곤 얘기를 건네는 순간에 6천, 7천 원으로 낙찰가가 올라가고 있었다. 조영수는 도깨비 소굴이 따로 없다는 생각을 했다. 이게 말이 되는가. 저깟 꽃병 하나에 천금이 내걸리다니 기도 안 찼다.

그가 확보한 도자기 가운데는 저런 명품은 없었다. 난초가 그려진 백자 화병이 있었고 접시 몇 점, 연적, 가야 토기 몇 점이었다. 나머지는 대부분이 서화였다.

눈치를 보니, 백자도나 추사의 여덟 폭 병풍 같은 것은 쌀 수십 가마는 족히 받아낼 수 있을 것 같았다. 그렇더라도 앞으로는 도자기를 구하는 게 좋을 듯했다.

매병 경매는 계속되었다.

"자 9천 원 나왔습니다. 더 쓰실 분 없으십니까? 9천 원입니다. 없으면 낙찰된 걸로 합니다. 오, 사, 삼, 이."

사회자가 일본말로 숫자를 세어 내려갔다.

"여기 만 원이오."

실내가 술렁거렸다. 은발의 일본 신사 쪽으로 시선이 모아졌다. 옆에서 모리타가 변호사 출신이라고 귀띔해줬다. 교토나 경성 법정에서 변론하여 벌어들인 수임료를 몽땅 고미술 사들이는 데 쓴다고 했다.

경매가 끝났다. 조영수는 모리타를 구름재 운현궁 뒷골목 내외주점으로 안내했다. 자상하게 가르쳐준 인사로 이른 저녁을 대접할 작정이었다. 얘기가 잘 되면 나중에 요정으로 옮길 수도 있었다. 그들은 인력거를 타고 청계천과 종로통을 지나 구름재 골목에서 내렸다.

"오늘은 귀인을 모시고 왔으니 이 집에서 제일 맛좋은 음식과 잘 익은 가양주를 내놓으라고 여쭈어라. 아, 참! 우물물에 담가둔 시원한 비루 있으면 두어 병 먼저 내놓으라고 여쭈어라."

"반갑다고 여쭙고 잠시 기다리시라고 여쭈어라."

여염집 대청마루에 올라와 보이지 않는 여인과 대화를 나누자 모리타는 고개를 갸우뚱거렸다. 술상 앞에 앉아있는 모습이 꼭 두꺼비를 닮았다.

"아시다시피 조선 양반집들은 거의가 다 망해버렸답니다. 일본이 병탄해 버리면서 관직길이 막혀버렸으니 이렇게라도 하지 않으면 굶어 죽지요."

조영수가 내외주점 내막을 상세히 설명했다. 모리타는 동정어린 기색으로 집안을 살피느라 두리번거렸다. 여름인데도 꽉꽉 닫힌 집안은 적요했다. 바깥주인이 안에 있는지 없는지도 몰랐다. 손님이 들면 아예 출입을 삼가버렸다. 체면 때문에 차마 낯을 공개할 수 없었던 것이다.

"조선 양반 신세가 딱하게 됐습니다."

"이런 심성을 가진 사람들을 곤란하게 해놓고 조선 골동품에만 혈안이 돼서는 경우가 아니지요. 모리타 상께서는 이해하시죠?"

"이거 내가 거듭거듭 사죄합니다, 조상."

곧 맥주가 올려진 술상이 나왔다. 마른안주도 구색을 갖췄다. 구절판에 멸치며 다시마, 살구 말린 것 등이 담겼는데 언제 와서 봐도 얌전한 음식솜씨였다. 고향 전주 음식 못지 않았다.

"시원하게 한 잔 드십시다."

둘은 건배했다.

"모리타 상, 전 놀랐습니다. 너무 어마지두해서 아직까지도 진정이 안 돼요. 어떻게 그 병 쪼가리 하나가 거금 만 원이나 간다는 말씀이오? 그걸 앉은자리에서 척 내놓고 사니 모두가 어떻게 된 세상이 아닌가요?"

조영수는 속셈이 따로 있으면서 엄살을 피웠다. 이래놔야 모리타가 훈수할 말이 있었고 나중에 자기 집에 쟁여둔 물건을 선보일 때도 높은 값을 요구할 수 있었다. 사람들은 흔히 남 앞에서 자기의 약점을 보이지 않으려고 애쓴다. 하지만 그것은 한 번 보고 말 상대이거나 긴밀한 관계가 아닌 사무적인 만남일 경우다. 뭔가 깊은 거래를 원한다면 적당히 약점을 드러내 보일 필요가 있었다. 상대는 그 약점을 오히려 친숙하게 여기고 신뢰한다. 배우려고 하는 사람은 원수도 가르쳐준다는 말이 있다. 더구나 모리타 상은 눈썹이 짙고 눈이 맑았다. 생각이 바르고 의리가 있다는 뜻이다. 풍수를 멋으로 배우고 관상을 취미로 배운 게 아니었다. 실생활에 활용하려고 배운 것이다. 쓸모없이 배우는 것이나, 배워서 못 써먹는 것이나 바보짓이긴 마찬가지다.

"조 상, 아시겠지만 다이아몬드는 손톱만 해도 어마어마하게 큰 보석이고 그 값도 몇만 원, 몇십만 원이오. 골동품도 그렇다오. 명품은 미의 정수요, 고귀한 인간정신의 발현이니까 정당한 값을 쳐줘야 하는 겁니다."

"제가 너무 많이 배우고 있습니다. 감사드립니다."

조영수가 앉은자리에서 머리를 깊숙이 조아렸다. 모리타는 골동품에 얽힌 숨은 이야기들을 꺼내놓았다. 일반인들로서는 도저히 이해할 수 없는 호고(好古) 취향과 돈장난이었다.

땀이 좀 가시자, 가양주와 푸짐한 안주가 나왔다.

"입에 맞으실지 모르겠습니다."

"아주 좋아요. 나는 조선음식 다 잘 먹습니다. 매운 김치도 곧잘 먹어요. 삭힌 홍어하고 보신탕만 못 먹어요."

"그건 저도 못 먹습니다."

두 사람은 죽이 맞았다. 아직 해도 안 떨어졌는데 거나하게 취했다. 모리타는 매우 흡족한 모양이었다. 조영수는 기회다 싶어서 슬그머니 보따리를 풀어놓았다.

"제가 어쩌다보니 전라도 전주와 경상도 대구에 연고가 있습니다. 옛날에는 가문이 번성하여 집안에 없는 물건들이 없을 정도였는데 가세가 많이 기울어 이제 별반 남은 게 없어요. 그래도 물건들이 상당하거든요. 바쁘시지만 언제 한 번 저희집에 오셔서 골동품 감정 좀 해주십시오."

엿장수 노릇으로 긁어모은 골동품들이 가보로 둔갑하는 순간이었다. 말끔한 신사복에 세련된 언행, 한문 독해나 일본어 구사까지 유창한 그는 이제 명문가 후예였다. 굳이 따지자면 한미한 출신은 아니었다. 부친이 아전을 해서 그렇지 본래는 내로라하는 풍양 조씨 집안 아니었던가.

"아하! 그렇습니까? 대구야 오다가다 들르면 되고 전주가 고도(古都)이며 조선에서 첫째가는 예향이라는데 한 번도 못 가봤습니다. 덕분에 가보게 돼서 기쁩니다."

모리타는 기꺼이 가겠다고 나왔다.

"지방이 아니고 바로 이 윗동네 북촌에 있지요. 서울에도 조그만 오두막 한 채가 있는데 정원을 꾸미느라고 어수선합니다."

"그렇습니까? 결례가 안 된다면 당장 가봐도 되겠습니까?"

"결례라뇨. 저는 아무 때고 대환영입니다."

골동에 미친 사람들은 천 리라도 달려가는 수고를 마다하지 않는 법이다. 동호인들끼리 현해탄을 건너고 중국 북경 유리창, 멀리 미국 뉴

욕까지 간다는 말도 있었다. 그만큼 유산가들만이 누리는 고상한 취미였다.

조영수는 두꺼비를 닮은 땅딸막한 배불뚝이 사내를 달고서 북촌으로 걸어 올라갔다. 인력거를 탈 것도 없이 조금만 걸으면 바로 닿는 거리였다.

다시 길을 나서다

전주 솟을대문 정씨네 집에서는 여행준비가 한창이다. 진태을이 서둘러서 2차 답사를 떠나자는 말에 득량이 동조한 것이다. 태을은 애초 득량에게 밀월기간도 줄 겸 더운 여름도 날 겸해서 초가을에 답사를 나설 계획이었다. 그런데 웬일인지 자꾸 초조해하며 서두르던 것이다. 워낙 웅숭깊은 분이라서 득량은 이유를 물을 것도 없이 그대로 따랐다.

"날이 너무 더워서 걸어서는 무립니다. 차를 내드릴 테니 마음대로 쓰십시오. 연로하신 진 선생님도 그렇지만 우리 아우도 이제 가정을 가진 몸이니 험한 노정은 안 됩니다."

세량이 강권하다시피 기사를 묶어서 지프를 내주었다.

"이거 너무 요란스럽게 답사를 다니게 생겼구려. 하도 그러시니 염천이 식을 때까지만 쓰다가 돌려보내리다. 차가 있으면 빠르게 많이 보지만 그래도 풍수답사는 용맥을 발로 밟아가며 다녀야 제대로 공부가 되는 거외다."

태을은 다지못해서 세량의 호의를 받아들였다. 득량은 좀 다른 생각이었다. 문명의 이기를 잘 활용하는 것도 한 방법이었다. 주마간산 (走馬看山)이라는 말이 왜 나왔겠는가. 말 타고 달리면서 산을 보니 대강만 본다는 뜻이 되지만 달릴 때 달리고 걸을 때 걷는다면 효율적 일 수가 있었다.

"김 기사, 자네가 고생 좀 해야 쓰겠네. 험한 일 도맡아서 해주게. 여행 마치고 돌아오면 포상할 게야. 식구들 걱정일랑 말고. 내가 잘 보살펴줄 거니까."

세량은 운전은 물론 자동차 정비기술도 가지고 있는 김 기사를 붙이면서 만수받이까지 당부했다.

"금강산도 구경하고 백두산도 구경할 수 있으니 저는 좋네요. 서울 이북은 가본 적도 없잖아요. 이 참에 팔도유람 가는 거지요. 사장님, 아무 염려마시랑게요. 두 분 어르신 잘 모실 텡게요."

김 기사는 욱하는 성깔이 있어도 뒤끝은 없다고 했다. 기름밥 먹으며 생긴 버릇이라 운전하는 것만 간섭하지 않으면 말썽부리지 않는단다. 검은 피부에 부리부리한 눈을 가진 김 기사는 그래도 믿음직한 길라잡이였다. 지도를 구하고 도로사정을 알아보느라 벌써부터 부산을 떨었다. 그는 좀 엉뚱한 구석이 있었다. 세량에게 사진기 한 대를 구해달라고 요구했던 것이다.

"사진기는 왜?"

"두 분 기념되는 장소에서 찍어드려야죠. 역사적인 일이잖아요."

"이 사람! 자네 금강산 가서 멋 부리고 박아달랄 속셈이지?"

세량이 밉지 않게 째려보았다.

"도랑치고 가재잡기죠, 뭐. 헤헤."

"알았네. 여하튼 두 분 잘 모셔야 해!"

"여부가 있겠어요? 대인 어르신과 작은 서방님이신데요. 제 목숨보다 소중하게 모시겠습니다."

득량은 김 기사가 한편으로 부러웠다. 험한 길을 운전하는 일이 쉽지는 않겠지만 눈요기를 하는 유람이었다. 뭔가를 이뤄야 한다는 부담도 없고 평생 소원인 금강산 구경을 성취하는 일이었다. 오죽했으면 사진기 생각까지 다 했을까. 득량으로서는 전혀 하지 못한 생각이었다.

"결혼한 지 백 일도 채 안 됐는데 생과부를 만들어서 미안하오."

득량은 입덧을 하느라 부쩍 야윈 이숙영의 손을 잡아주었다. 새 생명을 몸 안에서 길러낸다는 게 어디 쉬운 일인가. 무더위에 대식구 살림도 거들어야 하니 더했다.

"일찍 나서면 그만큼 일찍 돌아오시잖아요."

참 무던한 성정이었다.

"당신, 친정집에 가 있을 테요? 어머니께 말씀드리리다."

"무슨 말씀이세요. 당신 없는 집에 저라도 곁에 있어야 어른들께서 든든해하시죠. 몸 풀기 전에는 오실 거잖아요?"

"물론이오. 겨울이 닥치기 전에는 돌아올 거요."

"양력 3월 말경에 해산해요. 뱃속 우리 아이와 함께 날마다 기도할게요. 당신 가신 북쪽을 향해 칠성님께 기도할게요."

득량은 자신이 홀몸이 아니라는 사실을 절감했다. 아내도 있고 아이도 있었다. 아직 세상에 나오지는 않았어도 엄연한 존재로 다가왔다. 어미의 심성을 닮아서 어질고 양명할 테지. 그 녀석이 세상에 나오기 전에 멋진 아빠모습이 돼 있어야 할 텐더 산 공부한다고 바람만 잡으러 다니면 어쩌지, 하는 불안감도 다소 느껴졌다. 세상의 예비아빠들이 갖는 보편적인 정서였다.

이숙영은 여행짐을 야무지게 쌌다. 갈아입을 속옷과 여벌의 등산화, 심지어는 홍삼절편까지 챙겼다. 김 기사에게 상하지 않도록 각별히 관리하라고 주문했다. 지프 짐칸이 가득 찰 정도로 준비물이 많았다.

"풍수 원정대로군요. 내친김에 만주까지 다녀와 버리죠."

득량이 챙 넓은 모자를 들고 조수석에 오르며 웃었다. 뒷자리에 앉은 태을이 응수했다.

"왜? 바이칼 호수까지 돌고 오지 뭐."

"바이굴? 그게 어디래요?"

김 기사가 오지랖 넓게 껴들었다.

바이칼은 러시아령 시베리아에 있는 세계 최대 담수호로 춘원 이광수 선생이 지난 1917년인가 《매일신보》에 연재한 소설의 무대였다. 서울이나 평양의 엘리트들이라면 한 번쯤 갔다오고 싶어하는 곳이었다.

지프가 출발했다. 득량은 솟을대문 앞에 서서 배웅하는 식구들에게 손을 흔들었다. 지난 겨울 마이산을 떠나 처음 답사길에 오르던 때와는 사뭇 다른 출발이었다. 차량도 그랬지만 마음가짐이 달랐다. 전에는 뭣 모르고 따라나선 길이었고 지금은 풍수가 뭔가를 알 만큼 아는 입장에서 더 많은 혈자리를 경험하기 위한 길이었다. 풍수의 한계도 모순도 알았다. 일단은 전국을 순례해본 다음에 돌아와서 차분하게 정리하기로 했다.

여산에는 여산 송씨의 시조 송유익(宋惟翊)의 청학무상형(靑鶴舞翔形, 청학이 춤을 추며 날아가는 형국) 명당이 있다. 이 자리는 문필봉이 즐비하게 배열해 있어서 두고두고 빼어난 인물들을 배출하는 길지였다. 조선의 제갈량이라 불리는 송구봉(宋龜峰), 임진왜란 때 순절한 동래부사 송상헌(宋象賢), 불가로 치면 덕숭 문중인 당대 걸출한 선객 경허(鏡虛, 1849~1912)가 모두 이 명당의 기운을 받아서 난 인물들이었다.

"갈 길이 머니 소소한 곳은 지나치고 계룡산 쪽으로 가보세."

태을은 닫사길에서도 박차를 가했다. 그가 이렇게 서두르는 데는 다 까닭이 있었다. 그에게는 이 해가 가기 전에 반드시 만나야 할 사람이 있었다. 구월산에 있을 자하도인이었다. 자하도인의 천기가 얼마 남지 않았음을 태을은 벌써부터 알고 있었다. 물론 자신의 여생 또한 길지 않았다. 길 위에서 마칠 생이련만 가능하다면 득량에게 많은 산과 터를 보여주고 싶었다. 그것은 마지막 남은 욕심이기도 했다. 그런 사실을 알 리 없는 득량은 천리마보다 훨씬 빠른 차까지 있는데 왜 저러시나, 하고 의아해했다.

"계백장군 묘는 생략하더라도 김장생의 묘는 빠뜨릴 수 없어."

논산 고을에 접어들어 연산에 당도하자 태을이 말했다. 돈암서원 못 미쳐 왼편 들녘길로 차를 몰았다. 고정리 고정산 아래 동향판의 미혈이었다. 허씨 부인과 그의 아들인 김철산 내외, 허씨 부인의 7대손 김장생의 묘 등 일곱 기의 묘가 두 줄기로 뻗어내린 기맥을 따라 자리잡았다. 일대가 모두 광산 김씨들의 텃밭이었다.

사계 김장생은 조선 중기의 문신이자 대표적인 예학 사상가. 구봉 송익필의 제자로서 율곡 이이의 이기설을 충실히 계승했다. 율곡은 존재의 원리인 이(理)와 존재자인 기(氣)의 관계를 불상잡(不相雜)·불상리(不相離)로 파악하고 이기일원론의 입장을 취했고, 이가 발하여 기가 따른다며 이기이원론적 입장을 취한 퇴계 이황과 대조적이다. 이기론은 성리학적 세계관이다. 김장생은 아들 김집과 송시열, 송준

길, 최명길 등을 후학으로 두어 기호학파를 형성했고 영남학파와 쌍벽을 이뤘다.

"순창 말 명당과 이곳의 음덕을 입어서 사계 선생 같은 사상가가 태어난 게야. 청룡과 백호는 물론 혈판 앞의 명당이나 안산과 조산이 모두 빼어나지?"

"아름다운 묘네요. 그런데 이해가 안 되는 게 있습니다."

득량이 고개를 갸우뚱했다.

"뭔가?"

"예학의 대가라는 분이 왜 예법에 어긋난 역장(逆葬, 선대의 묘 위에 후대가 묻힘)을 했을까요? 아무리 사회적으로 출세한 인물이라도 조상 위에 묻히는 건 비례일진대 말씀이죠."

"정말 그러네요? 예학을 했담서 남의 제상에만 감 놔라 대추 놔라 했지, 본인은 싸가지 없게 조상 위로 올라가 떡하니 내리누르고 있구먼요. 난 무식해서 지기가 뭔지는 모르지만 분명 산 위쪽에서 아래쪽으로 내려오는 것일 텐디 찬물도 위아래가 있다고 뒤죽박죽으로 써노니 영 꼴 보기 싫네. 숫제 고얀 사람이로구먼요."

김 기사도 부리부리한 눈을 모들뜨며 득량의 견해에 전적으로 동조하고 나섰다. 표현이 거칠어서 그렇지 이치가 있는 지적이었다. 무식한 사람이 하는 말이라고 무시해버릴 게 아니었다.

"둘 다 잘 봤어. 분명 역장이지. 나도 좀 거슬리는데 문제는 이런 역장이 여기뿐만이 아니라 꽤 많다는 거야. 대가급 성리학자들인 율곡 이이나 성혼, 한강 이정구가 모두 역장을 하고 있거든. 아마 조선 초기까지만 해도 이런 장법(葬法)이 유행한 걸 보면, 허물로 간주되지 않았던 듯해. 고얀 사람이라고만 할 수는 없어. 뭐라고 할까. 아직 성리학적 종법질서가 자리잡기 전이어서 빈 자리만 있으면 그냥 썼던 것일 거야."

태을이 체계적으로 정리했다.

"그래도 집안이 잘못된 것은 아니었잖아요?"

"그렇지."

"제가 생각하는 것이 맞네요."

왼손에 수첩을 든 득량이 뭔가를 메모하다가 연필을 든 오른손을 턱 부위에 가져다대고 골똘히 생각하는 자세를 취했다.

"작은 서방님! 무슨 생각을 하셨는데요?"

진태을 대신 김 기사가 나서서 물었다. 앞으로의 답사길이 심심하지는 않을 것 같았다. 김 기사가 약방의 감초처럼 꼭 껴들었다.

"아직 공부가 멀었습니다만 이제까지 풍수서적들을 읽고 현장답사한 정도만 가지고 중간평가를 해봤습니다."

"그래서?"

"풍수이론과 실제가 너무 많이 일치하지 않았고요."

"그리고 또?"

"전 풍수가 천도(天道)라기보다는 인도(人道)라는 생각이 듭니다. 사람이 만들고 정리한 하나의 예법이라는 거죠. 예법에 맞으면 사람들이 좋다고 하고 어긋나면 나쁘다고 하죠. 문제는 예법도 시대에 따라 유행이 있다는 겁니다. 한 가지를 천 년 만 년 고집하지는 않지요. 그런데 무덤에 따라 복을 받기도, 화를 입기도 하는 이유는 정말 모르겠습니다."

득량이 속내를 털어놨다.

"우규 선생이 경험해서 알고 있지 않던가?"

태을이 득량의 앞말은 지나치고 끝말만을 되받았다.

"알지요."

"아직 속단일세. 우주의 비밀이 그렇게 간단하게 풀리지 않아. 자, 혈판 왼쪽 내명당수가 나가는 브위에 세워진 귀석(貴石)들을 보게나. 기운이 빠져나가지 못하게 막는 역할을 하네. 돌들이 동그랗고 깨끗하지? 이런 돌이 바로 혈증일세."

혈에서는 보이지 않지만 분명 귀한 돌들이었다. 묘 앞 네모진 바위가 정면으로 들어오던 금오산 박씨들 묘가 떠올랐다. 그 바위는 생각하기에 따라서 작은 안산이라고 볼 수도 있었다.

"동학사로 가기 전에 계룡산 남록 신도안 뒷골 향한리에 들러보세."
"조선 창업 당시 궁궐 후보지가 됐었던 곳 말씀입니까?"
"그렇지. 그 자리를 지나 향적산(香積山) 밑에 가려는 걸세."
전주 모악산과 더불어 유사종교가 비갠 뒤 버섯처럼 생겨난 곳이 계룡산이었다. 김 기사는 길을 찾느라 차에서 지도를 보았다.
"여기서 삼사십 리밖에 안 될 게야. 큰 길로 연산까지 나가서 북쪽으로 달리다가 보면 국사봉이 나오거든. 그 뒤쪽이 향적산이네. 계룡 못 미쳐서 왼쪽으로 올라가야 해. 차에서 내려 한참 걸어야 해. 거기 샘물맛이 기가 막히게 차고 시원하지. 김 기사도 같이 올라가 보세. 찬물 한 사발이면 더위가 싹 가실 거네."

진태을이 부채질을 하며 일렀다. 그 앞에서는 굳이 지도를 펴볼 것도 없었다. 일생을 발록구니로 지내서 길눈이 훤했다. 전국의 산과 신작로를 손금 보듯 했다. 어느 산맥은 어디로 흘러서 어떤 혈을 지었고 어느 고을을 열어놓은 뒤, 어떻게 빠졌다는 걸 죄다 꿰고 있었다. 산맥의 흐름을 소상히 알기 때문에 닦인 지 얼마 되지 않은 신작로가 아니면 다 그려낼 수 있었.

"그려요. 근디 배꼽시계가 자꾸 울려대네요. 뭘 좀 먹여가면서 부려

먹어야지요. 사람이나 자동차나 먹어야 굴러가는 법인디. 더위 먹으면 큰나요."

김 기사의 말에 차 안이 웃음으로 넘쳐났다. 회중시계를 꺼내보니 정오가 한참 지났다. 차는 연산의 어느 식당 앞에 멈췄다.

한참(30리 길) 뒤, 그들은 향적산 산방에 다다랐다. 희고 깨끗한 용마바위가 앞으로 기다랗게 뻗어 있고 산막 뒤편에는 영락없는 거북이 모양의 바위가 있었다. 원두막 지붕만한 바위 위에는 나무들이 뿌리를 내렸고, 바위 밑은 몇 사람이 들어앉아도 되는 석실이었다. 바로 그 석실 안쪽에서 맑고 차가운 석간수가 솟구쳐 나왔다. 표주박으로 물을 떠서 먹는데 중년 여인 하나가 나타났다.

"뉘시유들?"

광목적삼에 검은 몸뻬바지를 입었는데 눈두덩이 툭 튀어나오고 눈에 신기가 가득했다. 섬뜩한 인상이었다.

"목 축이려고 온 나그네들이오. 전에 이 산방 사람들과 알고 지냈는데 모두 떠나가고 없구려."

태을이 차양이 넓은 대나무 방갓을 벗어서 이마의 땀을 닦으며 말했다. 여인은 태을의 행장과 목소리만 들고도 뭔가 내공이 느껴지는 듯했다.

"기도를 많이 하신 분이시로군요. 전에 살았던 사람들이라면 누구를 가리키는 것인지…."

"일부 선생 말씀이오. 박철화 선생도 계셨지요."

그 말에 여인은 다소 놀라는 기색이었다.

"안으로 드시지유. 떡이라도 잡수고 가유."

"아닙니다. 고마운 말씀이나 여기 이 샘물가가 좋습니다. 저 아래서 방금 점심하고 올라오는 길이라 떡은 생각이 없군요."

사양하는데도 여인은 부엌에 들어가서 참외 두 알을 꺼내왔다. 필시 산제를 올리고서 물린 제물일 터였다. 도학자들이 머물며 공부하던 터가 주인을 잃었다. 무당의 굿당이 된 것이다.

"일부 선생님이 지으신 《정역(正易)》에 의하면 우리나라가 세계의 중심이 되고 계룡산이 성지가 된다잖어유. 골짜기마다 기도하는 사람들로 넘쳐나유. 밤에는 도깨비들 소굴처럼 요란해서 겁도 안 나유."

여인이 딴 사람 얘기하듯 했다.

"《정역》이 어떤 내용인지는 연구해보셨소?"

"아뇨. 전 국문이나 겨우 알아먹는구먼유. 사람들이 모다 그래싸니깨 그런 갑다 하는 거여유."

"보살님은 일곱 살에 부친 잃고 어머니가 개가하자 의붓아버지 밑에서 고생이 심했구려. 서방은 일찍 얻었는데 밤낮 밖으로만 돌고 새끼라고 하나 있는 것은 반편…."

"아이고, 선생님! 제 팔자를 어찌 그리 잘 아시나유!"

태을의 말이 끝나기도 전에 여인은 돌바닥 위에 무릎을 꿇고 엎어졌다. 그 순간 득량은 스승 태을의 얼굴을 일별했다. 의연한 모습이었지만 왜 갑자기 여인의 관상을 봐주고 나오는 것인지 알았다. 말하자면 기선제압이었다. 뭔가 당신의 뜻을 관철시키고자 하는 일이 있을 때, 상대의 마음밭에 소금을 뿌려 순종적으로 돌려놓으려는 전략이었다. 햇수로 3년 째 가까이서 모시다보니 스타일이 눈에 들어왔다.

사람 마음을 다루는 고수들은 늘 그런 수법을 썼다. 절집에서 신도들을 험악한 사천왕문을 통과하고 들어오게 한달지, 탑돌이나 108배 혹은 3천 배를 시키는 것이 다 그런 전략의 일환이었다. 예배당에서 높은 첨탑 위에 십자가를 세워놓거나 거룩한 분위기를 자아내게 장식하는 것 역시 초장부터 마음을 조복시키려는 뜻이 숨어 있었다. 마음이 중요하다고 하면서, 성문 밖이나 혹은 대나무 숲에서 종교집회를 갖지 않고 드높고 으리으리한 성전을 지으려고 안달하는 건 모두 사람들의 마음이 지닌 경향성 때문이었다. 그래야 신도들이 많이 몰려왔다. 물질에 따라 흔들리는 정신의 취약한 속물근성이었다.

이제 여인은 눈물까지 줄줄 흘렸다. 난리통 속에서 이별했던 친정 오라버니를 만난 듯한 풍경이었다. 길게 하소연이 이어졌다.

"… 어찌 해야 드겁기만 한 이 년의 업장이 소멸될까유. 이 산속에서 백날 천날 굿을 올린다고 되는 일이 아니네유. 신을 받아봐도 고달프긴 일반여유."

태을은 한참 동안 넋두리를 들어주었다. 한바탕 속내를 털어놓으면 시원해지는 법이었다. 무엇으로든 꽉 차 있으면 받아들이지 않는다. 비어야 채우려 든다. 굿이나 기도가 다 그랬다. 가슴 속에 맺힌 것을 토해놓거나 빌어대면 속이 시원해지면서 정화된다.

"타고난 운명을 바꾼다는 건 쉽지 않지요. 적선하면서 수양하다 보면 자신도 모르게 변해 있는 모습을 보게 됩니다. 어떻게 적선하느냐? 요는 이겠지요. 이 자리는 터가 센 곳입니다. 산기도를 해봐서 잘 알게요. 여기는 큰공부를 하는 터랍니다. 머리 밝은 학자들이 들어와서 시대적 소명에 응하는 신성한 곳이지요. 절대로 굿당이 될 수 없소."

"그럼 쉰네와는 안 맞는 터네유."

여인은 금시 말귀를 알아들었다. 이 일대에서 가장 빼어난 터를 차지하는 데까지는 적잖은 실랑이와 비용이 필요했을 거였다. 쉽게 포기할 수 없는 자리였다.

"왜 안 맞겠소? 무엇을 하느냐에 달렸지요."

"예?"

여인뿐만 아니라 득량과 김 기사 모두 놀랐다.

"사람은 누구나 내가 해야 한다는 생각에 사로잡혀 있소. 적임자라면 당연히 그래야겠지요. 보살님이 여기서 나라의 앞날을 설계하는 큰 공부를 할 수 있겠소?"

"그거야 못하지유."

"그럼 그걸 할 수 있는 사람들을 들이고 뒷바라지를 하는 겁니다. 그러다 보면 터 임자를 자연스럽게 만나게 돼요. 그때쯤 되면 굳이 값을 쳐서 받지 않고 그냥 넘겨주어도 좋을 만큼 형편이 풀릴 게요. 왜냐? 적선하다가 시나브로 운이 바뀌었기 때문이오. 이게 당대 발복하는 명당의 이치요."

독서학역 선천사(讀書學易 先天事)인데
궁리수신 후인수(窮理修身 后人誰)리오
억음존양 선천심법지학(抑陰尊陽 先天心法之學)이요
조양율음 후천성리지도(調陽律陰 后天性理之道)니라.
천지 비일월 공각(天地 匪日月 空殼)이요
일월 비지인 허영(日月 匪至人 虛影)이라.

(선천시대에는 책으로 역을 배우지만 후천시대는 이치를 따져 몸을 닦는 사람들 세상이라. 선천시대는 정신만 높이는 심법시대였으나 후천의 도는 정신과 물질을 적절히 조율하는 시대로다. 천지는 일월이 아니면 빈 껍데기요, 일월은 진인이 아니면 헛된 그림자에 지나지 않느니라)

진인, 곧 후천세계를 이끌어갈 공부꾼들을 뒷바라지하라는 말씀이었다. 태을은 비상한 총기로 《정역》의 핵심문장을 암송했다. 여인은 연신 고개를 끄덕였다. 득량 또한 공감이 컸다. 우주의 일부분인 터를 어찌 한 사람이 소유할 수 있겠는가. 최대로 유용하게 쓸 적임자가 나타나기 전까지 관리해주는 것뿐이었다. 대를 물려본들 끝내 소유할 수는 없다. 어떻게 유한한 것이 무한한 것을 소유하겠는가. 금 그리고 울타리 쳐놓아 봐야 해 아래서 바람잡는 행위에 지나지 않았다.

"큰 학자들이 이 깊은 산 속에 왜 온대유? 맨날 푸닥거리 해달라고 오는 사람뿐인데유."

"허허허, 푸닥거리 온 사람들을 물리치고 터를 정화시켜 보시오. 안 불러도 때가 되면 귀인들이 찾아들 거요. 이처럼 맑은 샘물이 있는데 귀인들이 안 올까 염려를 하오? 그 동안 산채나 약초를 캐어 장에 내다팔면서 지내봐요. 이 터에서 장차 국학(國學)의 맥을 잇는 학자들이 쏟아져 나올 것이니. 천하의 인재들을 뒷바라지하여 키워내는 것만큼 보람된 일이 어딨고 큰 적선이 어딨겠소."

득량은 또 스승 태을의 음성이 변하는 것을 보았다. 예언 같은 말씀을 하실 때마다 늘 다른 사람이 안에 들어가서 이르는 느낌이었다.

"알것시유. 선생님, 며칠 묵으시면서 부적이라도 몇 장 써주시유."

"난 그런 걸 어떻게 쓰는지도 모르오. 자꾸 뭘 만들어서 그것에 의지하려고 하지 말고 마음을 거울처럼 닦으소. 정 마음이 안 잡히거든 반야심경을 외거나 이 석굴에서 물소리를 들으며 복식호흡을 해보시오. 그럼 우린 이만 가보리다."

태을이 몸을 일으켰다. 백발에 풍성하고 흰 수염, 홍조 띤 안색이 도인의 풍모가 분명했다. 서리한 눈빛은 언제 봐도 압권이었다.

"영통하신 도인, 함자라도 일러주시고 가유."

"허허, 마이산인이오. 산맥 따라서 예까지 올라왔구려."

태을은 그렇게 둘러대고 걸음을 옮기기 시작했다.
"잠깐만유. 엊그제 큼직한 더덕을 좀 캤네유. 그거라도 가지고 가셔유. 복더위에 입맛 돌리는 데는 그만여유."
여인은 칡넝쿨로 얽은 더덕뭉치를 꺼내왔다. 김 기사에게 안기자 얼씨구나 이게 원 떡이냐, 하고 받아 챙겼다. 태을이 사양할 틈도 없었다.

산을 내려온 일행은 동학사로 향했다. 삿갓스님 하성부지를 만나보기 위해서였다. 전설적인 풍수 미후랑인이 머물다 갔던 이 절에는 그의 제자 하성부지가 주석하고 있었다. 미후랑인이나 하성부지나 득량으로서는 남 같지 않은 스님들이었다. 조부가 묻혔었던 무안 승달산 호승예불형 명당을 찾고 또 일러준 스님들이었다. 하성부지와 제주 목사를 지내셨던 증조부의 인연 지은 내막을 아직 모르는 득량이었다. 꼭 만나서 증조부와의 인연과 무안 승달산에 관해서 묻고 싶었다.
그런데 하성부지는 없었다. 행자의 말에 의하면, 하성부지 스님은 옥룡자 도선이 행한 국역진호(國域鎭護)의 현장을 찾아다니며 그 실태를 찾아다닌다는 것이었다. 국역진호란 국가 영토의 기운이 과한 것은 진압하고 결여된 것은 보호해준다는 뜻으로 도선국사의 독특한 학설이다. 하성부지는 소소하게 거인의 발복을 위한 묏자리를 잡지 않고 나라를 생각하는 풍수를 했다. 그런 그가 득량의 집안과 인연지어 조부 정 참판의 묏자리를 잡아주었던 것이다.
태을보다 득량이 더 아쉬웠다. 언제 다시 동학사를 일부러 찾겠는가. 이렇게 하여 태을은 끝내 하성부지가 어떤 사람인지도 모르게 된다.

하성부지

공교롭게도 하성부지는 그 무렵에 마이산 탑골 이갑룡 처사의 산막에 묵고 있었다. 이미 금당사 구암스님과 여러 날을 지내고 난 뒤였다. 그러니까 서로 엇박자로 상대가 주석하고 있는 터를 찾은 셈이었다.

바람에 흔들리는 돌탑무리들.

그러나 좀처럼 무너질 줄 모르는 탑들이었다. 하성부지는 이 돌탑무리를 보자마자 매료되고 말았다. 이 탑골에는 오래 전부터 머무는 처사 하나가 있어서 탑을 돌보며 산기도를 해오고 있었다. 수염이 허연 그 노인은 좀처럼 말이 없고 그저 몰려드는 사람들을 위해 정성을 다해 기도만 해줄 따름이었다. 사람들은 말했다. 이갑룡 도사가 손수 쌓은 이 탑들의 신령스러움에 힘입으면 안 되는 일이 없노라고.

그러나 정작 이갑룡은 이렇다 저렇다는 설명이 없었다. 하성부지가 와서 머물건 도로 내려가건 거의 무관심했다. 저 좋으면 머물다 가는 것이고 내키지 않으면 내려가리라고 여길 따름이었다.

하성부지는 은사 스님 미후랑인의 말을 기억해냈다.

"우리 절이 있는 이 계룡산이 온 본맥은 진안 마이산이다. 그곳에서 북으로 태극 모양으로 치달려오는 것이니라. 물 또한 태극을 이루고 산맥과 함께 달려오다가 서해로 빠진다. 이른바 반궁수(反弓水, 활을 거꾸로 쥔 모양으로 흐르는 물줄기)다. 후삼국을 통일하면서 전투능력이 탁월한 견훤에게 시달린 왕건이 훈요십조에서 이 반궁수를 경고하고 있다. 차령산맥 이남 사람들은 배역하는 산세와 물의 영향을 받아서 기질이 순탄치 못하니 등용하지 말라는 것이었다. 아전인수격으로 풍수를 해석한 한심하고 비루한 처사가 아닐 수 없다. 한 생명체의 몸뚱이인 이 땅에서 특정지역을 차별하는 게 옳은 것이냐? 머리와 오장육부가 중요하다고 다리 한쪽은 잘라내 버리겠느냐? 어리석은 정치배들이다. 계룡산 남쪽땅은 산태극 수태극을 이루는 대지대혈이다. 그 중심점에 마이산이 있다."

미후랑인은 또 말했었다. 그곳에 들어가면 수많은 탑들이 있다고. 이는 풍수탑이라고. 고려 말에 옥룡자 도선이 화순 운주산에 천불천탑(千佛千塔)을 세웠듯, 조선조에 들어와서 쌓은 비밀의 탑이라고.

그러나 사람들은 이 탑을 쌓은 이가 이갑룡 처사라고 알고 있었다. 하성부지는 그걸 바로잡아 줄 생각이 없었다. 누가 쌓았느냐가 지금 와서 무슨 문제가 되겠는가. 비밀리에 탑을 쌓은 왕조는 이미 망해버렸고 이제는 소원을 비는 민초들의 기도처일 뿐이었다. 애초 풍수탑으로 쌓았던 목적이 복을 비는 탑으로 바뀌어버린 것이다. 좋은 목적으로 변했으니 그렇게 내버려두면 그만이었다.

어쨌든 마이산에서 정 목사의 증손자 득량이 지리공부를 시작한 건 아주 다행스런 일이었다. 하성부지가 아직 한 번도 본 적은 없지만 득량은 양아버지나 다름없는 정 독사의 증손자였다. 유년 시절, 정 목사의 하늘 같은 은혜를 입어 한집에서 자라나면서 정 참판을 친형으로만 알았던 시절이 있었다. 정 목사가 거둔 무연고 어린이들 가운데 하나였다. 그런 아이들 숫자가 여럿이어서였을까, 글공부에 매달려 있던 터라 유심히 보지 않아서일까. 하긴 너무 오래 묵은 기억이었다. 정 참판은 죽을 때까지도 하성부지가 누구인가를 알지 못했고 하성부지 역시 자신을 공개하지 않았다. 철없던 시절, 은혜를 배반하고 부끄러운 허물을 지었던 그로서는 절대로 낯을 들 수가 없었다.

정 목사에 대한 미안함 때문에 뒤늦게 정 참판을 찾았고 득량이 지리공부를 하고 있다는 사실을 알았다. 하성부지는 득량의 산공부를 도와주고픈 마음이 간절했다. 지금은 천하의 명풍수 진태을이 가르치고 있으니 별 문제가 없을 테지만 언젠가는 자신의 도움이 필요할지 모른다고 생각했다.

사람은 혈기방장한 젊은 시절에 누구나 잘못을 저지를 수 있다. 세상은 강보와 같아서 죄 많은 중생도 보듬어 키운다. 나이가 들면 그처럼 너그러웠던 세상에 공을 갚아주고 떠날 준비를 해야 한다. 하성부지는 수행자가 된 이후로 과거의 흔적을 지워왔다. 과거의 잘못을 지워버리기는 참으로 어려웠다. 하지만 그보다 더 어려운 게 처음부터 잘못을 저지르지 않는 일이었다. 그 사실을 알았을 때, 사람은 이미 늙어버린 자신을 발견한다.

"구암스님. 전주 정 참판의 손자가 명사를 만나 큰 도학자가 되겠군요."

하성부지는 금당사에 들러서 팔도 답사유람을 떠난 사람들 얘기를 꺼냈다.

"젊은 사람이 영민할 뿐더러 속이 깊지요."

"진태을 선생을 만나보고 싶었는데 길이 어긋났군요."

"득량이 삿갓스님을 만나고 싶어했지요."

"곧 만나지지 않겠습니까? 그가 소승을 필요로 한다면 기꺼이 만나지요."

하성부지는 그쯤으로 담소를 마치고 마이산을 내려갔다. 구암선사는 삿갓 쓴 뒷모습을 보며 참 비밀이 많은 객승이라고 생각했다. 아무리 괴팍한 사람이 많은 불가(佛家)라지만 같은 승려끼리 얼굴도 드러내 보이지 않는다는 건 도저히 이해할 수 없었다.

풍수에 담긴 욕망

태을 일행은 행자의 권유로 동학사에서 묵기로 했다. 아직 시간이 일렀으므로 자동차를 타고 계룡산을 돌아서 갑사와 신원사 중악단(中岳壇)을 보고 돌아왔다. 중악단은 왕이 몸소 내려와 산신제를 올리기 때문에 궁궐의 축소판으로 지어졌다. 계룡산에 중악단을 세우고 왕이 산신제를 올리는 건 그만큼 계룡산이 비중이 크기 때문이었다.

공양이 끝나고 산방에 든 세 사람.

김 기사는 일찌감치 코를 골고 나가떨어지고 태을과 득량이 촛불 아래서 자료를 정리하느라 앉았다. 태을은 모처럼 패철을 꺼내놓고 여러 좌향론을 나열하며 이기론에 관해 언급했다.

"우규 선생도 알다시피 이성계는 고려의 수도 개성에 조선왕조를 세우고 곧바로 천도(遷都)를 단행하지. 그때 후보지가 이곳 계룡산 밑 신도안일세. 여덟 달 동안이나 기반공사를 해놓고서 돌연 한양으로 뒤바뀌거든. 여기에 풍수의 이기법이 동원되네. 호순신의《지리신법》에 근거한 논리로 하륜 대감이 뒤엎어버려. 그런데 지금 엄밀히 따져보면 지리의 묘법을 알지도 못하는 유학자의 엉터리 풍수 이기법이지."

"네?"

"전에도 일렀듯 나는 풍수란 형상으로 본 지기, 곧 형기가 우선이고 방향과 수로 기운을 가늠하는 이기는 보완적인 것으로 봐. 이기법이 어디 한두 가진가? 시대마다 지역마다 선호하는 법이 다르거든. 하륜 대감은 개성에서 가까운 서울 천도를 원했지 계룡산은 너무 멀고 남쪽에 치우쳤다고 봤어. 그래서 반대논리로 찾아낸 것이 그때까지도 이 땅에서 생소했던 호순신의 《지리신법》이야. 그게 맞는지 틀리는지 따져보지도 않고 그대로 적용해서 자신의 뜻을 관철시킨 게야. 더 웃긴 것은 인용도 잘못하고 있는 거지. 계룡산 신도안은 산이 건방(乾方, 북서쪽)에서 오고 물은 손방(巽方, 동남방)으로 빠져나가서 이른바 수파장생〔水破長生, 물이 포태법의 길한 방향인 생(장생) 방향으로 빠져나감〕하여 흉한 땅이라고 한 걸세. 우규 선생이 아는 바와 같이 물은 길한 방향에서 얻어서 흉한 방향으로 빠져나가야 제격이지."

"물론이지요."

"그런데 따져보면 금방 아는 바와 같이 손방은 장생이 아니고 양(養)이거든. 수파장생이 아니라 수파양(水破養)이야."

"정말 그런가요?"

"포태법을 돌려보게. 문제는 또 있어. 이 계룡산은 진안 마이산의 연맥이야. 산맥이 북으로 치달리다가 제 뿌리를 돌아보듯 다시 회룡고조격으로 우회하여 남쪽을 바라보았지. 한데 하륜은 서북쪽에서 용이 온 동향판으로 봤으니 이해가 되지 않아. 누가 보더라도 이 산은 남으로부터 북으로 달려 공주 동쪽에 이르러 태극모양으로 우회하여 치솟았거든."

"한양천도를 위해 억지 명분을 만들었군요."

"물론일세. 자고로 지배층들은 그런 수법을 즐기지. 당장만 이기기 위한 술수를 쓰거든. 나중에 진실이 드러나는 건 아랑곳하지 않아. 무서운 야욕이지. 백성들은 그런 정치인들을 경계해야 하지만 세상은 늘 지배논리대로 끌려가거든. 물론 최후의 승리자는 민초들이야. 나라가 위태로울 때 나라를 건지는 주체도 민초들이고. 정치인들은 말뿐일세. 반대세력을 제압하거나 백성의 지지를 이끌어내기 위한 말잔치가

곧 정치의 본질이고."

"역사적 심판이 두렵지 않은 걸까요?"

"그랬다면 모두가 요순이나 세종대왕이지."

태을은 계룡산 일대에서 유일하게 남쪽기슭 신도안을 매우 길한 터로 보았다. 세계 속에서 우뚝 서는 수도자리가 되고도 남는다는 거였다. 하지만 그것은 오랜 미래의 일이라 했다. 당분간은 서울이 최고의 수도자리라 했다.

며칠간 계룡산 주변의 크고 작은 자리를 둘러본 풍수원정대는 두사충 결록에서 충청도 제일 명당이라고 자리매김한 해복혈(蟹伏穴)을 답사했다. 게가 엎드린 형국의 명혈이었다. 명당의 물형론은 가까이는 사람의 몸에서 취하고 멀리는 사물에서 취했다. 근취저신(近取諸身) 원취저물(遠取諸物)이다. 하지만 기어다니는 게의 형상으로 된 혈자리가 있다는 건 매우 재밌다. 그것도 충청도 제일 명당이라니 득량으로서는 잔뜩 기대가 되었다.

결록에는 예산에서 남쪽 시오 리 거리인 수조리에 있다고 했다. 지금은 대흥면 금곡리로 바뀌어 있었다. 호서정맥 봉수산에서 서쪽으로 분지한 맥이 안락산을 솟구친다. 큰 기운은 서쪽으로 더 달려 관모봉을 짓고 관모봉에서 남으로 금오산을 만드니 그 낙맥에 예산이 터 잡았다.

해복혈은 안락산과 관모봉 사이의 행룡인 토성봉 남쪽으로 수없이 상하 좌우로 기복하고 박환(剝換, 산이 험한 살기를 벗고 부드럽게 변함)하며 내려온 맥이 다하는 지점에 맺혔다.

"김 기사는 우리를 삽티고개에서 내려주고 금곡리 입구에 가 있으소. 우린 산등성이를 밟아내려 갈 테니까."

태을은 등산화로 갈아 신고 죽장을 쥐었다.

"물것들 조심하셔요. 높은 산은 아니지만 풀이 무성한 게요."

"고마우이. 운전 조심하시게."

태을은 득량에게 삽티고개 마루에서 북쪽 토성봉 쪽의 용맥을 관찰하도록 했다. 우선(右旋)으로 살짝 감아서 내려온 맥은 수려하고 힘찼다. 높거나 웅장하지 않아도 깨끗하고 아름다웠다.

"빚어놓은 것처럼 멋지네요."

득량이 탄성을 질렀다.

"저런 행룡과 이 고개 아래의 과협, 그리고 좌우로 계속되는 변화가 있기에 명혈이 맺힌 거네. 그럼 아래로 밟아내려 가 볼까?"

태을은 통맥법(通脈法, 산맥의 뻗어 내림으로 용의 생사와 귀천, 기운을 재는 법)을 거론했다. 패철에 있는 24방위를 임자, 계축, 간인 등 쌍산(雙山)으로 해서 12절기로 삼는다. 그러니까 각도로 치면 30도가 일절이 되는 셈이다. 기준이 되는 봉우리에서 산이 내려올 때, 굽었다고 일절이 되는 게 아니라 지각(枝脚, 가지를 벌림)이 있는 곳을 일절로 친다. 4절에서 72절까지 있다. 대지는 절기가 많아야 한다.

"무안 승달산 호승예불혈 같은 대지는 통맥법으로 재보면 72절기야. 나중에 가서 재어보기로 하세."

"그런 대지에 제 조부께서는 왜 들어가셨다가 도로 나오시게 되었나요?"

"그 분이 임자가 아닐세. 아직 시운이 아니라는 얘기야."

"어렵군요. 통맥법도 그 많은 이기법 가운데 하나 아닙니까? 더 복잡해집니다. 통맥법으로 따져서 그대로 발복한다는 법도 없고요."

"전통적으로 이 땅의 명사들은 모두 통맥법을 썼어. 도선국사, 보조국사, 무학대사, 남사고, 일지승, 일이승 등이 모두 이 법을 썼던 거

다시 떠도는 바람결에 95

네. 아직 세상사람들은 용법을 잘 모르거든. 비전의 자생풍수 술법이야. 《경세록(警世錄)》, 《삼의록(三儀錄)》이라는 비전의 풍수서적이 이 통맥법을 담고 있네. 이제 책을 내줄 테니 우규 선생 것으로 만들어보시게. 연구해보면 어려울 것도 없어. 나머지 숱한 이기법 서적들은 혼란을 가중시키려고 위서로 만들어 유포시킨 《멸만경(滅蠻經)》에 지나지 않는다는 게야. 88향법이나 포태법조차도 당나라에서 주변 오랑캐 국가들을 그릇된 풍수로 멸망시키려고 만들어낸 거라고들 하지. 선조 때 성리학자 한강(寒岡) 정구(鄭逑, 1543~1620) 같은 이는 호순신의 《지리신법》 역시 《멸만경》에 지나지 않는다고 주장했거든."

"선생님, 참으로 풍수는 어렵고 무섭네요. 제가 지금까지 본 풍수서들 가운데도 잘못된 이론이 숨겨진 《멸만경》이 있을 수 있잖아요?"

득량은 도리질을 쳤다. 아득한 일이었다.

"그렇지."

"하면 열심히 공부해서 나라 망치고 집안 망치기밖에 더하겠습니까?"

"자칫 그럴 수가 있지. 그래서 내가 풍수에 입문하기 전에 《논어》를 비롯한 사서와 《주역》을 읽으라고 했던 것일세. 사리판단을 위한 기반을 조성해놓지 않고 대뜸 술가의 책들을 익히게 되면 위험해. 사람 목숨의 중함을 모르고 검법을 익혀 칼날을 휘두르는 것과 같거든. 《논어》와 《주역》을 보지 않고 풍수서적들을 익히면 절대로 도인이 될 수가 없어. 풍수쟁이로 살면서 죄만 잔뜩 짓는 거지. 모르고 짓고 알고 짓고…."

"갯벌에서 진주조개 찾기네요."

"그것 참 좋은 비율세."

언제나 그랬던 것처럼 스승과 제자의 논쟁은 머리 위에서 작열하는 여름날의 태양처럼 뜨겁게 달아올랐다. 이런 문답을 통해서 찌꺼기가 빠지고 강하고 바르게 단련되는 것이다. 훌륭한 스승이 있고 없고의 차이가 여기에 있었다.

"자 여기가 해복혈이네. 펑퍼짐한 여기가 게 등짝이고 저 앞 양쪽으로 갈라져서 뻗어내린 산들은 게의 앞발 집게야. 정혈은 와(窩)와 겸(鉗)을 겸한 중앙에 있어."

이미 묘가 써진 자리에서 태을이 혈형을 일러주었다.

"게의 형국이 분명하네요. 외당이 드넓고 물이 환포하며 조산들이 멋지게 시립해 있군요. 이 한 자리를 만들기 위해서 그렇게 기다랗게 끌고 내려오면서 무수하게 박환했던 거로군요."

"놓치지 말아야 할 것은 저 들판에 있는 연못일세. 게가 드나드는 곳이거든. 훗날에라도 저게 매워지면 기운이 반감돼 버리네."

"농토로 활용하는 게 낫느냐, 풍수적인 활용이 낫느냐로군요?"

"그렇지. 사람들은 서서히 현실적인 경제논리를 중시하게끔 돼 있어. 나는 저 연못도 머잖아서 논으로 변한다고 보지. 하긴 안 그래도 이 혈은 너무 더럽혀져 버렸네."

"깨끗하기만 한데요?"

"허허허, 그런가?"

태을은 혈판 앞 낮은 계곡으로 내려가기 시작했다. 득량은 뒤를 따라 내려가며 의아해했다. 깔끔한 묘를 왜 더럽혀졌다고 하는 걸까.

산을 내려오니 자동차가 없었다.

"금곡리 골짜기 안으로 들어갔나?"

태을은 드넓은 들판 가장자리 산령을 돌아서 금곡리로 향했다. 아까 올랐던 게의 오른쪽 집게발 아래를 돌아서 난 길이었다.

"저 사람 저기서 기다리고 있었군."

낮은 구릉 사이로 깊숙한 골짜기가 만들어졌는데 그 안쪽에 외딴집이 있었다. 차는 거기까지 들어가 있었다. 두 사람이 들판에 서서 손짓을 해도 김 기사는 반응이 없었다. 도리 없이 차있는 데까지 걸어 들어가기로 했다.

"선생님, 아까 해복혈이 왜 더럽혀졌다고 하셨습니까?"

"정말 모르겠나?"

"깨끗하고 아름다운 혈로만 보입니다."

"그래? 저 집에 가서 냉수나 한 잔씩 마시고 나서 일러주겠네."

두 사람은 골 안쪽 초가집에 다다랐다. 김 기사는 주름이 잔뜩 올라와 있는 늙은 농부와 외양간 소들에 대해서 얘기하고 있었다. 크고 토실토실한 어미 소와 중간 크기의 소 한 마리, 송아지 두 마리가 탐스러웠다. 한 배에서 난 새끼들이라고 했다.

"이 집도 소가 잘 되는 집인개벼요. 이 골 안창에 살아도 살림 늘쿠는 재미가 쏠쏠하겄네요."

김 기사는 주인이 어디로 빠졌는지, 가는지 오는지도 아랑곳하지 않고 엉뚱한 데 정신을 팔고 있었다. 남에게 고용된 입장은 이래서 속이 편했다.

"김 기사, 여기 있으면 어떡합니까? 우린 저 앞으로 나갔다가 다시 들어왔는걸요."

"헤헤, 그러셨어요? 하도 안 오시기에 물 좀 얻어 마시려고 잠시 들어왔어요. 작은 서방님, 이 집 소 좀 보세요."

"우선 물 좀 얻어 마십시다."

"어이쿠, 제가 떠드릴게요. 얼매나 목 마르것어요."

김 기사는 뒤란으로 돌아가서 바가지에 샘물을 퍼왔다.

"댁들도 풍수보러 오셨다면서유?"

"물맛이 좋습니다."

태을이 그것으로 주인의 물음에 답을 대신했다.

"원래 여기가 물이 많어유. 오죽하면 수조리 아닌감유. 아따, 전국으서 사람들이 어찌나 많이 와쌓는지 귀찮아 죽겄시유. 게딱지 명당이라고 하는디 한밤중에도 와서 뭘 파제껴쌓고 야단여유."

주인은 주름이 더 늘어나게 짜증을 냈다.

"뭣 땜시 밤중에 와서 파요?"

김 기사가 물었다.

"도깨비 지랄이지유. 열심히 땀 흘려서 일하면 잘 사는 거지 무슨 놈의 명당에 조상 뼈를 묻어 복을 받는다고 극살을 떨어쌓는지 원. 우리거튼 무지렁이는 흙이나 파먹고 소나 배내서 팔자대로 살지 그런 짓 당초 안 한다니께유."

정직한 노인의 말에 득량은 괜히 낯이 화끈거렸다. 조부와 관련해서 스승을 만나고 자연스럽게 풍수에 입문했다. 조부처럼 천하대명당을 찾아서 거창한 야심을 가진 것도 아니었다. 천하대명당 자체는 궁금했지만 그곳에 조상을 묻어서 자신이 복을 받고자 하는 생각은 없었다.

그가 스승을 통해서 경험한 풍수는 절묘했고 신비했다. 풍수 하나만 공부하면 우주가 훤하고 만사가 다 풀릴 것만 같았다. 그런데 요즘 들어서 자꾸 회의가 들었다. 풍수의 한계가 자주 보였고 효용성에 의문이 들기 시작했다. 사람 사는 데 필요한 육례 가운데 하나인 제례에 속한 예법 그 이상도, 이하도 아닌가 하는 생각이 들었다. 더구나 잡다한 이기법에 가서는 손을 들어야 했다. 어느 장단에 춤을 추랴. 예악은 오음육률의 법도가 분명해야 아름다운 화음을 낸다. 제멋대로 악기를 다루면 짜증만 날뿐이다.
 "우규 선생! 무슨 생각이 그리 많으신가?"
 "작은서방님! 선생님께서 묻잖아요? 왜 그 자리가 더렵혀졌다고 했는지 아셨느냐구요?"
 노인과 하직하고 차에 오른 뒤, 골똘한 생각 때문에 아무 말씀도 못 들었다. 김 기사가 저간의 상황을 일러줬다.
 "아, 예. 알 것 같습니다."
 득량은 얼렁뚱땅 두런댔다.
 "아까 본 그 집은 외양간이 명당이야. 사람 사는 집과 자리가 바뀌었어. 그리고 해복혈은 아까 노인장의 증언대로 숱한 암장과 투장으로 혈판에 기가 흐려지고 흩어져버렸네. 아마 거둬들이면 한 가마는 더 나올 걸세."
 태을이 얘기가 끝나자, 득량은 갑자기 토악질을 느꼈다. 겉만 보고도 다른 유골들이 암매장됐다는 사실을 아는 스승은 정말 대단했다. 그런데 놀라움보다 역겨움이 앞서는 건 왜일까.
 "김 기사, 차 좀 잠깐 세워줘요."
 득량은 결국 차에서 내려 길섶에서 마른 토악질을 해댔다.
 "아침에 먹은 게 탈이 났나?"
 태을은 차에서 내려 괴춤에서 침을 꺼냈다. 침은 인체의 혈인 경락에 자극을 주어 막힌 기운을 돌려주는 역할을 한다. 풍수도 같은 맥락이었다. 침의 효과를 안다면 풍수 또한 무시할 수가 없다. 대개의 풍수들이 침을 잘 놓는 것은 양자가 일맥상통하기 때문이다.
 "아닙니다. 체한 게 아니라 비위가 조금 상한 것 같습니다."
 득량은 몸을 일으켰다.
 "다사상비(多思傷脾)라. 생각이 많으면 비장을 다쳐서 소화도 안 되고 마른 트악질이 나오는 거지. 날도 더운데 풍수공부하기 힘들지?"

태을은 아버이처럼 득량의 속내를 잘 가누고 있었다. 득량은 그런 스승께 미안했다. 풍수의 법술이 어지럽고 인간의 욕망이 추잡한 것이지 스승 태을이 그런 건 아니었다. 스승은 언제나 명쾌했고 도리에 합당했다. 칠순의 연세에 총기 한 번 흐려지는 걸 보지 못했고 경우에 틀린 일을 하시는 걸 못 보았다.

"선생님, 죄송합니다."

"아닐세. 산은 산이요, 물은 물이로다. 깨닫고 보면 산은 산이 아니고 물은 물이 아니거든. 하지만 그런 부정을 통해 숙성되면 결국 산은 산이요, 물은 물이라는 걸 더 깊이 하는 걸세. 뭘 모를 때 보았던 산과 깨달아 부정했다가 긍정한 다음의 산은 같은 산이 아니거든. 풍수는 선(禪)이야. 선객들 가운데 명풍수가 많은 게 다 이유가 있어."

스승 태을은 이런 분이었다. 제자의 복잡한 심경변화를 알아채고 도움을 주고자 애썼다. 어떤 사실을 받아들이고 부정했다가 큰 긍정으로 가는 길을 예시했다. 득량의 회의가 말끔히 사라진 건 아니지만 분명히 위안은 되었다.

"진 선생님! 저희 집안에서 산역할 때 보니까 회장석으로 단단히 봉하던디요? 굳으면 웬만해서는 못 깨나봐요."

약방의 감초가 어색한 차안의 분위기를 까고 나왔다.

"허허허, 우리 김 기사가 도인일세. 다음 행선지가 바로 그곳이라네. 가야산 동쪽 덕산 상가리 남연군묘로 가시게. 대원군의 아버지 묘로 당대에 군왕이 나온 자리야. 회를 얼마나 들이부었던지 독일 상인 오페르트가 와서 파헤치려다가 실패한 곳이니까."

"알아서 모시것습니다."

남쪽에 맞붙어 덕숭산을 거느리고 있는 가야산은 멀리서 봐도 명당 한 자리쯤은 서려두고 있을 법한 산세다.

홍선대원군 이하응(李昰應, 1820~1898)의 아버지 남연군(南延君)의 웅장한 묘에 오르자, 득량은 속이 뻥 뚫리는 느낌이었다. 일대의 넓은 들판이 한눈에 조망되었다. 묘의 좌향은 해좌사향(亥坐巳向, 남동향)이었고 물이 나가는 지점에 북신에 해당하는 수구 원봉이 있었다. 혈 뒤의 용세는 기운차고 유정했다. 석문봉을 주산으로 하고 좌우 양옆에 두 봉우리가 천을(가야봉), 태을(옥양봉)을 이루고서 형장을 호위하고 있었다. 안산과 조산 역시 구색을 갖춰서 만조백관이 절하는 모양이었다. 대원군은 아버지 남연군을 이곳으로 이장하고 17년 만에 작은아들이 왕위에 오를 수 있어서 풍수사들이라면 반드시 찾아본다는 바로 그 자리였다.

외척 안동 김씨의 세도가 드세어 왕실을 좌지우지하던 시절, 대원군은 고단한 종실의 미약한 왕손이었다. 영조대왕의 현손인 그는 이렇다 할 벼슬도 지내지 못하고 전임 종친부 유사당상으로서 난초나 치면서 소일하는 처지였다. 그의 난초 치는 실력은 출중하여 완당(阮堂, 추사 김정희)이 침이 마르도록 찬사를 아끼지 않았을 정도였다. 대원군의 예술적 스승이었던 완당의 생가가 여기서 지척이었다.

사실 그는 난초만 잘 치는 게 아니었다. 일찍이 사서삼경에 통달하고 문장이 높았으며 패기 또한 만만했다. 그는 내심으로, 일인지하 만인지상(一人之下 萬人之上)으로 휘두르는 외척 안동 김씨들의 권세에 불만이 많았다. 겉으로는 다소곳했지만 언젠가는 정사를 바로잡아야 한다고 벼르고 있는 위인이었다.

그런 그가 풍수에 입문하게 된 건 경릉(景陵, 헌종과 효현·효정왕후를 모신 경기도 구리 동구릉)의 수릉관(守陵官)이 되면서부터였다.

자연히 이름난 풍수들과 접할 수 있는 기회가 생겼다. 인간사 길흉화복이 자신의 노력뿐만이 아니라 조상뼈를 명당에 묻고 안 묻고에 달렸다는 풍수들의 말은 처지가 딱한 이하응의 마음을 심히 동요케 했다. 열두 살 어린 나이에 어머니를 여의고 열일곱에 아버지 남연군을 여읜 그였다. 형편이 어려워 길지에 모시지 못한 게 여간 마음에 걸리는 게 아니었다. 그는 내로라하는 당대 명풍수들과 가까이 지내며 전심치지로 풍수지리를 익혔다. 산서도 부지런히 읽어서《청오경》,《설심부》,《지리신법》,《인자수지》 등을 손에서 떼놓지 않았다. 답산도 자주 하여 한눈에 지맥을 헤아릴 줄 아는 정도에 이르렀다. 웬만한 풍수 뺨칠 실력자가 된 것이다.

드디어 그는 풍수를 끼고 다니며 구산을 시작했다. 경기 일원에 걸쳐 있는 명산 명혈은 실에 구슬 꿰듯 했다. 가끔씩 쓸 만한 자리를 얻었으나 이하응의 높은 눈을 능히 만족시키지는 못했다.

"대감, 이 자리를 놓치시면 후회하십니다."

어렵사리 구한 자리를 쳐다보지도 않고 돌아서자, 풍수가 발을 동동 굴렀다. 그때 이하응의 대답이 걸작이었다.

"이보시오, 이것밖에 안 되는 자리를 찾으려고 그 고생을 했단 말이오? 이런 자리는 잘난 안동 김씨들에게나 일러주시오."

꼬박 4년을 구산해도 이하응의 맘에 드는 자리는 안 나타났다. 여러 풍수들이 보잘것없는 운현궁(雲峴宮)을 드나들면서 열심히 귀띔을 했지만 모두 쇠귀에 경 읽기였다. 말이 궁이지 당시는 겨우 초가나 면한 구름재의 작은 집이었다.

"이하응 대감이 큰 뜻을 품고 계시군."

"입조심하게. 그 양반 대추씨처럼 작아도 기품이 여간 아닐세. 불길이 치솟는 듯한 눈, 오뚝한 콧날, 한일자로 야무지게 다문 입매를 보게. 언젠가는 천하를 호령할 분이시네."

"그래도 풍채는 정말 별 볼일 없지 뭐."

풍수들이 저희들끼리 쉬쉬 하며 해쌓는 말이었다.

그러던 어느 날, 시골에서 올라온 꾀죄죄한 행색의 정만인(鄭萬人)이라는 풍수가 이하응을 찾았다.

"대감, 충청도 덕산 고을 가야산에 천하대명당이 몇 자리 있습니다."

"그런 자리가 아직 남아 있다고?"

천하대명당이라는 말에 이하응은 귀가 솔깃했다.

"대감의 홍복이 아니고 뭐겠습니까?"

"당장 가보세."

다음날 새벽같이 두 패의 교군을 거느리고 남행하니 그때가 1846년 병오(丙午) 어느 봄날이었다.

며칠 뒤, 덕산 고을에 당도한 이하응의 눈앞에 모습을 드러낸 가야산은 풍수의 말처럼 상서로운 기운이 어려 있었다.

"이만하면 들어가 볼 만하군."

이하응의 눈이 빛나기 시작했다. 일행은 곧장 산기슭에 올라 사방을 휘둘러보면서 혈이 맺혔을 법한 자리를 찾아나가기 시작했다.

"대감, 여기가 어떻습니까?"

시골풍수가 문득 멈추고서 이하응의 의향을 물었다. 하지만 이하응은 쳐다보지도 않고 그냥 지나쳐버리는 것이었다. 몇 군데 혈처에 이르러서 풍수가 똑같은 물음을 던졌지만 이하응은 그때마다 번번이 콧방귀를 뀌었다.

"정 풍수! 이 자리를 보시오. 과연 내가 쓸 자리 같소."

온 산을 쏘대다가 날이 저물 무렵에 드디어 한 자리를 발견하고는 스스로 감격해했다. 그 자리는 대덕사(大德寺) 뒤쪽 두릉으로, 풍우에 씻긴 오래된 삼층석탑 하나가 세월을 이기려고 안간힘을 쓰며 버티고 서 있었다. 혈처는 바로 그 탑의 기단부위였다.

"아니되오, 대감. 이 자리는 금장지(禁葬地)외다."

정 풍수가 사시나무 떨 듯 하며 두 손을 내저었다.

"허허허, 천하의 이하응 앞에 금장지가 어딨소?"

이하응은 벌써 신바람이 나 있었다.

"대감, 이 고탑(古塔)에는 무서운 풍수전설이 전해오고 있습니다. 천하명당인 건 사실이나 이 탑을 헐어내고 묘를 쓰면 누구든지 천벌을 면치 못한다 하외다. 실제로 이 자리를 탐내다가 앙화를 입은 사람이 한둘이 아닙니다. 몇 년 전에는 근동에 사는 박 진사라는 이가 선영을 모시려다가 급살을 갖고 죽어 넘어졌고, 그보다 더 오래 전에는 어떤 노승이 밤중에 몰래 제 아비의 유골을 싸 가지고 와서 탑 밑에 암장하려다가 느닷없이 천둥번개가 일고 폭우가 쏟아지는 바람에 기겁을 해서 도망을 쳤으며, 200년 전에는 한 청년이 투장을 하려고 대낮에 송장을 지고 올라왔다가 날벼락이 떨어져 시신은 가루로 돌변해버렸고 그 청년은 선 자리에 다리가 붙어버려서 하루 낮밤을 허수아비처럼 붙박이로 있다가 끝내는 벙어리가 되어 돌아갔다 하외다."

풍수가 공포에 질려서 나부댔다.

"그렇다면 더 잘됐소 그려. 천지지간에 물각유주라. 오늘날까지 진짜 주인이 나서기를 기다린 셈 아니오?"

체수가 작아도 배짱 한 번 좋은 이하응이었다. 그는 시선을 멀리 널어서 수구를 조망한다. 수구 양쪽 산봉우리 한문(捍門, 문기둥 같은 산)이 자웅으로 되어 있어 역수사로 수구를 거두어 주고 있고 청룡 머리와 백호 머리가 서로 팔짱을 낀 것처럼 짜여져 있다.
 동서남북 사방팔방의 수려한 산봉우리들은 또 어떤가. 사신사가 빼어나고 천을 태을 두 귀봉이 주산 양편에 솟아서 혈장을 호위하고 있고, 남쪽에는 금성과 목성의 산들이 천마형(千馬形)으로 흘립(屹立, 높이 솟구침)해 있으니 당대 공후지지요, 혈자리 앞에 반석이 있으니 천종록 만종록(千種祿萬種祿)이 따르리라.
 혈 뒤쪽에 있는 주산이 완만한 경사를 이루면서 진행하다가 산기슭에 이르러 거북머리 모양으로 정지해 있는 듯한 형상이요, 혈 앞쪽에 있는 조산은 흡사 봉황이 춤을 추며 날아오는 듯한 형세요, 혈의 왼쪽에 있는 청룡 맥은 어머니가 아기를 다정히 안고 있는 모양으로 마치 용이 살아서 꿈틀거리는 듯하며, 혈 오른쪽에 있는 백호 맥은 흉포한 호랑이가 잘 길들여져 다소곳이 머리를 숙이고 있는 듯한 형상이었다. 더구나 가야산 중심 맥이 뚝 떨어져 임금 제(帝)자 모양이 분명했다. 이러니 어찌 군왕지지가 아닐손가.
 이하응은 속으로 쾌재를 연발했다. 그러면서도 겉으로는 딴청을 피웠다. 군왕지지에 묘를 썼다는 소문이 나면 역적으로 몰릴 게 뻔했기 때문이었다. 세도 높은 안동 김씨들이 곱게 놔둘 리가 없었다.
 "겨우 어떻게 영의정 하나는 나겠소 그려."
 풍수더러 하는 얘기였다.
 "대감, 이 자리는 누가 봐도 군왕지집니다. 여기에다 묘를 쓰기만 하면 당대에 반드시 제왕이 나올 겁니다."
 풍수가 잘라 말했다.
 "정 풍수! 그 말은 다시 입 밖에 안 내는 걸로 하오. 이 자리를 일러 주신 분이 선생이시니 천기를 누설하지 않을 줄 아오. 훗날 선생께 은공을 갚을 때가 반드시 있을 것이오."

이하응의 어조는 강력했다. 감추고 감추라고 빗장을 질러오는 말을 들으며 풍수는 제왕이 누구일까를 어림해 보았다. 이 양반일까, 아니면 이 양반의 자식일까. 그러나 하늘이 내리는 천벌을 용케 피한 다음이 아닐 것인가.

"이 땅은 뉘 땅이오?"

지체 없이 물어오는 이하응이었다.

"대덕사 절 땅이옵니다."

"음…."

신음한 이하응은 생각에 잠긴다. 아무리 왕손이라고는 하지만 지금의 자기형편으로서는 절 모퉁이를 빌려 묘 한 자리 쓸 만한 권세가 없었다. 그렇다고 어렵게 구한 천하대명당을 놓칠 위인이 아니었다.

시골풍수와 훗날을 단단히 기약하고 집으로 돌아온 이하응은 평소 친분이 있는 대제학 김병학을 찾아가서 김씨 집안의 가보로 전해 내려오는 옥벼루를 빌렸다. 기지를 발휘하여 그 옥벼루를 영의정 김좌근에게 바치고는 충청감사에게 간청편지 한 통을 얻어내기에 이르렀다.

영의정 김좌근의 황감한 편지를 받은 충청관찰사 조운철은 선뜻 이하응의 청을 들어주었다. 누구의 명이라고 거절하겠는가. 조운철은 대덕사 주지에게 명해 탑 자리를 내주도록 했던 것이다. 그러나 절 바로 뒤에 묘를 쓰자니 마뜩치 않게 여겨졌다. 생각다 못한 이하응은 즉시 가산을 정리하여 돈 2만 냥을 만들었다. 그 가운데 만 냥을 대덕사 주지에게 건네주며 귓속말을 던졌다.

"주지스님, 이 돈이면 어디 좋은 절에 들어가서 여생을 편히 지낼 수 있을 것이오. 내 분명히 약조하건대 나중 힘이 피면 이 근처에 꼭 새 절 하나를 지어줄 것인즉 그리 아시고 이 절집 문을 닫으시오."

주지스님은 눈치가 빨랐다. 괜히 안 된다고 버텨봤자 결과는 마찬가지라는 걸 잘 알았던 그는 시원스레 의견을 펼쳤다.
"대감, 그렇잖아도 다 쓰러져가는 절이옵니다. 이 기회에 깨끗이 불질러버리겠습니다. 나중에 좋은 터에다 불사를 하면 되는 일 아닙니까?"
이하응은 주지스님의 손목을 부여잡았다.
"고맙소. 이렇게 도와주시니 어떻게 감사해야 할지요."
"하늘의 뜻이옵니다."
일이 순조롭게 진행되어 드디어 면례(緬禮, 이장) 택일을 잡은 이하응은 산역꾼들을 모으고 경기도 연천에 있던 부친의 유골을 상여로 모셔왔다. 1846년의 일이었다.
그날 밤, 이하응의 형 세 사람은 기이하게도 똑같은 꿈을 꾼다. 흰옷을 입은 노인 하나가 노한 얼굴을 하고서 홀연히 나타나더니 자신은 탑을 지키는 신인데 너희들은 어찌해서 내 거처를 빼앗는 것이냐고 호통을 쳤다. 지금이라도 그만두고 내려간다면 신상이 편하겠지만 끝내 면례를 했다가는 생목숨이 떨어질 줄 알라는 것이었다. 아침이 되어 세 형이 막내동생 이하응에게 간밤의 불길한 꿈 얘기를 들려줬다. 왼쪽 눈 하나 깜짝하지 않고서 듣고만 있던 이하응이 입을 열었다.
"그렇다면 이곳은 분명코 천하대명당 자리가 아니겠습니까? 사람의 목숨이란 하늘의 뜻에 따라 타고 나는 것인데 탑을 지키는 신이 죽으라고 엄포를 놓는다 해서 죽겠습니까? 또, 막말로 죽게 되면 어떻습니까? 종실이 쇠퇴하니 우리 형제들은 안동 김씨 문전에서 옷자락을 끌며 구걸하다시피 해서 먹고사는 형편입니다. 이렇게 구차하게 연명하느니 차라리 죽는 편이 낫지요. 까짓것, 양단간에 어떤 결판이 나겠지요. 벼락 맞아 죽느냐, 운수 대통하느냐. 장부가 세상에 왔으니 호령한 번은 해보고 가야지 않겠습니까?"

막내 동생의 강단에 세 형은 잠자코 고개를 끄덕였다.

"어서 탑을 허물어라!"

이하응은 아랫개울에서 모집해온 산역꾼들을 향해 소리쳤다. 그러나 누구 한 사람 선뜻 나서는 사람이 없었다. 탑에 손을 대면 날벼락을 맞아 죽는다는 풍수전설을 전해 듣고 있었기 때문이었다.

"도리가 없지. 내가 허무는 수밖에는."

그는 작은 몸을 날렵하게 움직여 탑 위로 겅충 뛰어올랐다. 탑두부(塔頭部)를 들어올린 그는 보란 듯이 아래로 내동댕이쳤다. 그 광경을 단 한순간도 놓치지 않고 뚫어져라 보고 있던 사람들의 손에는 식은땀이 홍건했다. 몇 사람은 잔뜩 겁먹은 표정으로 하늘을 우러러보기도 했다. 마른 벼락이 떨어지지 않을까 해서였다. 그러나 아무 일도 일어나지 않고 있었다.

"이제 됐느냐? 벼락을 맞으면 내가 맞는다. 어서 탑을 마저 헐어내고 산역을 시작하자."

더 이상 거절할 이유가 없게 되었다. 산역꾼들이 탑을 다 헐어내고 보니 탑 기단부에 백자 항아리 두 개와 단다(團茶) 두 병, 잣알만한 사리주(舍利珠) 세 과(果)가 나왔다. 탑이 서 있던 바닥은 모두 바위였다. 도끼로 내리쳐서 깨뜨리니 바위는 깨지지 않고 도끼가 쨍그렁 소리를 내며 튕겨나기만 했다.

"이 무슨 무례한 수작이냐!"

보다 못한 이하응이 도끼를 치켜 든 다음, 허공을 향해 크게 꾸짖었다. 그러자 비로소 도끼가 튀지 않았고 바위가 깨지기 시작했다. 금정(金井)틀(묘 구덩이를 팔 때, 길이와 넓이를 정하는 데 쓰이는 井자 모양의 나무틀)에 맞춰 바위를 깨고 한 길 깊이로 광중을 판 다음, 유골을 안치하고 만약에 있을 투장을 대비하여 석회 수백 포대를 이겨서 다지고 다졌다. 면례를 마치자 이하응은 천하를 얻은 기분이었다.

"주지스님, 노고가 많으셨습니다. 함께 한양으로 가서서 회포를 푸십시다."

이하응은 주지스님을 데리고 귀경길에 올랐다. 수원 대포진(大浦津)에 다다라 배로 강을 건널 때였다. 배 안에 얌전히 앉아 있던 주지스님이 갑자기 벌떡 일어서며 발광하기 시작했다.

"아악, 불이야, 불! 날 불에서 꺼내 줘!"

예기치 않은 변고였다. 배 안에 있던 사람들이 이 느닷없는 발광에 손을 쓰지 못하고 얼이 빠져 있었다. 이하응 역시 그랬다. 주지스님은 몸을 뒤틀다가 더 참지 못하고 물에 뛰어들었다. 환각의 불에 태워지다가 물을 보고 뛰어들어 그만 죽고 만 것이다. 탑에 얽힌 풍수전설은 정녕 허언이 아니었던 셈이다.

이하응이 가야산에 묘를 쓰고 3년이 지난 1849년 기유(己酉) 유월에 병약한 헌종이 스물세 살의 젊은 나이에 승하하니 안동 김씨들은 재빨리 회동하여 숙의한 끝에 땔나무꾼으로 지내던 강화도령을 왕위에 앉혔다. 어수룩한 왕을 세워야 자신들이 세도를 부릴 수 있었기 때문이었다. 강화도에서 나무지게를 지다가 하루아침에 보위에 오른 철종은 등극하자마자 주야로 여색에 빠져 몸을 망치기 시작한다.

1852년 임자(壬子) 7월 스무닷새, 이하응의 아내 민씨가 옥동자 하나를 생산하니 이 해는 가야산에 묘를 쓴 지 6년 만이었다. 황룡이 여의주를 물고 품으로 들어오는 쾌몽을 꾸고 태기가 있어 얻은 아들 명복(命福)이었다. 갓 태어난 아들을 본 이하응은 얼굴에 왕기가 서려 있음을 간파했다. 이하응은 몸을 천하게 낮춰서 왕기를 감추기로 작정한다.

　안동 김씨의 세도는 여전히 하늘을 나는 새도 떨어뜨릴 만큼 기세등등했다. 그 무렵 이하응은 시정 천인들과 스스럼없이 어울려 어지러이 기방을 출입하고 노름을 일삼았다. 난초 잘 치는 이하응이 파락호(破落戶, 집안 재산을 털어먹는 난봉꾼)가 됐다는 소문이 장안에 퍼졌다. 이하응은 초상집의 개라는 말까지 나돌았다. 그러나 그것은 이하응의 숨은 뜻을 모르고 외양만 보고서 생겨난 소문이었다. 그는 철저히 자신을 위장했던 것이다. 자칫 잘못하다가는 김씨들의 손에 붙잡혀 개죽음을 당하고 만다는 걸 누구보다도 잘 알고 있었기에 일부러 가장한 보신책이었으니 세상에 그걸 간파하는 사람이 거의 없었다.
　과연 이하응의 호신책은 적중했다. 종반 이씨 가운데서 좀 똑똑하다는 사람들이 김씨들에 의해 하나 둘 제거되기 시작했던 것이다. 경평군(慶平君) 호(晧)와 돈녕도정(敦寧都正) 이하전(李夏銓)이 역적모의라는 누명을 쓰고 희생되었다. 그때마다 이하응은 때를 기다리며 미친 척하고 파행을 일삼았다.
　1863년 계해(癸亥) 섣달, 후사가 없던 철종이 승하하자, 평소 안동 김씨와 반목하던 대왕대비 조씨가 이하응의 둘째 아들 명복에게 전교(傳敎)를 주어 사왕(嗣王)으로 하니 이가 바로 조선 26대왕 고종이다. 가야산 군왕지지에 묘를 쓴 지 실로 17년 만에 뜻을 이룬 것이다. 이때부터 이하응은 파락호 시절을 마감하고 전권을 장악하여 대권을 휘두르니 저간의 세월동안 철저히 죽어지내며 기회를 노린 지략가의 한풀이였다.
　고종이 왕위에 오른 이듬해 갑자(甲子)에 가야산 대덕사가 있던 자리 맞은편 산기슭에 불사를 단행하여 절을 짓고 그 이름을 보덕사(報德寺)라 하니 이는 산과 땅에 대한 보덕이자, 광란하다 죽은 주지스님에 대한 보덕의 뜻에서였음은 물론이었다.

  1868년 무진(戊辰), 고종이 즉위한 지 5년째 되는 해 4월, 독일인 상인 오페르트가 기선 그레타호를 타고 덕산 구만포에 상륙하여 남연군의 묘를 도굴하려다가 실패하고 돌아가는 사건이 발생한다. 통상압력 수단으로 묘지를 발굴하려 했으나 암반에 짓이겨 넣은 석회층을 뚫지 못했던 것이니 이하응의 선견지명을 우연이라 할 것인가. 때마침 바닷물이 빠지는 시간이 임박해서 어찌 해볼 수가 없었다 한다. 산서에 씌어 있는 바대로 명당은 스스로를 지킨다는 말이 빈말이 아님을 알 수 있다.

  "석문봉에서 양쪽으로 벌리고 내려온 용이 제(帝)자를 닮아서 왕이 난 겁니까? 그런 거라면 왕이 날 곳이 너무 많을 것 같습니다."
  득량이 모처럼 흥미를 가지고 물었다.
  "그뿐만 아니라 혹자는 청룡자락에 임금 왕(王)자 모양이 있어서 군왕지지라고도 하는데 둘 다 틀린 얘기야. 그렇게 보는 게 아니고 통맥법으로 봐서 내룡이 군왕룡으로 먹어왔기 때문에 왕이 난 걸세. 제왕은 땅의 봉강을 정한다 하여 자(子), 오(午), 묘(卯), 유(酉) 4정과 을(乙), 신(辛), 정(丁), 계(癸) 4강을 합하여 자계, 묘을, 오정, 신태 이렇게 네 합룡을 천자와 군왕룡이라 하지. 더불어 하늘의 뜻을 대신하기 때문에 건(乾), 곤(坤), 간(艮), 손(巽)의 기를 많이 받아야 하네. 이 자리는 분명 군왕룡으로 먹었으나 아주 궁색한 경우가 아니면 쓰지 않는 도박판과도 같은 곳이야. 청룡이 물을 따라 쭉 내달리고 청수하지 못하고 주름이 지저분하리만큼 많은 백호의 기세가 청룡을 압도하여 제왕이 제 구실을 못하기 때문일세. 천자면 뭐하는가? 외세는 물론 내명부도 상대하지 못하는데. 나라면 아무리 급해도 이런 자리는 쓰지 않겠네. 대원군은 역시 뒤집기 한판을 노린 야심가지 진정으로 나라를 생각한 정치가는 아니었어."

태을은 아까 일반적인 이야기를 할 때와 달리 당신의 속내를 내비칠 때는 그리 대단한 자리가 못 된다고 잘라 말했다. 그는 득량과 김 기사를 입수처 뒤, 대숲 너머로 데리고 가서 속기한 곳을 보여주었다.

"저 아래 잘록한 곳이 전에는 이렇지 않았는데 일본인들이 맥을 자르듯 파버렸다네. 대원군은 그렇게 행복한 사람이 아니었어. 남양주 화도에 있는 그의 무덤을 보면 참으로 박복했다는 걸 짐작할 수 있거든. 우규 선생! 풍수가 꼭 발복만 따지는 건 아니네. 한 사람의 인생을 총정리하는 일이기도 하지. 묘를 보면 인생이 보이거든."

그래도 드적인 풍수 술법이었고 한때나마 천하를 훔쳐낸 사람의 비화였다. 결과론으로 얽어맨 게 아니라 미리 예언된 자리였다. 말로야 어쨌든 야심을 펼치는 데 풍수를 활용하여 뜻을 이룬 사람이 대원군이었다.

"권력은 화려하나 향기가 없지만 문장과 예술은 조촐허도 영원한 향기를 지니는 법! 우리 우규 선생이 학을 떼는 뒤집기 한판 인생이 아니라, 정직하게 옥돌을 자르고 갈고 쪼고 문지르는 절차탁마(切磋琢磨)의 예술혼을 지녔던 거장을 만나러 갈까?"

태을은 득량을 아직도 의식하며 말했다. 요즘 득량은 풍수가 한 방으로 인생역전을 시도하는 치졸한 술수라거나, 속고 속이는 욕망의 암투장이라고 여길 법했다. 그러나 꼭 그런 면만 있는 건 아니었다. 온유하고 평화로운 요람의 이미지도 얼마든지 많았다.

일행은 신안면 용궁리 추사고택으로 가다가 광천리에 들러서 남연군의 유골을 운구할 때 쓴 상여를 보았다. 면례를 끝내고 대원군이 주민들에게 주고 간 상여였다. 용머리 장식이 왕가의 위엄을 간직하고 있었다.

 조선 후기 영·정조 시대는 문예부흥기로 통한다. 조선의 르네상스 시대인 것이다. 조선 초기 세종이 화려한 문화의 꽃을 피웠다면 임진왜란과 병자호란으로 점철된 조선 중기는 국가 존망이 위태로웠던 시대였다. 영·정조는 조선왕조가 얼마나 틀이 잘 짜인 왕조국가였는가를 증명해보인 정치가들이었다. 성리학적 토대 위에서 조선 고유의 독자적인 문화를 꽃 피운 황금시대였다. 이른바 진경시대(眞景時代)인 것이다. 이후로 근대화에 실패하여 열강의 희생양이 되고 일본에 병탄돼 버렸지만 조선왕조의 기틀과 이념, 실록으로 대변되는 500년 왕업은 세계사에서 유례를 찾기 어려운 것이었다.
 진경시대의 말미에서 고증학과 서예로 우뚝 솟아 일가를 이룬 거장이 바로 추사 김정희였다. 학문과 예술을 일치시켜 추사체라는 서화양식을 창안해낸 불세출의 학자요, 정치가요, 예술가였다.
 추사의 고택은 문자향(文字香)과 서권기(書卷氣)가 감도는 터라고 한다. 선비가 살 만한 터인 것이다. 무한천과 삽교천이 감아 돈 용산 자락에 자리잡은 고택과 왼편의 유택은 참으로 평화롭다는 인상을 준다.
 호서정맥에서 분지하여 봉수산과 팔봉산을 거쳐 용산에서 멎었다. 고택과 유택이 기대앉은 용산은 그야말로 용진처(龍盡處)다. 아산만으로 머리를 빠트리는 삽교천과 무한천이 좌우에서 산맥과 함께 달려왔으니 산이 나지막해도 기운은 온유함 속에서 용출한다. 외유내강이니 선비가 거처하고 잠들 만한 터가 분명하다.
 "하지만 기맥이 잘 갈무리된 터라고는 할 수 없겠고 입수의 생기도 왕성치는 못하다고 봐."

태을은 단점을 지적했다. 하지만 득량은 생각이 달랐다. 사계 김장생의 유택에서 느꼈던 편안하고 아름다운 기운과는 또 다른 유려함과 포근함을 맛보았다. 흠 없는 터 없고 결점 없는 사람 없었다. 제주도와 북청으로 두 차례에 걸쳐 10년 세월을 유배가고, 젊은 날 청나라에 가서 본 대국의 선진문물을 일생동안 그리워했지만 그에게는 벗이 있었고 차가 있었고 철학과 예술이 있었다. 난세에 나서라도 추사같이만 살다 죽어도 여한이 없을 것 같았다.

아산 설화산 맹씨행단(孟氏杏壇)으로 달렸다. 고불(古佛) 맹사성(孟思誠, 1360~1438)의 고택으로 최영 장군의 손녀사위가 되었기 때문에 그 집을 물려받았다고 한다. 행단이라고 하는 것은 맹사성이 심은 두 그루의 은행나무에서 유래된 이름이었다. 서쪽 설화산에 기대어 동북쪽을 바라보는 아담한 옛집이었다. 산세를 따라서 집을 앉히면 굳이 남향이 아니라도 이처럼 명가가 될 수 있다.
"답사를 다니다보면 남쪽에서 뻗어온 산맥 끝자락에 앉힌 빈집들이 종종 있지. 그 집들이 왜 망해 나간 줄 아는가?"
불현듯 태을이 질문을 던졌다.
"집마다 사정이 다르겠죠."
득량의 모범답안이었다. 하지만 그것은 태을의 의도와는 엇나간 답변이었다.
"술 마시고 노름하고 마누라 쥐어 패서 그랬것지요."
김 기사가 누런 이를 드러내 웃으며 농조로 말했다.
"그러기도 했을 것이네."
"참말여요?"
"가만히 보면 우리 김 기사가 도인이야."

"에고고, 선생님 그만 좀 놀리셔요. 쥐구멍에라도 들어가야 하는개벼요."

"정말일세."

태을은 부러 정색을 해보였다. 그는 기침을 한 다음 본론을 꺼냈다.

"조선 사람들은 남향을 선호하지. 사계절을 생각해서 태양빛을 가장 많이 받는 방향을 좋아할 수밖에 없겠지. 그러나 산세나 도로, 냇가나 강 등과의 조화도 고려해야 한단 말일세. 무조건 남향이 좋다고 내려오는 산맥과 마주 앉히면서까지 남향을 고집하다간 병을 얻어. 도로나 강도 마찬가지야. 순세를 따라야지 억지로 남향을 앉히려다가 모양도 사납고 횡액도 당하게 돼. 우규 선생! 왜 그런지 아시는가?"

"예, 알겠습니다. 산과 평지는 낮과 밤에 따라 바람이 오르내립니다. 밤에 산에서 내려오는 축축한 기운, 곧 장기(瘴氣)는 만병의 근원이 됩니다. 등 뒤로 받느냐 정면으로 받느냐는 세월이 흐르면서 천양지차가 되죠. 도로나 물길도 바람의 통로가 되니 잘못 맞서면 망가져버리는 거지요."

득량이 모처럼 또랑또랑 조리 있게 분석했다.

"역시 우리 작은 서방님이 장땡이시네요. 저는 무식해서 잘 모르것는디 말씀 듣고 보니 그럴 것 같네요."

"허허허, 장땡이 거기서 왜 나오는가?"

스승 태을은 불편했던 마음이 좀 가시는 눈치였다. 득량의 답변은 완벽했을 뿐더러 의욕을 되찾고 있다고 느끼는 터수였다.

그들은 동쪽으로 길을 잡았다.

천안 북면과 병천면에 걸쳐 있는 은석산은 대순같이 수려하고 빼어난 산이다. 은지리에서 은석골을 타고 오르다가 은석사를 지나 10여

분가량 가파른 산을 오르면 산 높은 곳에 유명한 어사 박문수(朴文秀, 1691~1756)의 묘가 있다. 장군대좌형(將軍對坐形) 명혈로 고령 박씨들이 자랑하는 명당이었다. 걸어 올라갈 수밖에 없는 험한 산길은 멀었다. 득량도 고단한데 스승은 더 그럴 거였지만 태을은 내색하지 않았다. 김 기사는 차를 세워둔 곳으로 돌아가서 먹이나 감으며 기다리겠다며 중도 포기해버렸다.

박문수의 묘 앞에서 보는 산세는 앞이 시원하면서 사방이 잘 짜여졌다. 아까 은석사에서 보던 산세와는 사뭇 달랐다.

"저 아래 병천시장은 박 어사가 개설한 것이라네."

혈장 앞에 서서 시장 쪽을 내려다보며 태을이 읊조렸다. 시장은 산 아래로 10여 리쯤 떨어져 있었지만 고스란히 바라다 보였다.

"명당에서 시장은 왜 말씀하시는지요?"

"이 자리가 그렇게 큰 대지는 아니라도 장군대좌형 아닌가? 장군은 병졸들이 많을수록 좋지. 때문에 후손이 발복하기 위해서는 병졸에 해당하는 것이 앞에 서 있어야 하거든. 그래서 부러 시장을 이 앞으로 옮겨왔던 것이네. 시장에 북적대는 사람들을 병졸 대용으로 쓴 것이지."

"지독하군요."

"무슨 말인가?"

"민초들의 애환을 잘 알 만한 박 어사가 죽은 자신을 위해서 민초들을 동원한 꼴이잖습니까?"

득량은 젊었고 비판적이었다.

"그렇게 볼 수 있나? 명당도 빛나고 시장도 흥했으니 서로 잘된 것이지."

태을이 당연하다는 듯이 말했다. 어쨌든 고을군수만 지내도 권력을 마음대로 휘두를 수 있던 시절에나 가능했던 풍수 법술이었다.
  은석산을 내려온 그들은 진천 김유신 장군 탄생지 쪽으로 향했다.

15
조 풍수 집안의 훈풍

그날이 오는가

"어떻게 이리도 많은 물건들을 지니고 있소?"

모리타는 혀를 내둘렀다. 그전에 북촌에 오두막이 있다고 해서 와 보니 저택이었고 집안에 골동품이 가득했었다. 그런데 올 때마다 새로운 물건들을 선보였다. 도대체 이 조영수라는 사람은 얼마나 큰 가문 출신이고 돈이 얼마나 많은 사람일까. 나이도 사십밖에 안 된 사람이 허세라고는 전혀 찾아볼 수 없고 실속으로 똘똘 뭉쳤다. 처음에는 고미술에 발을 갓 들여놓은 초짜배기처럼 보였는데 그게 아니었다. 만나면 만날수록 알맹이가 더 나왔고 심지가 깊었다.

"명품은 거의 없질 않습니까? 지니고 있자니 창고가 넘치고 버리자니 아까운 계륵(鷄肋)이나 애물단지들뿐이오."

조영수는 겸양을 떨었다.

"무슨 말씀이시오? 계륵이라니? 지금 당장 임자를 만나면 수백 원, 수천 원 받을 수 있는 물건들도 여럿이오."

모리타는 백자도 병풍과 추사 글씨, 달항아리 백자나 청자 소품들을 높게 쳤다. 조영수는 벌써 목록을 정리하여 물건들을 관리하고 있었다.

"경성미술구락부에서 거래되는 물건들이나 조선민속미술관에 전시된 물건들에 비하면 양귀비 앞의 호박꽃이지요."

조영수는 잔뜩 고무되면서도 변죽을 울렸다.

"조 상, 내가 다리를 놓을 테니 물건들 좀 파시겠소? 물론 안 파시겠지?"

모리타는 짧은 목을 빼서 조영수를 올려다보았다.

"팔 물건들이 아닙니다. 구상하고 있는 사업이 따로 있는 걸요."

"물론 그러실 테죠. 돈이 궁하실 분도 아니고. 그런데 내가 염두에 두고 있는 사람이 있어서 그래요. 동경의 부호인데 손이 귀한 집이지요. 조선의 백자도 병풍을 구한다는 소문을 들었고 해서 그곳으로 보내면 큰돈이 되리라 본 겁니다."

조영수는 귀가 솔깃했다. 바로 그런 사람을 찾아서 제값을 받아내려는 것이 현재 구상하고 있는 사업이었다. 이미 전국의 역술가들과 선을 대놓고서 임자를 찾고 있었다.

"그래요? 이 그림을 가지고 가서 손을 이을 수만 있다면 보람 있는 일이지요. 오래된 그림에는 신령한 기운이 서려있는 법이니까요. 지금 우리 집안에는 손이 번성했지만 과거에는 귀했답니다. 선대에서 조상님이 이 그림을 그리기 위해 일급 화공을 금강산으로 데리고 들어가서 백일기도 후에 그리게 하여 소장했다더군요. 그 뒤로 아이들 웃음소리가 집안에서 끊이질 않았지요. 가보나 다름없습니다."

당장 말이 달라졌다. 한번 말꼬를 트니 누에 입에서 실 나오듯 일사천리였다.

"하! 그렇습니까? 그럼 더 잘 됐습니다. 내가 이번에 동경 들어가서 다리를 놔보겠습니다. 가격은 최고로 쳐줄 테니 당장 사진을 박아둡시다. 사진을 보여야 혹하지요."

모리타는 거간꾼을 자청했다. 기분 좋은 일이었다. 조영수는 팔면 안 되는데, 어쩌구 하다가 못 이기는 척, 전화로 사진사를 불러들였다.

모리타와 사진사가 돌아가자, 조영수는 동대문 수구문 밖 진흙구덩이 할매를 찾아갔다. 시장에 들러서 쇠고기 닷 근과 복숭아 한 상자를 사서 짐꾼에게 들렸다. 집안에는 신수로 토러온 손님들로 넘쳐났다. 워낙 용하다고 서울 장안에 소문이 자자해서 당일에 보지 못하고 다음 날 새벽같이 다시 와야 차례가 돌아올 정도로 문전성시였다.

"날세. 북촌 조영수 사장 왔다고 누님께 이르시게나."

밀려드는 손님들을 관리하는 남자 사무원에게 넌지시 말을 건넨다.

"방금 손님 들어갔으니 나오면 그때 들어가셔요."

조영수는 고개를 끄덕이고 부엌 쪽에다 소리를 한다.

"복자야, 복숭아 좀 씻어서 손님들께 돌려다오. 누님방에 몇 알 먼저 올리구서."

이제나저제나 차례를 기다리고 있던 손님들이 아니꼽게 바라보다가 표정들이 풀어졌다. 천하의 조영수의 처세술에 어느 누가 감동받지 않으랴. 조영수는 숫제 제집에 온 것처럼 행세했다.

"안으로 드시랍니다."

옆방에 들어가 책을 보고 있는데 기별이 왔다. 대기실 사람들에게 목례를 해보인 조영수는 당당하게 안방으로 들어갔다.

"누님, 적조했습니다. 날도 더운데 노고가 많네요."
"어서 오게나, 동생."
환갑이 다 된 진흙구덩이 할매는 스스럼없이 조영수를 맞았다. 만난 지는 얼마 되지 않았지만 같은 조씨라고 의남매를 맺으며 지냈다. 그 사이 조영수의 달변에 넘어가서 후원자가 돼 있었다.
"전에 말씀드렸던 모리타가 움직였어요. 동경에 들어가서 일을 성사시킬지 봐주세요, 누님."
진흙구덩이 할매는 모리타가 아닌 조영수의 눈을 찌르듯 쳐다보다가 거침없이 입을 열었다.
"동생 이번 일 잘 된다. 모리타가 천금을 물어와. 그런데 그게 끝이 아냐. 계속 만금을 물어와."
"아이고, 누님. 제발 그렇게 돼야지요. 자꾸 물건들만 쟁여놨더니 현금이 떨어져서 내심 똥끝이 타들어가네요. 안 그런 척하고 있자니 죽겠어요."
조영수는 친누님 앞에서처럼 이물 없이 편하게 속내를 터놓았다. 진흙구덩이 할매는 그 점을 높게 샀다. 잘났어도 난 체하지 않고 전폭적으로 내맡기며 길을 묻는 조영수기 친정동생 같았다.
"조금만 참고 기다려. 금년만 넘기면 동생은 왔다로구나 내 세상이야. 잘되면 누님 몰라라 해서는 못쓴다?"
"누님! 그런 말씀하시면 저 섭섭합니다."
조영수는 작은 눈을 모로 뜨며 삐친 표정을 짓는다.
"알았다. 이놈아."
복숭아 껍질을 벗겨서 건넨 조영수는 화제를 돌렸다.
"지난번에 집 새로 짓는다는 남대문 상인 안씨 일은 어떻게 됐어요, 누님?"

안씨는 경복궁 서쪽 인왕산 아래 대저택을 짓는다는 갑부였다. 이 집을 드나들면서 상담하고 사업하여 벼락부자가 된 사람이었다.

"급하기는. 워낙 큰 양옥집이라 겨울 안에나 끝날지 모르겠구나. 찬바람 불거든 만나게 해주마. 방 꾸밀 때, 동생 물건 쓰라고 얘기는 다 해놨다."

"정말요, 누님?"

"걱정 말라니까. 바쁠 테니 그만 가봐. 아 참, 동생 그리고 곧 초상 치르네. 준비하고 있어. 인명은 재천이고 호상이니 편안히 받아들여."

이건 또 무슨 소린가. 누가 죽는다는 것인가.

"예?"

"부친 이름이 염라대왕 명부에 적혔다는 갈씀이야."

워낙 귀신같은 양반의 말이라 그대로 믿지 않을 수 없었다.

"고생 많이 하신 분인데 더 사셔야 효도하지요. 누님, 어쩌면 좋아요? 굿이라도 할까요?"

조영수는 눈물이 그렁그렁한 채로 매달렸다.

"쓸데없는 소리! 자식들 잘되고 손자들 잘 크는데 그럼 됐지 무슨 욕심을 더 부려. 순응해!"

조영수는 그 말을 받아들였다. 그는 양복 주머니에서 돈봉투를 꺼내놓고 진흙구덩이 할매에게 큰절을 올렸다.

"야가 시방 뭐하는 거여? 내가 동생을 보태줘야지 그 돈 받아서 체하면 약도 없어. 도로 안 넣고 갈 거야!"

"누님, 갑자기 노부모 생각을 하자니 우리 누님도 많이 늙으셨다는 느낌이 와서 그래요. 지금은 푼돈밖에 못 드리지만 나중에 자동차라도 사드릴게요, 누닐."

조영수는 진짜로 눈물을 흘렸다. 아버지 조판기 때문에 흘리는 것인지 진흙구덩이 할매를 위해서 흘리는 것인지 분간할 수 없었지만 감동을 주기에는 충분했다. 진흙구덩이 할매는 경대 수납장을 열더니 지전이 빽빽하게 들어있던 봉투를 꺼냈다.
　"동생, 우리 동생은 인정이 너무 많아서 탈이야. 그래서 어떻게 조선팔도는 물론 일본까지 이름난 부자가 되겠누? 이거 누님이 주는 위로금으로 생각하고 가져가. 명색이 같은 조씨 집안이고 누님인데 동생 눈물 보고 가만히 못 있겠네. 일 당하면 잘 모셔드리고 와. 풍수는 훤한 사람들이니 명당 걱정은 안 할 테니까."
　진흙구덩이 할매는 과연 거물급 역술인이었다. 상대하는 사람들이 크고 많으니 손도 컸다. 빳빳한 1원 권 지전 100원을 선뜻 내놓았다.
　조영수 역시 대범했다. 언제 눈물을 짰느냐는 듯 의연하게 추스르고 일어섰다. 괜히 감사하고 어쩌고 지청구를 늘어놓다가 좀생이 취급만 받았다. 차라리 사내다운 면모를 보이는 편이 나았다.
　"누님만 믿고 사니까 걱정 없네요. 일 생기면 전화 올릴게요."
　조영수는 당당하게 문 밖으로 나갔다. 그는 곧바로 집으로 돌아와 고령 본가에 전화를 넣었다. 형 조민수가 전화를 받았는데 아버지는 편찮은 데가 없다고 했다. 다행이었다. 그러나 누가 한 말인가. 칠순을 넘긴 노인의 내일은 아무도 몰랐다. 조영수는 틈나는 대로 자주 전화를 넣을 작정이었다.

　다음날, 대전 일대로 물건을 장만하러 갔던 장일곤이 돌아왔다. 오동나무 상자 몇 개와 두루말이들을 싼 보자기들이 짐꾼의 지게 가득 쌓였다.
　그는 조영수의 유년시절 친구로 전주 중앙시장 표구점 아들이었다. 머리가 좋았는데 중학까지 나와 그림을 그린다고 광주 아무개 선생을 찾아가 사사하는 걸로 알았었다. 그 뒤 소식을 모르고 지내다가 얼마 전에 대구 관문시장에서 극적으로 만났었다.

조영수는 연전에 명당을 팔려다 실패한 모씨 집에 골동이 꽤 있었던 것을 기억해내고 그것을 싼값에 후려쳐 볼까 해서 찾아갔다가 헛걸음하고 나오던 참이었다. 시장에 들러 아이들 과일이나 사들고 들어갈 생각이었다.

"거 혁필(革筆) 한 번 잘 놀리네. 나도 하나 써주이소."

찢어진 갓을 쓴 촌로 하나가 조기 한 손을 새끼줄에 배달아 들고 서서 구경하다가 나섰다. 그 외에도 구경꾼들이 여럿이었다.

"잠시 기다리세요. 인생은 기다림이더이다. 서두른다고 나부대봐야 공수래공수거요, 먼저 차지했다고 길래 내 것 되는 건 아니더이다."

왁자지껄한 시장 한구석에 나무상자를 눕혀놓고 한 사내가 혁필을 놀리며 타령즈로 흥얼거렸다. 중절모자를 눌러써서 얼굴을 알 수 없는데 넓이가 1인치가량 되는 쇠가죽을 대나무로 묶어서 만든 혁필을 물감에 찍어서 백로지에 놀리면 글씨도 아니고 그림도 아닌 민화가 척척 그려 나왔다. 꽃과 나비, 물고기, 해와 달, 소나무, 봉황 등이 순식간에 형형색색으로 그려지고 전체적으로는 글자가 되었다. 거기에 청산유수 같은 사설이 구수하게 덧보태졌다.

"자, 그럼 성함을 말씀하세요. 제 그림을 가져가서 안방에 떡 하니 걸어두면 마누라는 내조 잘하고 아들딸들은 효도하며 무병장수하십니다. 자, 그럼 어느 성씨고 함자는 무슨무슨 글자인가요?"

환쟁이가 고개를 들어 찢어진 갓을 쓴 촌로를 올려다보았다. 구레나룻이 무성한 중년사내였다.

"평산 신(申)씨고요. 이룰 성(成)자 들을 문(聞)자요. 명필로다가 잘 써주이소."

촌로는 간곡한 어조로 주문했다.
"걱정도 팔자십니다. 인중이 길어서 장수는 따논 당상이요, 이름이 좋으시니 쓰기도 재밌습니다. 평산 신씨라 하면 바로 이 고장 대구 금호강 건너 공산전투에서 견훤에게 포위되어 위기에 처하자, 고려태조 왕건과 옷을 바꿔 입고 적진에 뛰어들어 왕건을 구하고 자신은 죽을 힘을 다해 싸우다 장렬하게 전사했던 장절공의 자손이라. 아아, 후백제군은 진짜 왕건인 줄 알고 신숭겸의 목을 베어 갔으니 태조 왕건은 신숭겸의 공을 기려 순금으로 머리를 만들어 후하게 장례지내고, 금두상이 도굴될 것을 두려워하여 춘천, 구월산, 팔공산에도 똑같은 묘를 만들게 하였더라. 그것도 안심이 되지 않아서 춘천에는 봉분을 세 개나 만들었으니 지금도 어느 묘가 신 장군의 진짜 봉분인지 알 수가 없더라. 지금도 공산 지묘고을에는 왕산이니 파군재니 하여 그때의 전투를 상기시키는 지명들이 전하니 천 년이 흘러도 신숭겸 장군의 의리가 잊혀지겠는가. 장군은 본래는 전라도 곡성사람으로 의리에 살고 의리에 죽었으니 만고충신이라. 충성심이 태양의 중심을 쪼갤 만하니 이렇게 날 일자를 붉게 먼저 쓰고 푸른 대나무 줄기로 그 가운데를 가르겠습니다."

"명필에 재담까지 갖췄도다. 그 그림 끝나면 나도 한 장 써야꾸마."
구경꾼 가운데 하나가 감동받은 초를 치고 나왔다.
"고맙습니다. 이룰 성자는 칼 도(刀)와 창 과(戈)로 된 글자니, 칼로 자르고 창으로 찌르는 것처럼 정신을 똑바로 차리고 힘써야 무엇이건 되는 겁니다. 또 달리 풀이하자면 무성할 무(戊)자에 정정할 정(丁)자가 합해서 된 것이기도 하니, 초목은 무성하여 꼿꼿이 서야 열매를 맺을 수가 있는 겁니다. 장절골의 자손이니 칼과 창을 그리고 거기에 덧붙여 탐스런 사과를 그리겠습니다. 마지막으로 들을 문자는 문

틈으로 귀를 대고 있는 모양이네요. 《예기》에 학기편에 이르되, 독학이무우(獨學而無友)하면 즉고루이과문(則孤陋而寡聞)이라 했습니다. 홀로 배우기만 하고 토론할 벗이 없으면 소견이 좁고 견문이 모자라게 된다는 말씀입니다. 책만 붙들고 있지 말고 좋은 친구도 사귀고 여행도 다니고 신문도 보면서 견문을 넓혀야 군자가 되는 것입니다."

대단한 입담과 식견이었다. 장돌뱅이로 혁필을 쥐고 환쟁이 노릇하기 아깝다는 생각이 들었다. 조영수는 조악한 그림글씨를 원해서가 아니라 이름풀이가 궁금하여 주문을 넣었다.

"조영수올시다. 풍양조씨 꽃부리 영에 빼어날 수지요."

순번을 기다렸다가 이름자를 말했다.

사내가 모자 아래서 잠시 주춤했다.

"조, 영, 수! 친숙한 이름이올시다. 본관은 말씀하셨고 고향이 어딘지 말씀해주시면 더 멋진 그림으로 만들어드리리다."

"양반문화와 풍류의 고장 전주요."

조영수는 입에 붙은 대로 내뱉었다.

그때였다.

혁필을 물감접시 위에 다소곳이 내려놓은 환쟁이는 중절모를 벗고 조영수를 쳐다봤다. 세월이 많이 흘렀지만 작은 매눈이 분명 유년시절의 친구 조영수였다. 얼굴에 살이 도톰하게 붙고 신수가 훤했다.

"자네, 영수지? 나 중앙시장 표구집 아들 장일곤이네."

장일곤은 별떡 일어섰다.

"일곤이?"

두 사람은 시장통에서 얼싸안았다. 어렸을 적 고향친구를 멀리 타향에서 만나다니 꿈만 같았다.

"어째 참 박식하고 똑똑한 사람이다, 했네."

"나도 조영수라는 이름이 여의치 않아서 고향을 물은 것이야."

오늘은 이것으로 그림을 접었다. 혁필과 백로지, 물감접시들을 챙겨 주섬주섬 나무상자에 넣으니 금시 정리가 되었다. 구경꾼들도 친구의 상봉을 기뻐해 주었다.

장터 순대국밥집에 들어가 막걸리로 회포를 풀었다. 저간의 인생유전을 풀어놓고 주거니 받거니 술 마시니 20여 년 세월의 벽이 한순간에 무너졌다.

"안 되겠네. 내 집으로 가세. 아이들 공부 때문에 진골목에 한옥 한 채를 샀네. 그리 가서 밤새 얘기를 나누세."

조영수는 좀처럼 하지 않던 일을 스스럼없이 자행했다. 아이들 공부에 방해될까 봐 그간 술친구는 절대로 데려가는 법이 없었다.

"주인어른, 오셨어예?"

식모가 나와서 인사했다.

"애들은 아직 안 왔는가?"

"곧 올 시간 됐어예."

"우리 주안상 좀 봐주겠나?"

조영수는 양복을 척척 벗어놓고 편한 옷으로 갈아입었다.

"자네도 이 옷으로 갈아입고 좀 씻어."

베잠방이를 꺼내주며 마당으로 나간다. 장일곤은 깔끔한 집과 짜임새 있는 살림살이를 보면서, 이 친구가 사람 사는 것 같이 제법 잘 살고 있구나, 생각했다. 아이들 공부 때문에 산 집이 이렇다면 고령 본가나 서울 북촌집은 으리으리할 게 분명했다. 정 참판댁 뒷배나 봐주고 살던 사람들이 어떻게 이런 타관에 와서 집안을 일으켰을까. 장일곤은 별의별 생각이 다 들었다.

씻고 나니 곧 얼음 띄운 수박화채가 들어왔다. 그것을 마시며 다시 얘기가 이어졌다. 그러다가 조영수가 속내를 말했다.

"자네 손재주가 좋아서 밥은 먹고산다니 다행일세. 대전에 집 한 칸도 마련해서 처자식 돌볼 수 있으니 그래도 시장판 환쟁이 치고는 출세한 셈이지."

"뭔 소린가. 영수 자네에 비하면 조족지혈이네."

"내가 제안 하나 흠세. 자네 골동품 보는 공부 좀 하게나. 아니, 내일 당장 나와 함께 서울로 올라가세. 그깟 혁필 그려서 호구지책 삼는 일 때려치우고 그 재주를 살려서 골동상이 되는 거야. 지금 자네 수입의 몇 배는 거뜬하네."

조영수는 장일곤을 공부시켜서 충청도와 전라도 일대를 무대로 물건 수집하는 일을 시킬 참이었다. 진안(眞贗). 곧 진짜와 가짜를 구별하고 명품을 골라낼 수 있다면 절대로 손해날 일이 없었다. 처리하기 곤란한 큰 물건은 조영수 자신이 직접 나서서 흥정하면 그만이었다. 그렇게 물건만 많이 확보해놓으면 됐다. 판로나 용도는 걱정할 필요가 없었다. 누구도 생각해내지 못한 일을 맨 처음 해낼 준비가 다 돼 있었다.

"내가 그럴 수 있을까?"

장일곤은 자신 없어했다.

"자네 실력이라면 충분해. 한문 잘하겠다, 아는 것 많겠다, 뭐가 부족한가. 골동품에 관한 거야 내가 하라는 대로 공부하면 돼. 그나저나 그 유창한 재담과 역사, 가문이야기 등은 언제 그렇게 공부해뒀나?"

"팔도를 떠돌면서 탈로 뛰고 눈으로 보고 귀로 들은 것들이지 뭐. 유구한 역사를 지닌 우리 강산 삼천리는 방방곡곡이 모두 역사박물관이야."

장일곤이 기막힌 말을 했다. 역시 숨은 인재였다.

"내 말이 그 말이라네. 삼천리 역사박물관! 그 박물관에 골동품들이 제대로 관리되지 않고 벽지 혹은 불쏘시개로 쓰이거나 막걸리병, 김치 사발로 굴러다니고 있지 뭔가. 그것들을 가치 있게 만드는 일이네. 얼마나 보람된 일인가. 사라질 물건들을 건지고 빛내주는 일이니까."

"알 것 같네, 친구!"

의기투합한 두 사람은 곧장 서울로 왔던 것이고 북촌 조영수의 집에 거처하며 공부를 시작했다. 진품도 감상하고 책 읽고 경성미술구락부와 조선민속박물관에도 부지런히 출입했다.

장일곤은 일취월장이었다. 가짜에 속아 거금을 날릴 여지는 거의 없었다. 처음부터 거금을 맡기고 큰 물건을 해오라고 시킬 조영수도 아니었다. 일하는 걸 봐가며 차츰차츰 격을 높여줄 셈이었다.

그리고 오늘이 첫 번째 출장에서 돌아오는 길이었다. 편의상 집이 있는 대전 쪽으로 작업을 나갔던 것이다. 가족들도 만나보고 집을 본 거지로 삼아 물건을 모으기로 했음이다.

"고생이 많았네. 물건들을 많이 해왔구먼. 쓸만한 게 좀 건져지던가?"

조영수는 장일곤을 반갑게 맞았다. 모시 두루마기 차림에 구레나룻이 일품인 장일곤은 어엿한 골동상이었다. 한 달 전, 시장구석에 쪼그려 앉아서 혁필을 그리던 환쟁이의 모습은 어디에도 없었다.

"해온 물건들이 보잘것없어서 미안하네."

"첫술에 배부르겠나? 어디 구경이나 해볼까. 우리 친구 마수걸이 좀 보자."

오동나무 상자부터 열었다. 예상했던 대로 조잡하고 거친 물건들 일색이었다. 오동나무 상자가 아까운 요강단지 수준들이었던 것이다.

"이런 것들은 얼마씩 주고 샀는가?"

"돈 주고 산 것들이 아니고 양은그릇들과 맞바꾼 것이네. 내가 아직 도자기는 잘 모르겠어. 아무래도 나는 서화가 편하네. 의미를 좀 아니까."

"그래도 돈을 좀 들이면서 사봐야 쓰지. 수업료 낸다고 생각하고 때깔 좋은 것들을 한두 점씩 사보게나."

조영수는 양은그릇과 맞바꿨다는 말에 안심하면서도 정석을 말했다. 그 사이 장일곤은 보따리를 풀어서 두루말이들을 방안 가득 펼쳐 놓고 있었다. 얼핏 봐도 꽤 좋은 것들이 눈에 들어왔다. 그림도 글씨도 다 좋았다.

"시중유화(詩中有畵)요 화중유시(畵中有詩)라. 시 속에 그림이 있고 그림 속에 시가 있으니, 이 백수도(白壽圖)는 향나무를 그리되 목숨 수(壽)자로 보이게끔 썼으니 부모님 환갑이나 칠순잔치에 선물하면 그만이지. 고양이 두 마리와 참새 다섯 마리가 고목에 앉아 있는 이 그림은 오남매를 둔 금실 좋은 동갑내기 부부를 상징하니 화목한 가정의 안방 차지로다. 모란은 부귀를 뜻하고 타위는 십장생으로 장수를 뜻하니 이 그림을 거는 이는 부귀를 누리며 오래 살겠구나."

전공이 나오니 특유의 입담이 이어졌다.

"좋은 물건들일세. 자네는 역시 서화를 잘 브는군."

"내가 운필을 좀 보지. 이 그림들은 민화 수준을 넘어선 작품들로 대가들이 그린 걸세. 낙관이 있는 것도 있지만 없는 것도 많아. 무낙관이라도 작품이 좋으면 되지 뭐. 비싸게 파는 거야 자네 수완에 달렸으니까."

정말 그랬다. 이 사람이 이거 마수걸이부터 일을 내버렸다. 내용도 보존상태도 좋은 물건들만 해가지고 온 게 아닌가. 무낙관은 문제가 안 됐다. 아니, 오히려 반가운 노릇이었다. 그간 공부해서 얻은 지식으로 누구 작품과 유사한가를 따져서 그의 낙관을 만들어 찍으면 진품으로 날개를 다는 셈이었다. 전각 잘하는 사람이 한둘인가.

장일곤은 소요경비를 적은 물목을 건넸다. 단돈 100원도 안 되는 경비밖에 지출하지 않았다. 혁필 한 점에 몇 푼씩 받던 습관이 있어놓아서 비싼 값에는 절대로 사지 않는 그였다.

"나 좀 보소. 내가 요즘 이러네. 제수씨와 조카들 안부도 안 묻고 물건들에 혼이 팔렸었네. 모두 강녕들 하시지?"

"덕분에 잘 있네. 자네가 준 100원을 그대로 갖다줬으니 1년간은 식구들 걱정 없이 일만 할 수 있을 걸세. 고마우이. 내가 알고 지내는 지인들에게 부탁을 해놓고 왔으니 다음 번에 전주 쪽에 갔다오면서 대전에 들르면 괜찮은 물건들을 만져볼 수 있을 것이네."

일이 잘 풀리려니까 절묘한 때에 죽마고우를 만나도 제대로 만났다. 필요한 게 있다 싶으면 그것이 저절로 굴러들어왔다.

하지만 누구에게나 좋은 일만은 있을 수 없었다. 삼복이 지나고 처서를 막 넘긴 어느 날 고령에서 비보가 날아들었다. 진흙구덩이 할매의 말이 있어서 전화로건 조석으로 문안을 올려왔는데 대낮에 사달이 생겨버렸다. 변소에 갔다가 넘어져서 위독하다는 거였다.

"얼른 내려와라. 곧장 달려와서 임종해야지. 기다린다."

조민수의 전화였다.

눈물이 핑 돌았다. 예상은 했지만 이렇게 빨리 올 줄은 몰랐다. 그 고생을 하며 집안을 일으키려고 애쓰셨던 아버지 조판기가 이대로 가시는가. 진흙구덩이 할매의 예언이 너무 적중하여 야속했다.

장일곤과 함께 경성역으로 나가서 대구행 열차를 탔다.

"제발 무사하셔야 할 텐데. 고생만 하시고 이제 막 사업 일으켜서 호강 좀 시켜드리려 했더니 이런 변을 당하시네."

조영수는 손등으로 눈물을 찍어내며 주억거렸다.

"임종하게 해달라그 기도하세. 자네는 그래도 나아. 나는 장돌뱅이로 떠돌다가 추석 명절 쉰다고 가보니 아버님이 청산에 누워계시더군. 벌써 10년도 더 지난 일일세."

조영수는 옆자리에 앉은 장일곤의 손을 잡아주었다.

늦은 밤에 집에 도착하니, 담장 밖으로 곡성이 울렸다. 이미 돌아가신 모양이었다. 조영수는 들입다 달려들어가며 통곡했다.

"아버지! 아버지, 저 왔네요!"

아버지 조판기는 눈을 빤히 뜨고서 운명했다. 숨을 헐떡이며 서울가 있는 작은아들을 기다리다가 한 식경 전에 숨을 거두셨다고 한다.

"너 보고 싶어서 눈을 못 감으셨어. 어서 감겨드려라."

저 눈!

일생동안 힘주며 세상을 꿰뚫어 봐온 저 작은 눈!

저 눈이 못 다 본 것을 내가 죄다 보고, 못 이룬 것을 내가 이루리라.

조영수는 오른손을 가져다가 두 눈을 아래로 쓸어내렸다. 눈이 닫혔다. 세상이 닫혔다. 한 사나이의 칠십 평생 역정이 까맣게 닫혀버렸다. 양반가의 자제로 태어났으나 시절이 어려워 아전붙이가 되었고, 일본에 나라를 빼앗긴 탓에 그것마저 할 수 없게 되자 풍수쟁이가 되었던 파란만장한 한 사나이가 영영 눈을 감았다. 주인집 명당을 훔쳐서까지 가문을 일으키려고 했지만 즉사직전까지 매를 맞고 피걸레가 되어 버려졌다. 고향을 버리고 야반도주하여 가야산 자락에 터를 잡았다. 숯 공장을 하는 큰아들을 따라다니며 불가마 안에서 뼛속에 든 장독을 우려내온 여생의 세월은 한스러웠다. 죗값을 치렀다고 할 수도 있지만 당사자들은 어디 그런가. 분하고 약이 올랐다. 그래서 아들 형제와 손자들은 눈에 불을 켜고 돈 벌고 공부했다. 성공만이 최대의 복수였다.

"며칠 전 우리집에서 혼불이 길게 나가서 서쪽 하늘로 사라졌다는구나. 동네사람들 여럿이 봤대."

"전주 쪽으로 가신 모양이네요. 그 한 많은 곳으로요. 흐흑!"

울어봐야 아무 소용이 없었다. 그래도 통곡할 수밖에 없었다. 울음이 안 나올 때까지 울고 또 울었다.

다음날, 염장이가 왔다. 염장이는 시신을 씻고 옷을 갈아입혀서 천한 직업으로 통했다. 하지만 그것은 잘못된 편견이었다. 한 사람의 일생은 탄생과 죽음으로 요약된다. 아기가 태어날 때 거드는 산파는 귀한 직업이고 죽음을 처리하는 염장이나 풍수쟁이는 천하다는 게 말이 되는가. 탄생과 죽음은 서로 상반되지만 따지고 보면 하나였다. 끝과 끝은 통하는 것이다.

말수가 없는 늙수그레한 염장이는 준비해온 향나무 두 묶음을 꺼냈다. 따뜻한 물 두 그릇에 각각 담가서 향을 우려냈다. 한 그릇은 상체를 씻고 나머지 그릇은 하체를 씻는 데 썼다.

먼저 머리부터 얼추 감기고 빗질을 곱게 했다. 숱이 적어서 빗길 것도 없었는데 머리칼이 몇 올 빠졌다. 그것을 소랑이라는 작은 주머니에 넣었다. 그 다음에는 홑이불 속에서 상의를 벗겨내고 수건으로 향물을 적셔서 닦아냈다. 손톱과 발톱을 깎아서 소랑에 따로 담는다. 아까 머리칼 담은 것과 함께 모두 다섯 개가 되는데 저승에 가서 염라대왕에게 바쳐야 한다고 한다.

수의를 입히고 망건과 복건을 머리에 씌운다. 충이(充耳)라 해서 솜으로 귀를 막고 악수(幄手)라는 헝겊으로 손을 감싼다. 그 다음은 반함(飯含)이다. 작은 버드나무 숟가락으로 쌀을 떠서 세 번 입에 넣는다.

"천 석이오. 오천 석이오. 만 석이오."

동전도 함께 넣는다.

염포를 일곱 조각으로 잘라 송장을 일곱 매로 묶는다. 관속에 든, 일곱 개의 구멍을 뚫은 판자인 칠성판 위에 지금(地衾, 바닥에 까는 홑이불)을 깔고 베개를 놓고 송장을 관에 넣는다. 천금(天衾, 덮는 홑이불)을 덮고 소랑 주머니들을 넣는다. 마지막으로 관뚜껑을 덮고 못을 치면 끝이다.

염을 할 때는 모두가 정숙해야 한다. 시신이 놀라면 벌떡 일어나는 수가 있었다. 안 믿어지지만 사실이었다. 염장이들은 한두 번씩 경험하는 일이었다. 염장이는 솜씨가 좋아야 한다. 궂은일이니 잽싸게 일을 끝내야 하기 때문이다. 그러나 가장 큰 고역은 만삭이 된 여인의 송장을 염할 때였다. 관 하나에 두 사람이 들어가면 안 된다는 관습 때문에 하초에 손을 넣어 아이를 꺼내야만 한다.

일이 이렇다보니 사례가 막대했다. 형편이 좀 낫게 살면 쌀 한 가마 값 받아내는 건 거뜬했다. 아기가 태어나면 여러 가지 용품들이 필요하고 장난감이나 책장사까지 돈을 벌 듯, 장례에 따른 산업도 막대하다. 염장이에서 상문객(喪門客), 상여꾼, 풍수쟁이 등 죽음 앞에서 돈을 벌어들이는 직업이 많다. 상문객은 상가를 찾아다니며 대신 울어주는 직업이었다.

이제 어디도 모실 것인가만 남았다. 조민수는 당연히 무안 승달산

천혈을 염두에 두고 있었다. 하지만 조영수로서는 고민이었다. 아버지 조판기에게도 형 조민수에게도 조부의 산골에 관해서 입도 뻥긋하지 않았지만 그곳은 폭탄이 장착된 곳이었다. 언제 어떤 일이 벌어질지 아무도 몰랐다.

"아버님이 치표해두신 자리고 애초 봉분까지 지어놓아서 떼가 무성한데 무슨 일이 생길 수 있겠느냐. 다만 보는 이목이 있으니 마을로 가지 말고 힘들더라도 뒤쪽으로 넘어가서 조용히 모셔드리고 오자꾸나."

조민수는 속이 편했다.

"꽃상여도 못 태워드리는 자리잖습니까?"

"꽃상여가 문제냐. 아버님 원하신 자리다. 왜? 넌 그 자리가 맘에 안 들던?"

"그게 아니라, 1년쯤 적당한 곳에 모셨다가 유골만 그리로 모셔드리면 좋을 듯해서요."

"좋은 생각이다만 번거롭다. 거기가 좀 먼 곳이냐. 형 말대로 하자꾸나."

결국 형제가 장정 몇 사람과 동행하여 일을 치렀다. 식구들은 집에 남아서 고인의 명복을 비는 것으로 대신했다.

구색 갖추며 일하는 게 아무나 가능한 게 아니다. 처녀가 가마 타고 시집가려면 조신해야 한다. 야합하여 애부터 덜컥 나놓고는 가마 탈 필요가 없어져버린다. 꽃상여도 그랬다. 잘났건 못났건, 명당이건 흉지건 죽어서 당당하게 묻힐 사람이나 여봐란 듯이 상여를 탔다. 남의 산에 몰래 들어가는 처지에서는 누가 알까 두려워서 지게에 실려 갈 수밖에 없다. 그것도 이목을 피해서 뒷골로 가야했고 산역도 밤에 했다.

그랬거니 조판기는 명당에 묻혔다.

삼우제를 마치고 서울 북촌집에 왔다. 미리 와 있던 장일곤이 희색이 만연했다. 장례 치르고 오는 친구를 맞는 예의가 아니었다.
"자네, 뭘 잘못 먹었나?"
"명당 잡아 썼다더니 속하네 그래."
"무슨 얘기야."
"모리타 선생이 동경 갑부를 모시고 왔네. 어서 이곳으로 전화 넣어보게. 자네 고령집에 전화하려다가 참느라 여간 힘들었던 게 아닐세. 모리타 선생 말로는 백자도 말고도 장수를 기원하는 그림들을 모조리 가져갈 거라네."
"그래? 그 양반 일도 참 확실히 하네."
"그것도 문제가 되는가? 하하하."

전화를 해보니 조선호텔이었다. 그들은 기다렸다는 듯이 북촌으로 들이닥쳐서 그림을 구경했다. 노리유키라는 동경 갑부는 오십 줄에 든 사내였다. 관상으로 보면 무자식 팔자가 아니었다. 그런데 첩을 들여대도 딸만 낳을 뿐, 아들이 없다고 했다.
"천하명산 금강산 산신이 허락한 이 백자도를 가져다가 걸어두시면 우리 조씨 가문처럼 손이 번창합니다. 저희 집안의 자손복을 고스란히 넘겨드리다."

조영수는 부러 고령 본가의 대가족 사진을 보여줬다. 형이 5남 2녀, 조영수 자신이 4남 1녀였다.
"이게 모두 조상의 한가족이십니까?"
"여기 부모님 두 분이서 딸들은 빼고 형제를 얻어서 손자만 아홉을 두셨지요. 손녀는 빼고 말이오."

조영수는 자랑스럽게 뻐기었다.
"참으로 다복하시오. 부럽습니다."
동경 갑부 노리유키는 연신 허리를 숙였다. 부자가 겸손하기는 거지가 있는 체하기보다 더 어렵다. 가진 자가 겸손을 떠는 것은 인격수양이 잘 돼서가 아니라 노림수가 있기 때문이다. 지금 그에게는 돈보다도 아들이 더 큰 가치였다. 현해탄을 건너와서 백자도를 가져가서 금강산 산신의 효험을 보는 일이 절박했다. 물론 선대에서 금강산에 화공을 데리고 들어가 백일기도하고 그린 그림이라는 말은 풍이었다. 그렇지만 그렇게 믿으면 똑같은 효험을 본다. 이왕에 좋은 자리로 보낼 그림이라면 최고로 의미를 담아서 보내는 게 도리였다.

이미 모리타가 초를 쳐놓기 때문에 거래가 쉽게 진행되었다. 백자도와 백수도, 추사의 병풍, 모란, 고양이와 참새 그림 등을 도거리로 흥정하자고 했다.

"욕심도 많으십니다."
"복 많은 집에 왔으니 많이 빼앗아가야지요. 이렇게 하십시다. 이 백자도를 만 원에 가져가고 싶소. 다만 다른 그림들도 정말 마음에 드니 함께 주시오. 백자도의 효험을 봐서 내가 아들을 얻거든 그 즉시로 만 원을 더 드리리다. 동경에서 내 이름을 대면 신용이 어떤 사람인지 훤히 알 거외다."

흥정하고 말 것도 없었다.
"좋습니다."
"만 원은 지금 바로 드리리다. 약조로 문서를 써줄 테니 나머지 만 원도 내가 조상께 드릴 기회가 속히 오길 바라오."

그는 당장 만 원을 내밀었다.
"문서 따위는 필요치 않습니다. 노리유키 귀인께서는 내년 이맘때에 득남한 사례금을 들고 저를 찾아오시게 될 것이기 때문입니다."

조영수는 공수 내리는 샤먼처럼 거침없이 일렀다.

"하, 정말 대단한 분이시오. 조선에 인물이 많소이다."

그는 조선호텔에서 저녁을 내겠다고 했다. 기꺼이 참석했다. 운송 경비나 수리비, 표구값까지 다 합해도 200원이 채 안 들어간 그림들이었다. 이 세계에 먼저 눈떴고 경향을 오르내리며 갖은 노력을 했다지만 분명 횡재였다. 이런 거라면 엿장수가 아니라 넝마주이라도 못할 게 없었다.

"조선의 명주가 송순주(松筍酒)라고 들었소. 그걸 몇 병쯤 구했는데 오늘을 그 술로 즐깁시다."

노리유키는 신선들이 즐기는 불로장생주라며 조영수와 모리타에게 연거푸 권했다. 일본인들은 술을 비우면 자꾸 따라서 채우는 버릇이 있었다. 적당히 마시려면 잔을 비우지 말고 그대로 둬야 했다.

"언제 일본으로 돌아가십니까?"

취기가 달아오른 조영수가 물었다.

"보물을 얻었으니 내일 당장 가야지요."

노리유키는 금테안경을 만지작거리며 묘하게 웃었다. 당장 돌아가서 백자도 다래서 잠자리라도 갖겠다는 눈치였다.

"며칠만 더 계시면 제가 저희 집에 내려온 고방(古方)에 따라 신약을 선물할까 합니다만."

"그게 뭐이오?"

노리유키는 반갑게 물었다.

"준비되면 그때 말씀드리겠습니다."

"조상은 참 묘하게도 사람을 끌어들이는 마력이 있소. 복 많은 집 고방이라고 하니까 내가 꼼짝없이 며칠 더 있어야겠구려."

"고맙습니다."

"자, 그럼 모두 건배하십시다."

노리유키의 제안에 모두 잔을 높이 치켜드는 찰나였다. 조영수의 옆에 서서 물을 따르던 여종업원의 주전자와 조영수의 팔이 부딪혔다. 그 사품에 술과 물이 조영수의 바지 쪽으로 쏟아져버렸다.

"어머, 손님! 죄송합니다. 제 잘못입니다."

여종업원이 허리를 숙여 사과한 다음, 마른 수건으로 조영수의 양복바지를 닦아냈다. 이미 흥건히 젖어서 소용없었다.

"됐소. 정숙해 보이는 처자가 허락도 없이 신사의 사타구니를 만지면 어떡하오? 허허허."

조영수는 화를 내는 대신 농을 건네는 여유를 부렸다. 여종업원의 뺨이 빨개졌다. 조선어로 했기 때문에 노리유키가 모리타에게 뭐라 했는지 물었다. 모리타가 통역하자 노리유키는 박장대소했다.

"조 상은 유머도 뛰어난 분이외다. 으허허허."

묘한 웃음을 날리며 눈으로 여종업원의 몸을 훑어내렸다. 유니폼 아래 드러난 몸매가 오동통했고 피부색도 백옥 같았다.

"이거 그만 술자리를 파해야겠군. 객실에 들어가 있을 테니 옷을 가져다가 말려서 다려 오시오."

노리유키가 여종업원에게 말했다.

"하이, 분부대로 거행하겠습니다."

여종업원이 다시 머리를 숙였다. 뒤로 묶어서 올린 목덜미가 해사하다고 조영수는 생각했다. 솜털이 보송보송한 걸 보니 스물을 갓 넘긴 나이 같았다.

"아니오. 번거롭게 그럴 것까지야. 여름에 냉수와 송순주를 섞어서 부으니 더 시원하구려."

"무슨 소리요, 어서 내 방으로 올라가 맡기십시다."

"그만 집에 들어가서 신약을 구하라는 금강산 산신령의 뜻인가 하오."

"예?"

"하여튼 우리 조 상은 무던한 사람이오. 조선인 가운데 이렇게 멋진 분도 있습니가, 노리유키 상."

모리타가 자랑스럽게 비행기를 태웠다.

자리는 그렇게 파했다. 두 일본인은 객실로 올라가고 조영수는 차를 잡기 위히 밖으로 나가려는 참이었다.

"저어, 죄송하게 됐습니다. 최민숙이에요. 다음에 찾아주시면 특별 서비스를 해올릴게요. 무마시켜 주셔서 감사드립니다."

"괜찮소. 민숙 양."

조영수는 호텔 앞에서 차를 잡아타고 집으로 돌아왔다. 민숙이라고? 민수 형님 이름이 생각났다. 그래서 더 친숙하게 다가왔다.

아직 초저녁이었다. 그는 대구 한약방으로 전화를 걸었다. 선친의 골수에 든 병 때문에 가끔 찾던 약방인데 좋은 약재를 캐 나르는 약초꾼들을 여럿 거느리고 있었다.

"어르신, 저 조영숩니다. 천마(天麻) 나온 거 있습니까?"

"자네 귀신이꾸마. 아까 낮에 약초꾼이 멀리 주왕산에서 캐가지고 온 게 몇 근 된다 아이가. 하지만 그거 내가 다 써야겠다카네. 두통 앓는 환자가 있어서 진작부터 기다렸던 기라."

"저 다 주세요. 아버님 돌아가셔뿌리고 제가 죽을 맛입니다."

"뭐라꼬? 어르신이 언제 돌아갔다꼬? 왜 기별 안 했나?"

"아래끼 급하게 그리 됐십니다. 그러니까네 시방 연락드리잖아예?"

"알았네. 자네가 임자다."

웃돈 질러주고 살 것도 없었다. 돌아가신 분을 잘 활용하니 살아계실 때보다 더 큰 힘이 되었다. 단골이 죽었는데 부조도 못했으니 약재라도 돌려줄 수밖에 없었던 것이다. 그런 일처리 수완이라면 조영수를 따라갈 사람이 없었다.

날이 밝기도 전인 새벽에 당장 장일곤을 대구로 내려보냈다. 장일곤은 천마를 가지고 밤차로 늦게 돌아왔다. 고구마와 마의 중간쯤 되는 천마는 하늘이 내린 약초였다. 주로 두통이나 정신질환에 쓰지만 강정제로도 그만이었다.

다음날 아침, 조영수는 호텔로 전화를 넣었다.

"며칠 걸린다더니 벌써 구했소?"

"노리유키 상이 복이 많으십니다. 멀리 경상도 청송 주왕산 약초꾼이 금방 산에서 캔 것을 현지에 직접 내려가서 구했지요."

적당히 둘러대며 의미를 배가시켰다.

"대체 무슨 약이오?"

"지금 찾아뵙고 보여드리지요."

객실로 찾아간 조영수는 창호지에 싼 천마를 꺼내 보였다. 한참 동안 신약 어쩌고 하면서 약재의 귀함과 효능에 대해서 참기름을 발랐다.

"5~6그램에 반 대접가량 되게 달여서 하루 세 번을 열흘만 드셔보십시오. 효험에 놀라실 겁니다. 약주와 지나치게 기름기 많은 음식을 피하시고 약을 드신 후 일찍 주무세요. 새벽에 일어나 일기가 청명하거든 북두칠성을 향해 기도하십시오. 아들을 태워달라고 말씀입니다. 만일 날이 흐리면 삼가시고 날이 청명하면 기도 후에 합궁하시오. 태기가 있다면 반드시 아드님이 될 것입니다."

"5~6그래므면 이거 한 뿌리로 닷새 동안은 족히 먹겠구려."

노리유키는 그램이라는 말이 발음이 잘 안 되어서 그래므라고 했다.

"그럴 겁니다."

"그런데 왜 이렇게 많이 가져오셨소이까? 열 뿌리도 넘지 않소?"

"나머지는 술에 담갔다가 틈틈이 반주로 드십시오. 머리가 밝아지고 건강해질 것이오."

조영수는 모리타에게도 두 뿌리를 따로 건넸다. 모리타에게 건넨 봉투에는 천마 말고도 작은 골동품 관련잡지 한 권이 더 들어 있었다. 그곳에 거금 천 원과 감사의 편지가 들어 있었다. 사람을 감동시키는 게 무엇인지를 잘 아는 조영수였다. 그는 항상 모두가 기분 좋은 거래를 즐겼다.

집에 돌아와 쉬고 있으니 수구문 밖에서 전화가 왔다.

진흙구덩이 할매가 내일 저녁에 보자고 했다. 남대문 거상 안씨와 얘기가 끝났으니 내일 같이 만나서 집들이 골동품 물목을 제시해 보라는 거였다. 물건을 내가기 바쁘게 새로 장만해야 했다. 뭐가 문제인가. 돈 있겠다, 시간 있겠다, 사람 있겠다, 아무 걱정 없었다.

무안 승달산이 명당인 건 분명하구나.

조영수는 전구를 꽂으면 바로 불이 들어오고, 전화기에 선을 연결하면 바로 터지는 것처럼 조상을 진혈에 모시던 이렇듯 속하게 복이 오는 거로구나 싶었다.

그는 당장 고령 조민수에게 전화를 걸었다. 형님의 숯공장 사업도 나날이 번창한다 했다. 대구 아이들도 모두 공부를 잘했다. 만사형통하니 아무런 걱정이 없었다.

오는가. 그날이 오는가.

선친께서 그토록 염원하셨던 그날이 오고야 마는가.

그랬다. 바야흐로 조씨 가문에 때늦은 봄이 돌아와 훈풍이 불고 있었다.

뱁새 둥지 같은 우리 땅

한편, 득량 일행은 그 사이 진천과 괴산 일대의 명혈들을 돌아보고 안성에 다다라 있었다.

호서정맥 서운산 바로 위, 진천에서 안성 넘어가는 배티고개 아래서는 아주 특이한 마을을 만났다. 진천 백곡 서현리 면소재지에 차를 세워두고 험준한 산협의 자갈밭 길을 타야 했다.

"김 기사는 안 와도 좋아. 저물기 전에 다시 내려올 테니까."

태을의 말에 김 기사는 신발을 갈아 신고서 따라나섰다.

"왜 저만 빼놓고 좋은 구경하려고 그래쌓아요?"

"좋은지 나쁜지 안 보고 어찌 아누?"

"저 골짜기에 뭔가 있을 것 같네요."

"하여튼 우리 김 기사가 예사롭지 않아. 저기 떡집에 들러서 요깃거리 좀 사고 가세."

우렁이 속보다 더 깊은 산 속으로 풀어진 길은 풀이 무성했다. 칡넝쿨이 좁은 길을 건너서 가무리고 가시나무가 뒤엉켜 있기 예사였다. 인적이 거의 없는 길임을 알 수 있었다.

"도적골에 소 잡아먹으러 들어가요?"

예상했던 것보다 멀고 대낮에도 별이 보인다고 할 정도도 으스름하자, 김 기사는 조금 두려워지는 듯했다.

"지금이라도 내려가도 안 말리겠네. 미리 말해두는 거지만 가봐야 중뿔이나 개뿔 같은 특별한 건 없어."

한 시간이나 걸어 들어온 터라 억울해서라도 못 내려갈 처지였다. 짙은 풀냄새에 젖으며 한 시간 가량을 더 들어가서야 산모퉁이 너머로 몇 채의 초가집이 나타났다. 담배농사를 하는지 높다란 곳간도 있고 숯막과 옹기가마도 있었다. 그 너머 호두나무 몇 그루가 서 있는 비탈진 밭 가장자리에 몇 가옥이 더 있었다. 흡사 화전민촌 같았다.

"예까지 어찌들 오셨나요?"

일행이 숯가마에 이르자 수건으로 머리를 동여맨 청년 하나가 일하다 말고 맞았다.

"여기가 최양업(1821~1861) 신부가 사제서품을 받고 최초로 부임한 곳이지요?"

"어떻게 트마스 신부님을 다 아세요?"

청년은 소스라치게 놀라며 태을에게 자리를 권했다. 토마스는 세례 명이었다. 최토마스는 피의 순교자 김대건 신부와 함께 마카오에 유학 가서 조선인으로서는 두 번째로 신부가 되었다. 1849년 신부가 된 그는 다섯 차례의 시도 끝에 어렵게 귀국하여 장티푸스로 죽기까지 열두 해 동안 외국 신부들이 다니지 못하는 오지를 찾아다니며 전교했다. 그리하여 그는 땀의 순교자로 통한다.

"제천에 있는 묘를 찾아본 적이 있지요."

"형제님께서도 그럼 성도이신가요?"

"하늘 아래 모든 만물이 형제지요."

태을이 모호하게 답변했다. 청년과 담소를 나누는 사이, 그의 아버지 되는 이가 바가지에다 찐 감자와 옥수수를 들고 나타났다. 바지 주머니에서 호두알 한 줌도 꺼내놓았다. 김 기사도 배낭에서 떡을 풀어놓았다. 숯가마 앞에서 소풍 나온 것처럼 점심을 들었다. 아까부터 두견이 줄기차게 울었다.
"관에서 나온 것 같지는 않고 어떤 조사를 다니시오?"
함께 점심을 들면서도 아버지가 경계를 풀지 않았다. 환갑을 넘긴 나이였다. 그러면 천주학쟁이들의 대학살을 익히 알고 있었다.
"유람하면서 지리공부를 하는 사람들이오."
태을이 괴춤에서 패철을 꺼내보였다.
"토마스 성인도 아시고 천주학에 관심이 많으시오."
그는 최양업을 성인으로 칭했다.
"청양 농암리 다락골 줄무덤이란 데서 최양업 신부 집안의 독실한 신행을 전해 들었지요. 저는 종교는 다 같다고 봅니다. 일원이만수(一源而萬殊)라고 하늘을 하나의 근원으로 삼아 종파마다 만 가지로 다른 형태를 띨 뿐이지요. 말로만 하늘을 말하고 행동은 자기 편리대로 하는 빤질빤질한 종교인들을 저는 싫어합니다. 벼슬이나 얻은 것처럼 호의호식하는 성직자도 눈꼴십니다. 그게 신부가 됐건 스님이 됐건 목사가 됐던 마찬가집니다. 세상사람들이 얼마나 힘듭니까. 종교인들은 어려움에 빠져 있는 세상사람들을 위해 기꺼이 피와 땀을 흘릴 줄 알아야 한다고 봐요. 최양업 신부님은 집안 전체가 그렇게 사셨더군요. 저는 천주학쟁이가 아니지만 최 신부님을 존경합니다. 그래서 그분이 머물렀던 터를 찾아 이 험한 데까지 올라온 겁니다."
태을의 진솔한 말에 부자는 경계심을 풀었다. 눈빛이 선하고 법 없이 살 수 있는 심성들이었다. 얼마나 상처가 깊었으면 이 깊은 산 속에 살면서도 이럴까. 1866년 대원군의 병인박해(丙寅迫害) 때, 전국의 천주교 신도 8천여 명이 학살되었다. 이 마을도 마찬가지였다.
"여기 이 감나무가 서 있는 빈터가 우리 토마스 성인님께서 처음 부임했던 초가성당이오. 병인박해 때 불타고 쑥대밭이 되었지만. 난 아직도 토마스 성인께서 지으신 〈사향가(思鄕歌)〉를 자주 불러요."

어화 벗님네야 우리 본향 찾아가세
동서남북 사해팔방 어느 곳이 본향인고
복지로 가자하니 모세성인 못 들었고
지당으로 가자하니 아담원조 내쳤구나
부귀영화 얻었던들 몇 해까지 즐기오며
빈궁재화 걸린들 몇 해까지 근심하리
이렇듯한 풍진세계 안거할 곳 아니로다
인간영복 다 얻어드 죽어지면 헛것이오
세상고난 다 받아드 죽어지면 없으리라
우주간에 빗겨 서서 조화묘리 살펴보니
체읍지곡 이 아니며 찬류지소 이 아니냐
아마도 우리 낙토 천당밖에 다시없네

사향가는 본향, 곧 천당을 그리는 노래였다. 천당은 낙원이다. 인간은 원죄 때문에 그 낙원으로부터 추방당했다. 그리하여 이제 낙원은 하느님 나라에만 있는 것이다. 때문에 지상에서 박해받고 순교당해도 기쁘다. 하느님 말씀따라 바르게 살았으므로 낙원이 약속돼 있음에서다.

"다락골 순교자 무덤을 왜 줄묘라고 하는지는 아시지요?"
부자간에 노래를 부르다 말고 아버지가 물었다.
"알지요. 묘 16기가 남향으로 줄지어 섰다해서 그렇지요."
"거기나 여기나 모두 비석 하나 없이 들꽃들만 무성하오. 당시는 문

드러진 시신을 수습해서 줄줄이 묻는 것조차 여간 어려운 일이 아니었다고 그래요. 마을신도 가운데 배교자가 있어서 군졸들에게 밀고했고 그 뒤로 피바람이 불었지요. 우리 아버지는 옹기를 굽던 총각이었는데 산 속에 숨어서 그 난리를 용케 피했다고 그래요. 할머니가 저녁지어 주먹밥을 울타리 밑에다 놓으면 그걸 몰래 가져다 먹으면서 도토리와 솔잎으로 버텼지만 할아버지나 삼촌들은 모두 조기두름처럼 묶여 진천 감영이나 서울로 압송돼서 처형당했지. 그 분네들 묘가 저기 배티고개 중간에도 있고 저쪽 높은 봉우리 성재에도 있고 저 너머 상백골에도 있네요. 상백골 무덤은 이 진사라는 분네의 아내와 딸이 분명하고 우리 선대 무덤은 어디가 긴지 알 수가 없어서 죄다 벌초하고 관리하네요. 다른 것도 아니고 믿음 때문에 쑥대밭을 만들었느니 어리석고 무서운 게 인간이오.”

천혜의 산골 배티에 십여 호의 사람들이 숨어살았다. 그들은 모두 서양 오랑캐들이 믿는 천주를 모시는 사람들이었다. 재 너머 안성에서 유기그릇을 만들 때 그들이 대주는 숯을 썼다고 한다. 옹기 역시 그들의 생활수단이었다.

“그래도 가호 수가 꽤 되네요. 많이 살아 남아서 다행입니다.”

득량이 나섰다.

“아니오. 우리집 말고 다른 집들은 병인박해 이후에 이주해온 신도들이오. 우리들은 이리저리 철새처럼 떠돌며 살아요.”

나이에 비해 맑은 노안 가득 이슬이 맺혔다.

“이제는 그런 박해가 없잖아요?”

김 기사가 나섰다.

“순교자들의 피가 이 땅에 떨어져 열매를 맺은 거지요.”

그는 배교자들의 얘기도 꺼냈다.

"믿음은 현실적 욕망보다 강하다오. 같이 믿고 살면서 배교하고 밀고한 사람들은 호의호식했을까요? 그렇지 못했어요. 피바람이 휩쓸고 나서 그들은 종적을 감춰버렸지요. 그들은 천주님을 끝까지 배신하지 못하고 참회하며 일생을 죄인으로 살았다고 해요. 사는 게 죽는 것만 못했지요. 어떤 배교자는 관아에 끌려가서 배교하겠다며 풀려났다가 밤새 고민하고 날이 밝자, 제 발로 관아에 찾아가서 배교할 수 없으니 죽여달라며 칼을 받았다고 합니다."

"어르신의 선대는 배티고개에 계실테죠? 가서 참배나 하고 갑시다."

태을이 고개로 향했다. 아까 노인은 분명 선대가 어디에 묻힌 줄 몰라 모두 벌초한다고 했었다.

"어느 묘가 누군지는 몰라도 배티고개에 잠들어 계신다는 말씀은 선친께 들었네요."

노인은 순순히 인정했다.

태을은 그들의 묘 앞에서 두 번 절했다. 득량과 김 기사도 어쩔 수 없이 따라했다. 노인은 봉분에 자란 싸리나무를 뽑아내며 고마워하는 표정이었다.

배티고개 정상에서 태을은 안성과 진천을 번갈아 조망했다.

"우규 선생! 왜 이런 곳에다 신앙공동체를 만들었을까?"

"지세가 도가니처럼 생겼으니 숨어살면서 수행하기에 좋았겠지요."

"그뿐일까?"

"아, 더 중요한 게 있군요. 이곳은 충청도 경기도 양도의 경계지점입니다. 충청도 관아에서 포졸이 나오면 배티고개 너머 경기도 지역으로 피신하고, 경기도 포졸이 나오면 마을 아래쪽으로 내빼면 되겠군요."

"맞아요. 그래서 서양 선교사도 여기에 머물며 얼굴색을 감추느라 방갓을 쓰고 다녔다고 해요."

태을 대신 노인이 손을 들어주었다.

"터란 이런 것일세. 꼭 명당이라는 게 풍수의 형기나 이기만으로 따질 건 아니지. 진을 치는 곳이나 이곳처럼 숨어서 도를 행하는 곳은 고지나 경계점을 확보하는 게 필수적이야. 결국 사람 목숨이 중한 거니까."

득량은 배티고개에서 적잖은 감동을 받았다. 명당은 용도와 시기에 따라 달라진다. 때문에 절대적인 명당도 흉지도 없다고 할 수 있었다. 쓰임에 따라 모두 필요한 것이다. 사람 몸 전체가 부위별로 모두 쓸모가 있는 것과 같았다. 다만 특정한 무엇을 필요로 할 때 그에 걸맞은 터를 골라서 성취하면 된다고 생각했다. 돈이 필요하면 재물이 들어오는 터를, 권력이 필요하면 권세를 얻는 터를, 신앙이나 다른 것도 마찬가지였다.

배티고개를 내려와서 진천과 괴산 일대를 다녔다. 정철, 최명길, 송시열, 정인지 등 역사를 장식한 위인들의 잠자리를 답사했던 건 비단 명당 여부를 가리기 위함이 아니었다. 마지막 잠든 자리를 찾으면서 시대와 인물상을 돌아볼 수 있는 계기가 된다. 그들의 사상과 정파가 당대에 어떤 순기능과 역기능을 했는지도 알 수 있다. 정철 같은 경우는 걸출한 시인이었고 정쟁의 핵심에 서 있던 인물이었다. 본래 경기도 화성에 잠들어 있던 것을 송시열이 진천 문백에 있는 현재의 자리를 잡아 이장했다. 송시열이 당대의 성리학자이긴 했지만 풍수에는 어찌 개안이 되었겠는가. 동기가 아무리 좋아도 지리에 정통하지 못하면 정혈을 잡을 수가 없는 것이다.

안성 양성면 덕봉리 고성산 아래 해주 오씨 오빈의 묘는 와혈의 전형이다.

"이 땅에서 와혈로는 가장 빼어난 수혈이라고 보네. 경상도 안동 선어대의 정영방 묘도 빼어난 와혈이지만 나는 이 오빈 묘를 더 높게 치지."

태을은 웬만해서는 않던 묘끼리 비교하는 말씀을 했다. 두 마리의 소도 듣는 테서 한 마리를 칭찬하면 다른 한 마리가 삐치는 법이었다.

"정영방 할아버지라면 저도 잘 압니다. 경상도 영양군 입암에 있는 아름다운 정원 서석지(瑞石池)를 축조한 낭만주의자셨지요."

득량은 여전에 그곳을 다녀온 적이 있었다. 학교 친구 가운데 그의 직손이 있었다. 같은 동래 정씨 종친이었다.

"허허, 낭만주의자?"

태을이 귀에 생소한 득량의 현대식 표현을 재밌어 했다.

"소동파처럼 자연에 묻혀서 음풍농월했으니 낭만주의자죠."

"그런가? 소동파는 적벽강에 유배갔지만 정영방은 스스로 즐기고 후학을 기르기 위해서 아름다운 별서정자를 꾸몄으니 더 고수지."

"정말 그렇군요."

"하여튼 동래 정씨 중에는 인물들이 겁나게 많당게요."

김 기사가 득량을 쳐다보며 외쳤다.

"그래도 김해 김씨를 당해내지는 못하지. 앞으로는 김씨들 세상이 올 걸세."

진태을이 김 기사를 감싸고돌았다.

"수가 제일 많으니까요."

득량도 동조했다.

"뭐니뭐니 해도 자손 번창하는 게 최고의 발복이지."

태을의 그 말에 김 기사는 싱글벙글하느라 입을 다물지 못했다. 가문 잘났다고 칭송받고 나서 기분 나쁜 사람 없었다.

오랫동안 비가 내리지 않고 있었다. 생거진천 사거용인이라고 명당이 많기로 유명한 용인 일대를 둘러보니 심각했다. 북쪽으로 향할수록 가뭄은 더해가고 있었다. 하룻밤 묵게 되는 마을마다 하늘을 원망하는 농부들의 가슴이 트고 있었다. 논바닥이 쩍쩍 갈라져서 그야말로 거북등이 되었다. 이러다가는 큰 흉년이 들고 말 거라고들 했다.

"진 선생님 오시니 반갑기는 한데 한편으로는 범보다도 더 무섭네요."

호법에서 예전에 자리를 써줬다는 집에 들렀더니 주인이 태을 일행을 맞으면서 하는 소리였다. 이 가뭄 심하고 양식마저 떨어진 계절에 하나도 아니고 셋씩이나 들이닥치니 걱정부터 앞섰던 모양이다.

"그럴 줄 알고 이번에는 쌀을 좀 가져왔구려."

"예? 그렇게까지 할 필요야…."

주인은 미안해서 어쩔 줄을 몰랐다. 인정 많은 사람들이 반가운 손님에게 밥 한 끼 대접 못하는 집은 어디에도 없었다. 자신들은 굶더라도 손님을 먼저 챙기는 미풍양속이 삼천리 강토 어디 가도 있었다. 하다못해 거지 하나가 마을에 들어와도 나 몰라라 하지 않고 그 마을에서 먹히고 입히고 재워서 내보냈다. 했거늘 오죽했으면 이러랴.

태을이 김 기사에게 눈짓을 하자, 김 기사가 차에서 쌀 몇 되를 자루에 담아왔다. 태을의 예견은 적중했다. 겨울도 아니고 여름에 불청객 노릇하자면 양식은 가지고 다녀야 한다고 했다. 차까지 있겠다 쌀을 미리 준비해서 싣고 다니자고 제안했던 것이다.

음력 7월은 농가가 가장 곤란한 때다. 가을걷이 때까지 양식을 아껴먹느라 죽에 나물을 넣어서 연명하는 게 일반적인 풍경이었다. 가마솥에서 죽이 끓어 넘칠 때 퍼서 먹는다는 말은 배고픈 사람들의 정서를 대변한다.

일본사람들에게 시달리지, 가뭄에 시달리지 이래저래 민초들의 삶만 고달파지고 있었다. 태을은 그들을 볼 때마다 한숨을 푹푹 쉬곤 했다. 한낱 떠도는 풍수의 신세로서 민초들의 어려움을 해결해 줄 능력이 그에게는 없었던 것이다. 아니, 나라를 빼앗겨버린 마당에 누가 있어서 그들을 구원해 줄 것인가. 뾰족한 대책 없이 구원해 주겠노라고 나서는 자가 있다면 그 사람은 곧 사이비종교의 교주일 뿐이었다. 그런 교주는 골골마다 쌔고 쌘 세상이었다.

"태백산 천제단(天祭壇)에 올라서 기우제라도 지내야 할 모양이야."

태을은 이천 쪽으로 방향을 틀었다.

이천과 여주 일대는 일일이 거론할 수 없을 간큼 명혈들이 많았다. 특히 여주에는 세종대왕이 잠든 영릉이 있었다. 그곳에 가기 전에 이천 김병학의 금반형 집터를 본 다음, 원적산 북쪽 천덕봉 아래 협곡으로 차를 몰게 했다.

"경기 남부에 이렇게 겁나게 험한 산도 있네요. 강원도 악산이 여기까지 내달려 오는가 보군요."

김 기사는 금사면 주록리 입구에 차를 세우면서 혀를 내밀었다.

"강원도에서 온 산이 아니고 용인 문수봉에서 거꾸로 올라온 맥일세."

"예? 저 위쪽에서 온 게 아니고요?"

"산이 어떻게 물을 건너는가? 제주도나 강화도처럼 아주 드물게 바다도 건너는 수가 있긴 하지만 대부분은 물을 만나면 용이 다하는 자리, 곧 용진처가 되는 것이네. 그런 곳에 명혈이 많지. 한강과 접한 경기 남부에도 험한 산이 있지. 하남 위쪽에 있는 검단산과 이 천덕봉이 그런 산들이야."

태을은 숲에 묻힌 가파른 산길은 타며 자상하게 일러줬다.
"진 선생님, 무식한 사람이 많이 배운당게요."
"우리말에 맥없이 지랄한다는 말이 있지 않던가?"
"그럼요."
"어디서 굴러온지도 모르는 놈이 헛소리한다는 말이지. 풍수에서 온 말씀이네. 아주 뜻 깊은 욕이야."

산즉본동이말이(山則本同而末異) 하고
수즉본이이말동(水則本異而末同) 이라.

"산은 근본이 같지만 끝자락이 다르고, 물은 골에 따라 원류가 다르지만 나중의 합수처가 같다. 산맥은 백두산을 조상으로 하여 뻗어서 사방으로 갈라지지만, 물은 사방에서 모여들어 결국은 바다에 이르러 하나가 되거든. 일원(一源)이 만수(萬殊)요 만법(萬法)이 귀일(歸一)이지. 본말의 서로 다른 이치가 산맥과 물에 있으니 자연이 철학의 원형이야."

득량은 태을의 자태를 우러렀다. 과연 스승 태을은 도인이었다. 강산을 유전하면서 이런 자연의 심오한 이치를 체득하고 계셨다. 스승은 분명 풍수쟁이가 아니고 철인이었다. 요즘 칠십객 철학자를 불편하게 만들었던 자신이 부끄러웠다. 풍수에 회의적이더라도 이런 스승을 가까이서 모시는 건 분명 소중한 체험이었고 영광이었다. 사람이 천지간에 태어나 한세상을 살면서 훌륭한 스승에게 훈습받는 즐거움보다 더 큰 게 또 있으랴.

"선생님, 그 괴나리봇짐 저 주세요."
득량은 스승의 작은 등짐을 대신 들어드리고 싶었다.

"가벼운걸 뭐. 우규 선생 배낭도 있는데 괜찮아."

태을은 사양했지만 득량은 굳이 가져다 자신이 멨다. 하나는 등산 배낭, 하나는 괴나리봇짐, 등짐만 봐도 신세대와 구세대의 행장임을 알 수 있었다.

"스승과 제자분의 속정이 보기 좋네요. 작은 서방님, 이리 줘요. 저는 짐이 아무것도 없으니께 제가 들게요."

김 기사는 두 개의 짐을 잽싸게 채갔다.

뻐꾹— 뻐꾹—.

가까이서 뻐꾸기 우는 소리가 울렸다.

"어, 저기 좀 보세요!"

김 기사가 너도밤나무 가지를 가리켰다. 밤색 작은 뱁새가 제 몸집보다 몇 배나 큰 검은 뻐꾸기 새끼에게 벌레를 물어다주고 있었다. 뻐꾸기 새끼가 붉은 입을 벌리니 뱁새의 머리가 통째로 들어갈 정도였다.

"정말 어떻게 저럴 수 있지요?"

득량도 어이가 없어했다.

"허허허, 재밌는 이야기 거리가 생겼구나."

태을은 익히 알고 있다는 투였다. 그는 잠시 서서 두 젊은이를 응시한 다음, 걸음을 옮기면서 득량에게 물었다.

"경주 석탈해가 빼앗은 호공의 반월성 집터 생각나지?"

"네."

"뻐꾸기 노랫소리는 아름답지만 행동은 얌체더왕이야. 저 놈은 절대 제 스스로 집을 짓지 않아. 뱁새가 지어놓은 둥지에 알을 낳지. 뱁새는 제가 낳은 알과 뒤섞여 있는 커다란 뻐꾸기알을 정성을 다해 품어서 부화시켜. 부화된 뻐꾸기 새끼를 보고 어미 뻐꾸기가 울어대며 뭐라고 자꾸 지령을 내려요. 그러면 새끼는 뱁새 알과 부화된 새끼들을 둥지 밖으로 밀어내 버리거든. 뱁새는 그걸 지켜보기만 해. 결국 제 새끼들을 다 죽게 만든 남의 새끼를 키워내느라 열심히 벌레를 물어다 줘."

"새대가리라는 말이 여기서 나왔구먼요. 아이고, 저 미련한 뱁새!"

김 기사가 주먹으로 가슴을 쳐댔다.

"그렇게 다 길러내면요?"

이번에는 득량이 물었다. 굉장히 재밌는 얘기였다.

"저렇게 가까이서 울어대고 있는, 낳아준 어미를 따라 훨훨 날아가 버리고 말지 뭐."

"제 자식들도 버리고 정성껏 길러준 뱁새 어미를 배신해버려요?"

"안 됐지만 그렇다네."

"집 뺏고 탁아까지 하는 저 뻐꾸기놈이 오랑캐네요. 꼭 왜놈들이 우리 조선에 하는 수작과 똑같구먼요."

김 기사가 뼈 있는 말을 했다.

"그럼 우리 조선과 조선인들은 뱁새둥지와 뱁새가 되는가?"

"참 기가 막힙니다, 선생님!"

득량은 울고 싶었다.

"그렇다고 뱁새가 제 둥지를 부숴버리거나 뻐꾸기 알을 부화 안 시킬 수가 있을까? 뱁새는 덥석덥석 먹이를 받아먹는 뻐꾸기 새끼가 귀여워 죽겠다고 했을 것이네. 피 한 방울 안 섞였어도 길러내면 자식이야. 어미는 자식에게 대가를 바라지 않는 법이네."

태을은 냉정하게 묻고 담담하게 소론을 폈다.

"둥지를 꽉 뿌셔뻐리고 뻐꾸기 새끼 눈을 파먹어 버려야지요!"

김 기사가 신경질적으로 나왔다.

"자연에서 그러는 법은 없네. 빼앗기면 말지 제 집을 부수지는 않아."

"열불이 나서 미치고 팔짝 뛰것네요."

김 기사는 가던 길을 멈추고 발을 동동 굴렀다.

"뱁새는 내년에 그 집에서 다시 알을 낳고 새끼를 길러내거든. 한 해 늦은 것뿐이야."

"이게 터와 민초들의 삶이로군요."

득량이 이성적으로 해석했다.

"그런 셈이지."

"작은 서방님도 참, 그걸 말씀이라고 하세요?"

김 기사가 눈이 벌게가지고 퉁명스럽게 받아쳤다.

"만일 뱁새가 우리 김 기사 말처럼 뻐꾸기 눈을 파먹었다면 근처에서 감시하고 있던 어미 뻐꾸기에게 온전했을까요?"

"이판사판, 저 죽고 나 죽기로 붙어보는 거죠 뭐."

"허허허, 그만들 하그 우리 절이나 올리세. 그 뻐꾸기 둥지 덕분에 이 높은 데까지 수월하게 올라왔구먼. 여기가 빼앗긴 이 아픈 땅과 민초들을 어루만지느라 일생을 수고로우셨던 해월(海月) 최시형(崔時亨, 1827~1898) 선생이 잠들어 계신 곳이라네."

"예? 전주 일대에서 활동했던 동학교조 말씀입니까?"

"그렇다네. 나는 해월을 생각하면 걸음걸음 핏물 눈물이 고인다네. 이 땅과 이 땅 사람들을 그만큼 사랑으로 껴안고 보듬은 사람이 또 있을까? 정치인들은 제 뱃속만 불리고 종교인들은 먼 하늘 얘기만 하면서 말장난을 하던 시절에 해월은 핏물 눈물 고인 곳만 찾아다니며 보따리를 풀었네. 그 보따리 속에는 진리의 말씀과 어두운 밤길을 밝히는 횃불이 들어 있었지. 바다에 비친 달빛, 해월은 고난의 연대를 살다 가신 성인이네."

 사람이 바로 한울이요 한울이 바로 사람이니, 사람 밖에 한울이 없고 한울 밖에 사람이 없느니라(人是天 天是人 人外無天 天外無人). 사람을 대할 때 항상 어린아이 같이 하라. 어찌 홀로 사람만이 입고 사람만이 먹겠는가. 해도 역시 입고 달도 역시 먹느니라. 하늘과 사람과 만물이 하나다.

 "이게 어디 성인이 아니고서 할 수 있는 말씀인가."
 태을은 괴나리봇짐에서 죽통에 담긴 향을 꺼내 피우고 주과포를 진설한 다음, 절을 올렸다. 맨손으로 봉분에 난 잡초들을 뜯어주며 오랫동안 시간을 보냈다.

 해월은 수운 최제우와 같은 경주 사람이었다. 일찍이 고아가 되어 종이 만드는 곳에서 일하다가 수운을 만나 동학에 입교했다. 수운이 순교하자, 제2대 교조가 된 그는 탄압하던 공헌들의 눈을 피해 오지로만 떠돌며 포교에 힘썼다. 그는 몸으로 실천하되 폭력은 일절 금했다. 1894년 갑오에 전봉준이 동학농민운동을 일으키자 이에 호응했고 동학농민군이 관군과 일본군에게 패하자 피신하다가 1898년 원주에서 붙잡혔고 서울로 압송되어 6월 2일 사형되었다. 6월 5일 이종훈 등이 광화문 밖에 가매장된 시신을 수습, 밤길을 달려와 이곳에 장사지냈다.
 "대지라고 할 수는 없지만 진혈은 분명하네요."
 "그럼, 정혈에 묻히셨어. 생전에 선생이 애쓰신 만큼 명당에 들어가신 거야."

"동학이, 아니 민족종교가 과연 세계로 뻗어나갈 수 있을까요? 지금 봐서는 기독교가 불교마저 능가해버릴 기세로 세력이 커지고 있는데요."

"나는 《주역》의 간괘에서 말하는 종만물(終萬物) 시만물(始萬物)을 믿네. 만물이 이 땅에 와서 성했다가 마치고 다시 새롭게 시작한다는 그 말씀을 믿어."

스승 태을은 확실히 과학적인 성향의 인물형이라기보다 종교적인 인물형이었다. 지난번에 진천 최토마스 신부의 행적을 찾아본 것만 봐도 분명했다.

과학적으로 살 것인가.

도덕적으로 살 것인가.

아니면 종교적으로 살 것인가.

조선인들은 그 심성 저변에 믿음의 샘물이 흐르고 있었다. 그 샘물이 용솟음치면 냇물이 되고 강물 되어 흐르다가 마침내 바다에 이르게 되는 것인가.

득량은 한동안 잊고 있었던 무안 승달산 호승예불혈에 생각이 미쳤다. 인류의 사상과 종교를 통합하는 그런 대인이 이 땅에 출현할 때는 과연 언제일까. 일종의 메시아사상을 품고 있는 풍수였다. 예수를 기다리듯, 석가를 기다리듯 천하대명당은 주인을 기다리고 있었다. 할아버지는 각고의 노력 끝에 그 산에 묻혔지만 주인이 아니기에 도로 토해져서 전주 모악산 자락에 이장되셨다.

나는 혹시 그 자리의 진위와 발복시기를 알아내는 사명을 갖고 이렇게 힘겨운 풍수원정을 떠나온 것은 아닐까.

득량은 천덕봉을 내려오면서 줄곧 그런 생각을 달렸다.

세종이 잠든 여주 영릉은 천하명당으로 통한다. 세종은 본래 아버지 태종 옆에 묻히기를 원하여 헌릉(서울 강남 내곡동) 옆에 묻혔으나 명당이 아니라 하여 예종 때 여주 지금의 자리로 천릉되었다. 목은 이색의 후손이며 세조 때 대제학을 지낸 이계전의 묘가 있었는데 몰수당한다. 10리 주변의 다른 산소들도 강제로 이장당하고 여주는 목(牧)으로 승격된다. 제왕의 무덤이 갖는 힘이다.

"경기도 구리에 있는 태조 이성계의 건원릉과 이 영릉 때문에 조선 왕조가 5백 년이나 갔다는 얘기가 있지. 세종 같은 성군은 살아서도 죽어서도 국운을 빛낸 분이지. 이 나라 역사에서 세종같이 완벽한 정치가는 다시없을 것이네. 우리 우규 선생은 또 남의 자리를 약탈했다고 싫어하겠지만 그것은 대왕의 뜻이 아니었네. 대왕께서는 효심이 지극하여 아버지 곁에 머물고 싶어했지만 워낙 좋지 않다 보니 나중에 옮겨진 것이야."

태을이 득량의 눈치를 보면서 배경을 설명했다.

"이계전의 가문은 어떻게 됐나요?"

득량은 왕가에 묏자리를 빼앗긴 집안의 뒷일이 걱정이었다.

"한산 이씨들은 명문가야. 잠시 주춤했다가 다시 일어섰네."

득량은 그래도 여전히 못마땅했다. 자기 복 받자고 남의 산소까지 약탈하는 일은 절대 죄악이라는 게 득량의 소신이었다. 더구나 이계전은 세조가 정권을 잡는 데 공을 세운 공신이었다. 공신에게 준 사패지를 제왕의 이름으로 빼앗는 것이 왕조시대의 그늘이었다.

이상향을 찾아서

며칠 뒤, 이른 새벽에 일행은 강원도 태백산(太白山) 천제단(天祭壇)에 올랐다. 천년의 나무인 주목 군락지가 있는 곳으로 입산하여 두 시간 가까이 산을 탔다. 힘든 산행이었지만 의미 깊은 산이었고 천제를 올리러 가는 길이기에 숙연했다. 산정을 감싼 새벽안개가 휙휙 골을 지어 흘러갔다. 알 수 없는 신비감이 자아내졌다.

득량은 마이산 산정의 운환(雲環)을 떠올렸다. 비가 개이거나 운무가 내려오는 저녁 무렵에 쫑긋한 두 봉우리 능선에 가락지 같은 구름이 걸려서 빙빙 돌았다. 절경이었고 신비스러웠다.

마이산과는 또 다른 느낌의 신성을 지닌 태백산. 이름부터가 큰 빛의 산이다. 그 산정에 원형의 자연석 담장이 둘러쳐져 있다. 가운데로 계단이 나 있고 안으로 들어서면 네모진 제단이 있다.

촛불이 타고 있었다. 누군가 와서 올려놓은 촛불이 타고 있었다. 나라를 빼앗겼어도 제단의 불을 꺼뜨릴 수는 없었다. 불을 올리는 의식은 사람들 사이에서 말없이 전해지고 이어져왔다.

"이 천제단은 나라 임금들이 몸소 올라서 천신께 제사올렸던 성지네. 이런 신성한 곳을 고려 때 몽골 침략군들이 더럽혔지. 이제 내가 우려하는 건 일본인들 역시 이 민족의 성지를 가만 놔두지 않을 거라는 점이네."

태을은 소지를 올린 후, 제물을 진설했다. 잔을 올리고 절을 올렸다. 태을은 손수 지은 제천문(祭天文)을 낭독했다.

태초에 하늘의 문을 열어 이 땅을 굽어보신 천신이시여.

어지시고 지혜로우신 단군들을 보내시어 재세이화 홍익인간(弘益人間)의 도를 펼치신 바 있어. 이 땅의 자손들은 위로 하늘을 공경하고 아래로 사람들을 사랑하는 순박한 백성들이 되었나이다. 하여 반만년 유구한 역사를 일궈온 이 땅의 자손들은 단 하루도 하늘을 거스른 적이 없사옵니다.

오호라.

하늘의 도를 거스르는 섬 오랑캐들의 침략으로 이 강산이 하루아침에 빛을 잃게 되었음이여. 온 산하가 신음하고 온 백성이 울부짖으며 땅을 치고 통곡하는 죽음의 세월을 보내도다.

단군의 거룩하신 도덕과 천부경(天符徑)의 현묘한 가르침이 빛을 잃었구나. 예의와 염치를 모르는 섬나라 족속들의 병탄으로 학문의 전통이 끊기고 도학이 상하는 학절도상(學絶道喪)의 난세가 되었도다. 강산은 피를 흘리고 백성은 야위어만 가는데 불타는 하늘은 눈물조차 말랐던가. 삼남에 깊은 가뭄이 들어 하늘 백성들의 가슴이 까맣게 타는 지경이니 어미의 젖줄 같은 단비를 내리시어 어린 백성들을 굽어살피소서.

대저 하늘의 도란 무엇이나이까. 만 가지 일을 올바름으로 이끄는 것이 아니겠나이까. 이 땅의 자손들이 대자연의 이법을 거스르지 않았음에 어찌 섬나라 오랑캐의 발아래 이토록 오래 묶어두시는 것입니까.

하늘이시여!

명명하고 창창한 하늘이시여!

바라옵건대 만고불변의 이법으로써 어지러운 무리들을 다스리시고 칠흑 같은 이 땅에 하늘의 등불을 켜시어 빛을 주시고 목마른 대지에 젖과 꿀이 흘러 넘치게 하소서.

땅이여!

민족의 영산 태백이여, 백두여, 지리여, 한라여!

영험하신 산천 정기를 듬뿍 뿜어내시어 용출(聳出)하는 힘과 불멸하는 혼을 다시 추스르게 하소서. 이 땅의 자손들이 다시 몸을 일으켜 융창토록 통촉하소서.

　　　　　　　　　　단기 4263년(1930년) 경오(庚午) 8월
　　　　　　　　　　　　　　　　　진태을, 정득량

　태을은 울고 있었다. 아침부터 이글거리며 떠오르는 태양을 우러르는 득량 역시 눈물을 쏟고 있었다. 김 기사 역시 감동이 넘치는 기색이었다.

　득량은 휘적휘적 산을 내려가는 스승의 발자취를 물끄러미 바라보고 서 있었다. 젊은 날, 이 태백산에서 백일공부를 했다는 스승이었다. 지난 겨울 추풍령 마루에서였던가. 득량더러 나중에라도 기회가 닿으면 이 태백산에 와서 공부하라 하셨다. 마이산에 필적하는 공부터라고 했다.

　한낮의 태양이 독기를 뿜어대고 있었다.

　천제를 모셨건 기우제를 올렸건 하늘은 아랑곳하지 않았다.

　"진 선생님! 그처럼 간절히 천제를 모셨는데도 비 올 낌새가 전혀 없네요. 야속타. 너무 야속타."

　김 기사가 뒤따라 내려오면서 볼멘소리를 했다. 그악스런 그는 어느 틈에 길섶에서 더덕 몇 뿌리를 맨손으로 캐들고 있었다.

　"그렇게 빨리 오시겠어요? 잠자코 계세요."

　득량이 쏘아붙였다. 자발맞게 굴면 부정탄다는 말은 참았다.

　"허허허, 천제 올린 대가를 손에 쥐고도 하늘을 야속타 할 수 있나?"

　태을이 커다란 더덕뿌리들을 일별하며 웃었다.

　"산삼도 아니고 이깟 더덕 가지고 뭘요."

태을은 옛날에 이 산에서 산삼 캔 얘기며 전국의 기우제 풍속을 도란도란 들려주었다.

소백산 아래 풍기는 십승지 가운데서 첫째로 꼽는 피난지였다. 명종 때 천문학 교수를 지내는 등 당대 최고의 풍수사 남사고(南師古)가 이 산 밑을 지나다가 말에서 내려 넙죽 큰절을 했다는 일화는 너무도 유명하다. 영기어린 이 산을 사람 살리는 산이라고 보았기 때문이다.
풍기의 금계동은 소백산 아래 깃들인 금계포란형(金鷄抱卵形) 땅이었다. 난리와 흉년, 질병 등 삼재(三災)를 면할 곳이라고 한다.

수년 전, 태을이 금계동에 들어가 보니 마을은 난리였다. 제아무리 빼어난 피난지라 하나 왜놈들의 수탈에서는 자유로울 수가 없었고 하늘이 내리는 가뭄의 시련은 넘길 수가 없었다.
"어디서 오는 분임메?"
동구에 나와 있던 노파가 물었다.
"지나는 과객이오."
"난리난 델 뭐 볼 끼 있다고. 내래 난리 피해 수천 리를 왔수만 가뭄이 더 큰 난리 아님메?"
꼬챙이 같이 억센 관서 사투리의 노파가 묻지도 않은 말을 했다.
노파는 아들 내외를 따라 지난 겨울에 평안도 영변에서 이곳으로 이사왔다고 한다. 달구지를 끌고 오는 길에 어린 손자를 얼려 죽였다는 노파는 지금 온 식구가 다 죽게 생겼다고 푸념을 늘어놓았다. 논 닷 마지기를 빌려서 죽겠다고 농사를 짓고 있는 판인데 그게 가뭄으로 작살나면 꼼짝없이 앉은자리에서 굶어죽어야 한다는 것이었다.

박 첨지라는 사람댁에서 유숙하기로 했다. 그는 까마득한 선조 때부터 이곳에서 살아온 사람이었다. 그의 말로는 임진왜란 때도 병란이 미치지 못한 곳인데 일제시대를 당해서는 도리 없이 당하고 있다고 걱정했다. 게다가 가뭄까지 겹쳐서 이렇게 큰 어려움은 일찍이 겪어보지 못했단다.

사랑채에서 얘기를 나누고 있는데 징소리가 울려 퍼졌다.

"아지매들 어서 나오소!"

구장이 징채를 잡고 골목길을 돌아다니며 외쳤다. 조금 있으니 마을 아낙네들이 웅성웅성 모여들었다. 어젯밤에 마을회의에서 결정한 일을 치르기 위해서였다. 비가 오지 않자, 마을사람들은 비상수단을 쓰기로 했다. 아낙네들을 동원해서 하는 특이한 기우풍습이었다.

구장은 수십 명의 아낙네들을 이끌고 마을을 빠져나갔다. 아낙네들의 행렬은 마을 앞 학가산(鶴駕山)으로 향하고 있었다. 학가산은 이 마을사람들이 신성시하는 산이었다.

"싸게 싸게 가입시더. 엊저녁부터 참았더니 터져뿌리것소."

한 아낙네가 진짜 부담스러운 표정으로 쫑알댔다.

"아따, 누구는 헌 줄 압니껴?"

뒤처져서 오리걸음을 걷는 아낙네가 대거리했다.

이윽고 산 정상에 오른 아낙네들을 모아놓고 구장이 일장 연설을 했다. 구장의 표정은 사뭇 진지했다. 산 위에 올라선 사람 가운데 유일한 남성이기도 했다.

"그러니 징소리가 나면 일제히 방뇨를 해야쓰겄소."

"호호호."

구장의 말이 떨어지자, 한쪽에서 젊은 여자의 웃음소리가 터졌다.

"얼레, 급살맞게!"

"푼수가 따로 없지. 시방 장난인 줄 아는감?"
"산신님께 제사올리는 것과 똑 한가지여. 진중혀야지!"
나이 지긋한 아낙네들이 젊은 여자를 나무랐다. 젊은 여자는 찍소리를 못하고 매 만난 꿩처럼 고개를 처박았다.
"자, 난 내려가것소. 쪼개 있다 징소리 나거든 일제히 쏴―, 알것습니껴?"
이번에는 누구도 웃지 않았다. 구장은 자리를 피하느라 징을 들고 먼저 산을 내려갔다. 아낙네들이 안 보이는 곳까지 내려온 구장은 힘껏 징채를 쥐고는 냅다 징이 깨져라 쳐댔다.
아낙네들이 산마루에 앉아서 일제히 치마를 벗어 흰 궁둥이를 드러냈다. 그리고는 힘차게 오줌즐기를 내뿜기 시작했다. 땅이 파일 만큼 세찬 오줌줄기들이 쏟아져서 흡사 소나기 내리는 소리가 났다.
"산신님, 지들이 신령스런 산을 더럽혔소이다. 굽어살피시고 비를 내려서 부정한 것을 씻어내려 줍시오."
소나기 소리가 그치자, 치마를 추스르고 일어난 나이 지긋한 아낙이 손을 싹싹 빌었다. 다른 아낙네들도 똑같이 따라했다.
빌기를 마친 아낙네들이 하얗게 산을 내려갔다. 아낙네들의 이런 의식은 대체로 두 가지의 뜻을 담고 있었다. 비가 안 내리니 산꼭대기에 올라가 한꺼번에 집단방뇨를 함으로써 비를 부르는 감응주술이었다. 다른 한 가지는 신성한 산을 더럽혔으니 비로 깨끗이 씻어달라는 주문이었다. 산신이 아낙네들의 더러운 오줌을 씻을 수 있는 방법은 세찬 비를 내리는 것밖에 없었다.
이런 희한한 풍습은 전국 곳곳에 있었다. 용소에 제사를 지낸다거나 괘불을 걸어놓고 불경을 왼다거나 연기를 피워 올리는 행위도 기우제 풍속 가운데 하나였다. 마을 주산에 암장한 뼈를 찾아내기도 했다.

주산에 암장하면 비가 안 내린다고 믿기 때문이다.

"진 선생님, 그래서 풍기 금계동인가 하는 데는 비가 왔나요? 여자들 찌린내를 하늘이 씻어냈냐고요?"

김 기사가 궁금해서 죽겠다는 표정이었다. 가만히 보면 김 기사는 엉뚱하기는 해도 솔직하고 귀여운 데가 있었다.

"어찌 됐을 것 같소? 김 도사 양반."

"집단으로다가 싸질러논 여자들 찌린내 고약해요. 하늘이 노여워서 천둥번개를 치며 소낙비로 씻어내뻐렸것지요."

"이래서 내가 김 도사라고 부르는 거요. 맞다요. 그날 밤 폭우가 쏟아졌어요. 내가 목격했으니까."

"우리도 여자들 몇 명 데려와서 천제단에 쏴아, 하라고 할 걸 그랬네요. 징은 제가 치고요. 살짝 구경도 해감서."

"예끼! 그 신성한 제단을 더럽힐 수는 없지."

태을은 북쪽으로 길을 잡아 백두대간 금대봉 왼편 기슭의 검룡소로 가서 용왕제를 지냈다. 본래는 매월 첫 번째 진일(辰日)에 지내는 것인데 여행중이라 때를 맞출 수가 없었다.

검룡소는 석회암반에서 솟구치는 차가운 물로 사계절 그 양이 똑같았다. 용출수는 암반을 둥글게 파고서 굽이굽이 기다란 폭포를 만들며 하얗게 부서져 내렸다. 양쪽에는 푸른 이끼가 흡사 청룡을 연상케 한다. 서해바다에서 이무기가 용이 되기 위해서 물길을 거슬러 오르며 몸부림친 흔적이라고 했다. 창죽천, 골지천, 조양강, 동강, 여강, 남한강을 거쳐 한강을 통해 서해바다로 장장 1,300리를 흘러간다.

물맛이 상큼했다. 바위 그늘에 앉아 도시락을 먹었다. 세상은 무더위와 가뭄으로 시달리지만 이곳은 신선들이 사는 별천지였다.

낮잠까지 한숨 자고 일어나 오대산 적멸보궁(寂滅寶宮)으로 향했다. 부처의 진신사리가 모셔진 적멸보궁은 오대산뿐만이 아니라 5대 적멸보궁 어디나 명당이었다. 옛날, 의식이 맑은 수행자가 그에게는 세상에서 가장 값진 부처의 사리를 봉안할 때 심안을 열어서 가장 좋은 기운이 흐르는 곳에 모신 것이다. 그래서 굳이 불교신자가 아니라도 적멸보궁에 가서 기도하면 효험을 얻는다. 기도발이 잘 받는 5대 적멸보궁은 이곳 강원도 평창 오대산 상원사 중대 말고도 경남 양산 영취산 통도사, 강원도 설악산 봉정암, 영월 사자산 법흥사, 정선 태백산 정암사 등이었다.

풍수원정대가 강원도 일대를 돌아보고 춘천 봉의산 삼태기 양택 명당터(강원도청 자리)와 우두산 소슬묘를 찾았을 때는 조석으로 쌀쌀한 초가을이었다. 소슬묘는 선산 김씨 종산에 있는 신비한 무덤이었다. 명나라를 세운 주원장의 할아버지 묘라는 전설도 있고 일본 황족의 유적지라는 얘기도 있었다. 일제는 이곳을 신성시하여 신궁을 세우려고 했었다. 그런데 이 무덤은 밟거나 파헤쳐 놓으면 이튿날 저절로 솟아오른다고 해서 솟을 묘, 소슬묘가 되었다. 전국에 하도 무덤이 많다 보니 별의별 희한한 무덤들이 다 있었다. 말무덤, 개무덤도 있었다.

"우규 선생! 자네는 이상향을 어떻게 생각하는가?"
"비주류의 몽상가들이 만들어낸 허구이거나 주류의 개혁가들이 도달하고자 하지만 끝내는 이룩하지 못하는 낙원이죠."
"결국 지상에 없는 곳이란 말이로군."
"영국의 정치가 토머스 모어(1477~1535)가 말한 라틴어 유토피아 'Utopia'는 영어로 'No place', '없는 곳'이라는 뜻입니다."

득량이 또렷하게 답변했다.

"나는 영어를 전혀 모르네. 다만 《노자》의 소국과민(小國寡民)에 대해서 말하고 싶네. 《산해경(山海經)》에 나오는 평구, 차구, 질민국, 군자국, 삼신산 등이 모두 작은 나라 적은 구성원들로 이뤄진 이상향이지. 군자국이나 삼신산은 우리나라에 있다고 하지. 진시황이 오백 동남동녀를 비롯한 대원정대를 제주도에 파견한 예가 있잖은가."

"하지만 결국은 찾질 못했지요. 지리산 청학동이나 자하도라고 불리는 제주도가 이상향은 아니잖습니까? 멀어서 못 가보니까 이상향이라고 동경한 것이지요."

《산해경》은 BC 4세기 전국시대에 만들어진 지리서로 풍물지리에 인간의 상상력을 유감없이 발휘한 일종의 판타지 옴니버스 문학작품이었다. 그걸 근거로 이상향을 말하는 건 무리였다.

"내가 그런 동네를 직접 보여주겠네."

태을은 회심의 미소를 지었다.

"예?"

득량도, 김 기사도 깜짝 놀랄 수밖에 없었다.

태을은 가평군 하면 조종천으로 차를 몰게 했다. 차가 현리 능재말 고개 아래까지밖에 갈 수 없었다. 동쪽으로 해발 1,000m가 넘는 연인산, 북쪽으로 경지산과 청계산, 서쪽으로 현등산이 폭 감싼 협곡 가운데 협곡이었다.

"여기서부터 20리쯤 위쪽까지가 너르막골, 판미동(板尾洞)이라는 곳이네. 지금도 이렇게 으스스한 산골인데 250년 전에는 어땠겠는가. 호랑이가 출몰하는 동네였겠지."

"이곳이 이상향인가요?"

"이 판미동은 자그마치 100년 동안 태평성세를 이뤘다네. 이곳은 도가에서 말하는 다소 허황된 이상촌이 아니라, 현실정치를 구현한 유가적 이상촌일세."

태을은 판미동 이상촌을 건설한 인물이 유학자라고 했다. 결코 게으른 몽상가이거나 피 끓는 개혁가도 아니었단다.

"국가의 통제를 받으면서도 가능했단 말씀이죠?"

"물론이야. 세금도 내고 군역을 다 하면서도 100여 가호 향민들 모두가 만족하는 이상촌을 건설했지."

"아따, 이 가난한 산골에서요? 돈 없으면 지옥 아닌가?"

지극히 현실적인 김 기사가 초를 쳤다. 득량도 같은 생각이었다. 부가 없으면 행복한 삶을 꾸릴 수 없다. 배곯고 헐벗으면서 행복하다고 한다면 최면이나 마법에 걸린 상태 아닐까.

"종교적인 힘을 빌린 건 아닌가요?"

득량의 물음이었다. 교주를 모시는 즐거움으로 한세상을 바친 신흥종교 집단이 아니었느냐는 뜻이었다.

"아니네."

"이상향은 항상 오지에 있군요. 지리산 청학동도 그렇고 금강산 이화동도 그렇고. 사람들 발길이 잘 닿지 않아야 뭐가 되도 되는가 봅니다."

"그려요. 사람 발길 닿으면 쓰레기만 남겨요."

득량과 김 기사가 조종천변 오솔길을 따라 걸으며 장군 멍군을 주고받았다.

"향적산에서 일러준 말씀을 잊었던가들. 일월도 참된 사람이 아니면 헛된 그림자라는 일부 선생의 가르침을 말일세. 참된 사람 하나만 있어도 싹이 트고 열매가 맺는 것이라네."

태을이 그렇게 말하는데 가래울이라는 합수머리마을 초입에서 아이를 몽둥이로 패는 사내를 만났다. 사내는 얽둑빼기였고 사내아이는 열 살가량 돼 보였다. 바지만 입은 아이들이 물놀이를 하다 말고 빙 둘러서서 구경에 나섰다.

"복날 개 잡듯 하네요. 자기 새낀가 본디."

"너무 심하네."

"무슨 잘못을 했기에 그리 심한 매질을 하오?"

태을이 점잖게 물었다.

"남의 일에 신경 쓰지 말고 갈 길이나 싸게 가쇼!"

얽둑빼기 사내가 비명을 지르고 버둥대는 아이를 그러잡고는 매질을 계속했다. 아이가 닭똥 같은 눈물을 흘리고 구원을 청했다.

"나 좀 살려줘요. 나 좀 살려줘요."

김 기사가 달려들어 억센 손길로 매를 빼앗아 개울로 던져버렸다. 김 기사의 완력을 이겨낼 사람은 많지 않았다.

"당신들이 뭔데 남의 집안일에 간섭을 하는 거여!"

얽둑빼기 사내는 불 맞은 멧돼지처럼 코를 벌렁거리며 씩씩거렸다.

"이 아이가 장독이라도 깼소?"

그때 얼굴이 검게 탄 아낙이 나타나서 아이 어깻죽지를 주먹으로 패며 욕설을 퍼부었다.

"그러게 꼴 베 놓고 콩밭 매러 바로 오라니께 웬 멱을 감는다고 해찰해서 매를 버냐? 염병할 놈!"

부부가 자식을 쥐 잡듯 다뤘다.

"주워다 기르는 자식이오?"

이번에는 득량이 나섰다. 어린이는 뛰어놀아야 하고 이렇게 더운 날에는 멱도 감아야 한다. 초가을이라고는 하지단 한낮에는 숨이 막혔다. 보아하니 이미 꼴을 베다 놓고 또래아이들이 물놀이를 하니까 자기도 하게 된 모양이었다.
"뭔 소리를 하는 것여. 내가 이 배 아파서 밑구녕으로 난 새끼를."
드센 아낙이 삼배 적삼으로 드러난 배를 가리키며 눈을 부라렸다. 생활고 때문이겠지만 여자가 억세고 거칠면 정말 못 말렸다. 득량은 질려버린 나머지 고개를 돌려버렸다.
"자기 새끼를 일소처럼 부려먹어야 쓰겠소? 보아하니 학동인데 서당이나 보내지 쉴 새 없이 일시키고 매타작이나 하니 딱하시오."
태을이 다시 힘있는 훈계조로 일렀다. 워낙 근엄한 표정에다 목소리가 무거워서 부부는 함부로 대거리하지 못했다.
"내가 이 꼴 저 꼴 안 보려면 오늘이라도 약 먹고 죽어삐려야지."
느티나무 그늘에 쪼그려 앉았던 상노인 하나가 허수아비처럼 바싹 마른 얼굴을 일그러트렸다.
"저 영감태기 또 지랄이네. 국으로 있으면 욕이나 안 먹지."
아낙이 악머구리를 끓듯 소리 질렀다. 시아버지에게 말하는 싸가지가 영 젬병이었다. 아들은 한 수 더 떴다.
"그만 뒈져버려요. 아무 일도 못하고 아까운 밥맛 축내면서 왜 살아. 뒷골 보리울에 명당 잡아놨으니께 제발 죽어서 자손들 살림이나 일어나게 음덕이나 베푸시지. 더 살면 폐해나 끼치지 뭐야."
참으로 가관이었다. 효심 가득한 동방예의지국 백주 한길에서 이럴 수가 있는가. 효도를 모르는 자들이 어린이를 아낄 리 만무했다. 국법으로 다스려야 할 상것들인데 나라가 깨져버렸으니 일본 순사가 도덕을 권장할 리 없었다.
"이런 불개상것들이 있나! 하늘이 무섭질 않느냐! 부모 없이 네깟 것들이 어찌 세상에 낳고, 자식 없이 무슨 수로 대를 잇나! 내가 오늘 무슨 일이 있어도 이것들을 혼쭐내고야 말리라. 아니꼽고 더러워서 왜놈 신세 안 지려했는데 서울 경무부에 손써서 이것들 콩밥 좀 먹여야 쓰겠다."

태을이 평소에는 하지 않던 기세를 부렸다. 태을은 물론 득량과 김 기사의 행색이 예사롭지 않았으므로 부부는 움찔했고 그 사이 몰려든 마을사람들도 웅성거렸다.

"너무들 해. 아무리 없이 살아서 그런다 해도 너무들 해. 옛날 동헌(洞憲)대로라면 마을에서 축출 당하고 못 살지."

마을 이장이라는 사람이었다.

이런 곳이 이상촌이었습니까?

아까부터 득량의 눈빛에는 그런 물음이 가득 담겨 있는 기색이었다. 태을은 어이가 없었다. 불과 100년 전만 해도 이곳은 경향 각지에서 들어와 살고 싶어하던 그 유명한 판미동이었다. 어쩌다 이 지경이 되어버렸는가. 아무리 터가 좋아도 그것을 경영하는 사람이 비뚤어지면 한순간에 지옥이 돼버리는구나 싶었다.

"동헌이라면 신석 선생이 만들었다는 향약을 말하오?"

태을은 슬그머니 자리를 빠져나가는 부부를 못 본 체하며 이장에게 물었다.

"그 분을 아시는군요. 맞습니다. 그게 아직도 마을에 전해 내려오고 있네요. 엄격한 법이라서 지금 사람들은 못 지켜요. 잘만 지키면 요순시대지요. 하긴 지금 사람들이 워낙 날것들이라서 지키기 어렵지, 옛 사람들은 기본이 잘 돼 있어서 수월하게 지켰을 것이네요."

이장은 한탄스럽게 말했다.

"그 동헌을 구경할 수 있겠소?"

"그럼요. 어디서 나온 분들인지는 모르지만 제 집으로 가십시다."

이장은 마루에서 《판미동고사(板尾洞故事)》라는 필사본을 보여주었다. 판미동을 건설하게 된 유래가 상세히 나와 있었고, 뒷부분에 계첩과 동헌이 56개 절목으로 상세히 기록돼 있었다. 동헌은 마을의 자치헌법이었다.

동헌 절목 열한 번째에 불효에 대한 처벌강령이 있었다. 먼저 관헌에 고하여 죄를 다스리게 하고 마을에서 내쫓는다고 못 박고 있었다. 불효의 정도에 따라서 다르겠지만 아까 본 그 부부는 막심한 불효여서 당연히 이 절목에 해당했다.

"학식이 많으신 분들이시니 다 아시겠지만 우리 판미동은 전국에서 이름난 살기 좋은 동네였다고 해요. 서로 향민이 되겠다고 줄을 서서 골라서 받아들일 정도였다니까요. 이젠 가난한 산촌으로 전락해버리고 말았지만요."

이장은 30여 년 전에 선친을 따라 이 마을에 들어왔다고 했다. 그 전에는 청계산 너머 포천에 살았단다.

그는 조종천 상류 행랑말까지 10리가 넘는 길을 안내해주었다. 신석이 맨 처음 복거(卜居)한 곳이 행랑말이었다. 그곳에는 천석꾼의 터가 남아 있었고 신석을 비롯한 후손들의 묘가 40여 기나 되었다.

"신석(申奭, 1560~1724)이라는 분은 서울 낙산에 살던 이야. 고령 신씨 신숙주의 현손이지. 당시 의정부에서 거주하고 있었는데 사냥을 즐기던 외종사촌으로부터 이곳을 전해 듣게 돼. 때마침 왜구가 쳐들어온다는 뒤숭숭한 헛소문도 있고 해서 도피도 할 겸 편히 살 곳을 찾게 된 거야. 은자를 들여서 땅을 매입한 그는 숙종 12년인 1686년 병인(丙寅)에 이곳 상판리 행랑달에 들어와 터를 가꾸기 시작하여 죽을 때까지 장장 50년 동안 공을 들이네. 향민들도 모집하고 향촌의 규약인 향약(鄕約)도 만들고. 아까 보았지? 두 아들이 무과 급제하여 아버지로서 좌승지로 추증받은 신석은 이곳에다 100여 년간 대동세계를 만들었지. 무엇보다도 한강이 가까운 그 지천의 산협이라는 풍수적 입지 조건이 좋았다고 보네. 그 다음에는 유교적 이상국가인 대동세계의 꿈이었고 마을을 결속시키는 향약의 실현, 관 주도가 아닌 주민자치였다는 게 판미동 이상촌을 가능하게 했지."

이장의 설명을 종합하여 태을이 정리했다.

"탐관오리가 들끓던 조선조 말엽이나 지금 일제시대나 시절은 대동소이하다고 치고, 땅의 기운도 여전할 테니 문제는 걸출한 인물이 없기 때문에 이상향이 유지되지 못했군요?"

득량도 제 소견을 말했다.

"그렇게 봐야겠지. 거기다가 시대상황이 변한 것도 원인이었을 게야. 아무리 좋은 것도 세월이 흐르면 자연스럽게 변하고 소멸되는 게 이법이니까. 그렇더라도 지도자의 중요성은 아무리 강조해도 모자라. 신이명지(神而明之)는 존호기인(存乎其人)이라. 땅이나 제도는 그대로 있지만 신명하게 하는 것은 그 사람이 있어야 가능하다는 말씀이 옳거든."

그 사람, 바로 그 사람을 기다리는 게 종교적 염원이었다. 정치에서 그 사람은 세종대왕 같은 분이었고 이런 터에서의 그 사람은 신석과 그의 자손들이었다.

"향민들은 신석을 잘 따랐나 보죠?"

"물론이오. 샘골에 와서 살았던 전라도 나주 출신의 나대포라는 이는 이곳에 들어와 부를 일으켰고 90여 세를 살았는데 손이 200여 명으로 번성했대요. 그런데 이 분은 자신이 반가의 후예였고 독서인이었음에도 신석을 종처럼 따르며 받들었다 하오. 그 외에도 각 골마다 효제충신이 가득했다니 요순의 터가 여기였지요. 모두 옛일이지만 말입니다. 지금은 아까 보셨다시피 오사리 송사리 잡것들이 전국서 몰려들어 물을 흐려놓아 버렸네요. 이장이 뭔 말을 해도 당초 씨알머리가 먹히지 않아요."

이장은 당신이 살아보지도 않은 옛 시절을 그리워하고 있었다.

"세상에는 악인이 분명 있는 거라. 시절이 어려우니 본성이 착하던 사람도 점점 모가 나게 돼 있지요. 하지만 좋은 시절이 오면 또 좋게 바뀌는 게 사람이거든. 너무 부정적으로만 볼 일도 아니외다."

어디서 살 것인가.

그것은 어디에 잠들 것인가 하는 문제보다 더 절실하다. 그래서 사람들은 세상을 바삐 사는 동안은 죽어서 묻힐 명당에 관해서 관심이 덜할 수밖에 없다. 경제적인 토대와 교육여건, 생활환경 등을 따져서 살 곳을 마련하는 일은 결코 쉬운 일이 아니다. 더구나 자기 소유의 집을 갖는 일은 예나 지금이나 녹록치 않다.

벼슬을 하고 돈을 벌면 사람들은 대처에 나가서 번듯하게 살고 싶어 한다. 도성 안의 요지에 있는 집이 시골에 있는 집에 비해 수십 배가 비싼 까닭이 여기에 있다.

그러나 일가를 이루고도 스스로 은자처럼 살고자 하는 이들이 있다. 내세우기 좋아하는 세상사람들 가운데서 진정으로 삶의 본질을 깨달은 사람이랄 수 있다. 끓었다 식었다 얼어버리기도 하는 세정과 거리를 두고 자기만의 시간과 공간을 갖는 것이야말로 달관한 영혼의 소유자만이 누리는 특권이다. 권세가 아무리 높아도 늘 신분상승 욕구에 애가 닳고, 돈이 아무리 많아도 가난한 사람들보다 여유가 없는 사람들은 죽을 때까지 시끄러운 세상의 복판에서 떠날 수 없다. 그곳을 떠나면 매장당하는 것으로 안다. 조롱에 갇힌 가련한 인생들이다. 득량은 어디까지인지 모를 생각을 달렸다.

판미동을 나온 태을은 남양주 천마산(天馬山) 북서쪽 자락을 더듬어 들어가기 시작했다. 진접 팔현리 억바위 동쪽 괘라리(掛羅里)였다. 숲은 우거지고 길이 점점 더 좁아지더니 이윽고 쑥대밭에 묻혀버렸다. 아까보다 산은 험하지 않았지만 길은 묻히고 끊겼다. 노 스승은 죽장으로 툭툭 길을 트며 나아갔다. 오랫동안 인적이 닿지 않은 곳이었다. 행방을 모르기 때문에 김 기사가 나설 수도 없었다. 그가 할 수 있는 일은 가시덤불을 쳐낼 때 돕는 정도였다.

"선생님, 물것을 조심하셔야겠습니다."

모르는 길이라 뒤따를 수밖에 없는 득량이 스승을 염려했다. 혹시 풀 속에서 독사라도 숨어 있다가 물지 않을까 해서였다.

스승 태을은 아무런 대꾸도 없었다. 그저 더 깊은 산 속으로 헤쳐 들어가기만 했다. 이런 쑥대밭에 능묘가 있을 까닭이 없었다. 뿐더러 쓰지 않은 명당자리가 숨어 있을 것 같지도 않았다. 그런데도 스승 태을은 자꾸만 깊숙이 들어갔다. 무엇에 홀린 사람처럼.

얼마를 그렇게 들어갔을까. 드디어 솥단지 속 같은 터가 나타났다. 산막 하나가 들어설 만한 평지가 첩첩이 사방을 에워싼 산 속에 웅크리고 있었다. 태을은 한가운데 봉긋한 지점으로 다가갔다. 그곳에는 가시덤불과 잡초가 무성했다.

"집터로군요."

득량이 무너진 흙벽들의 흔적을 보고서 읊조렸다. 화전민이라도 살다가 나간 모양이었다. 그것도 까마득히 오래 전의 일인 듯 집터는 가까스로 흔적을 남기고 있을 뿐이었다.

"북창(北窓, 1506~1549) 선생이 만년을 마치신 곳이니라."

"네?"

스승의 그 말은 삽시에 하늘이 주름 잡히는 것과도 같은 충격을 몰고 왔다. 득량은 눈과 귀가 한껏 열렸다. 산들이 사방에서 압박해오고 있었다. 그 기가 어찌나 센지 가슴이 짓눌리는 느낌이었다.

"선생님, 이곳은 천옥(天屋, 天獄이라고도 함)이 아닙니까?"

"맞네. 천옥이야."

천옥, 사방이 산으로 막히고 빈틈없이 강하게 조여 오는 산의 기운 때문에 이런 곳에 살게 되면 사람이 바보천치가 되고 만다. 세상과 완벽하게 담을 쌓고 갇힌 꼴이기 때문에 아무것도 헤아릴 여지가 없었다. 혜안이고 영감이고 다 까맣게 닫히는 무서운 곳이었다. 두뇌작용이 거의 마비되는 불모지로, 피하고 피해야 하는 흉지였다.

"북창 정염(鄭磏) 선생은 상통천문 하달지리 중찰인사를 하신 이인이셨네."

하도 도통한 일화가 많아서 세상에 도인의 상징처럼 된 전설적인 인물이 바로 북창 선생이었다.

"그토록 많이 아신 분이 이런 곳을 왜?"

득량은 머리가 빠개질 것만 같았다. 아니, 소름마저 끼쳤다. 이것은 조롱이었다. 명백한 조롱이었다. 세상을, 자기자신을 마음껏 조롱하는 자가 아니고서는 도저히 들어올 수 없는 하늘감옥이었다. 절망의 끝에 서서 죽음 대신 택하는 생매장지였다.

"너무 아는 분이시고 천재여서 재주를 써먹을 수가 없었다네. 세상만사를 다 헤아리면 뭣하리. 권력과 부를 좇으며 아등바등 살아가던 당시 사람들 눈에는 방외지사에 지나지 않았을 것이네."

그렇게 말하는 태을 역시 난세에 태어난 이인(異人)이었다. 동병상련이었을까. 태을은 잡초 우거진 옛 현자의 은둔처를 하염없이 서성거렸다.

정북창의 본명은 염으로 명종 때 우의정을 지냈던 정순붕(鄭順朋)의 큰아들이었다. 천문, 지리, 어학, 산수화는 물론 의술에도 능통하여 일찍부터 유의(儒醫) 대접을 받았다. 중종이 아랫배 통증으로 대소변에 이상이 생기자 내의원 제조들의 추천을 받아 진찰한 경력이 있을 만큼 의학에도 달통했다. 관상감(觀象監)과 혜민서(惠民署) 교수를 지낸 그는 14살에 중국 연경(燕京)을 여행한 경험이 있었다.

정염은 휘파람으로 새들과 이야기하고 안방에 앉아서도 100리 밖의 세상사를 훤히 보았다고 전해질 만큼 이인이었다.

그런 그가 세상을 등지기로 한 까닭은 무엇이었을까? 명종 즉위 직후 아버지 정순붕이 을사사화(乙巳士禍)에 가담하여 원흉이 되었던 것이 한 계기였지만 본래 천성이 관직에 연연하는 그런 위인일 수가 없었다. 천재는 범상한 사람들의 길을 가지 않는 법이다.

사화 직후, 정염은 포천현감 자리를 그만두고 이 천옥을 찾아 들어왔다. 자신이 아는 것과 세상 돌아가는 것이 일치하지 않고 엇박자를 놓으니 그걸 써먹을 도리가 없었다. 천재가 시대와의 불화를 겪었음이다. 그는 겨우 바람이나 가릴 수 있을 정도의 초막을 지었다. 그는 초막에 햇볕도 들지 않는, 그야말로 쓸모없는 창을 북쪽 벽에 냈다. 그리고 이때부터 아호를 북창(北窓)이라 정했다. 천옥에 갇혀 사는 현자다운 이름이었다.

문장경세도위루(文章警世徒爲累)
부귀훈천역만로(富貴熏天亦漫勞)
하사산창잠적야(何似山窓岑寂夜)
분향묵좌청송도(焚香默坐聽松濤)
(세상을 놀린 문장도 한갓 누가 되고 하늘에 닿을 부귀 또한 부질없도

다. 어찌 산창의 고요한 밤에 향 사르며 고요히 앉아 솔바람소리 들음
만하랴)

　천옥에 갇혀서도 해야 할 일은 적잖았다. 곧 이 땅에는 검은 먹장구
름이 몰려올 게 틀림없었다. 내란은 차치하고라도 을묘(乙卯), 임진
(壬辰)에 당하게 될 왜변과 300년 뒤에 닥칠 왕조의 멸망 기운, 그 외
수많은 역경들이 그를 괴롭혔다. 아는 것이 병이라는 건 이를 두고 하
는 말이었다. 북창은 그것을 기록하고 싶었다. 그리하여 후대 사람들
에게 대처토록 하고 싶었다.
　그는 붓을 들어 많은 비기(秘記)를 지었다. 집필이 끝나자 그는 시
동을 불렀다.
　"애야, 봉은사 여의선사(汝矣禪師)에게 이 서찰을 전해라."
　여의선사란 봉은사에 주석하고 있는 선승으로 북창보다는 10여 년
이나 연장자였다. 그러나 틈만 나면 북창을 찾아와 천문과 지리를 익
힌 제자이기도 했다. 너나 가져라(汝矣)는 뜻에서 생겨난 쓸모없는
땅 여의도에 초막을 짓고 곧은 낚시를 드리우며 관수선(觀水禪)의 독
특한 경지를 개척하고 있는 그였다. 그 역시 천문과 지리를 올바로 전
수받고부터는 되레 세상이 더 부질없어졌던 걸까. 여의도 같은 나성
(羅城, 사면에 물이 흐르는 작은 섬)은 도저히 사람 사는 곳이 아니었
다. 그야말로 수구사(水口砂)에 지나지 않은 땅이었다. 그런 여의도
에서 살생을 금하는 중이 낚시질을 하고 있다는 건 기막힌 세상잊기가
아닐 수 없었다. 지금 북창이 벗삼을 만한 사람은 온 나라에 이 여의
선사밖에 없었다. 개성 화담(花潭)에 은둔한 서경덕이 있었지만 서로
인연이 닿질 않아 교류가 없었다.
　"…그리고 다시 돌아오지 않아도 되리."

"예?"

"앞으로는 혼자 지내겠다는 뜻이니라."

시동은 갈피를 잡지 못하고서 한동안 어리둥절해했다. 그렇다면 본 가살이로 들어가게 되는 것인가. 사실 시동으로서는 이 답답한 산속에 갇혀 지나는 게 여간 지겨운 게 아니었다. 사람 북적대는 시정으로 돌아가서 고된 종노릇을 하며 지내는 편이 훨씬 나았다.

"하오면 쇤네는?"

"어서 서둘러 가거라. 어쩌면 여의도까지 가야 될는지도 모르니."

을미적거리는 시동에게 북창은 그 말을 남기고 문을 닫았다. 눈치 빠른 시동이 허리를 숙이고는 괘라리마을 천옥을 빠져나갔다.

시동이 천옥을 나가자 북창은 방금 집필을 마친 책을 필사하기 시작했다.

여의선사는 나흘 뒤에야 천옥에 들어왔다.

"북창, 너무 서두르시는 거 아니십니까?"

"아닙니다. 서두른다고 나아질 일도 아니지만 그래도 끼칠 건 끼쳐두고 가야지요."

"이제 마흔이시오."

"마흔이나 살았으니 오래 살았구려."

북창의 웃음은 고즈넉했다. 그는 다시 입을 열었다.

"여의선사, 이걸 거둬주시오. 부족하기 이를 데 없으나 한 줄도 허투루 적지는 않았습니다. 한 권은 주상께 전하도록 하고 나머지 한 권은 선사께서 지니고 계셨다가 임자를 만나거든 후학에게 전하시오. 이것은 비기(秘記)요. 세상에 알려지면 편의대로 해석하여 그 폐해가 막대할 것이오. 능히 거둘 만한 사람에게만 비밀스레 전할 일입니다."

북창이 두 권의 책을 건넸다.

"늘 나라의 앞날 걱정이시더니 이렇게 정리하셨구려."
"이제부터는 호흡에 관한 책과 의서(醫書)를 쓸 것이오."
"그러시오. 보내준 시동을 절집에서 거두고자 했으나 머리 깎고 살 중생이 못 돼서 방생(放生) 했소이다."

선사는 그 말을 남기고 산을 내려갔다.

방생.

세상에 그 말처럼 자유롭고 가슴 시원한 말이 또 있을꼬.

북창은 손바닥만한 뜰로 나와 좁은 하늘을 우러렀다. 시대의 병통을 다스리고자 해도 그 뜻이 받아들여지지 않고, 평범한 행복을 좇으며 살고 싶어도 아는 게 병이니 이래저래 깊어만 가는 고질이었다. 방생은커녕 스스로 감옥을 찾아 들어왔으니 사람이 무엇을 안다는 것 또한 질기고 질긴 업장이 아닐 것인가.

북창은 다시 붓을 들었다. 그는 몇 년 동안 천마산 천옥에 묻혀서 의서를 집필했다. 때로는 양식이 떨어져 솥뚜껑에 벌겋게 녹이 슬기도 했고 때로는 의복이 해져 무릎이 나오기도 했다. 그러나 이미 먹고 입는 일에조차 의미를 잃은 그였다. 그가 붓을 놓을 때쯤 해서 그의 몸은 거의 다 허물어져 내리고 있었다. 바람벽이 허물어지듯 그렇게 허물어져 내리는 육신이었다. 이따금씩 막내아우 석이 찾아와 돌봐주었으나 이미 돌이킬 수 없을 만큼 병이 깊었다.

그의 임종은 너무도 초라했다.

임종을 지킨 아우 석은 형님 북창을 추모하는 시를 썼다.

통곡오형서(慟哭吾兄逝) 상심욕문천(傷心欲問天)
수문계아성(修文繼亞聖) 염세화태선(厭世化胎仙)
적막삼생화(寂寞三生話) 풍류만권편(風流萬卷篇)

건곤탁선각(乾坤卓先覺) 대몽홀유현(大夢忽悠然)

(형님 돌아가심을 통곡하며 상심하여 하늘에 묻고자 하네.
 글을 닦아 아성을 이었으나 세상이 싫어 신선도를 머금었네.
 고즈넉이 과거 현재 미래를 살아온 이야기 속됨 없이 만 권의 책을 엮을 만하네.
 천지간에 우뚝한 깨달음이여 큰 꿈도 유연히 사위었도다)

태을은 두물머리 건너편 마현으로 향했다. 북한강과 남한강이 합수쳐서 내려오는 길목이었다. 양대 강물이 만나는 지점에 득량에게 꼭 보여줘야 할 터가 있었다.

"정득량 선생님이신가요?"

마현에 다다라 차에서 내리자, 사십줄이나 되었을 법한 시골 아낙이 길을 막아서며 말했다. 난생 처음 보는 얼굴인데 이편 이름은 어떻게 알고 있는 것일까.

"뉘신지…?"

유곽이 있을 것 같지도 않은 작은 강촌이었다. 더구나 아낙의 행색 어디를 봐도 호객행위를 하는 차림이 아니었다.

"잠시 쉬어 가시라는 말씀을 전해드리네요.'

"누군데요?"

"가보시면 알아요. 벌써 어제 저녁부터 기다리고 계시네요."

아낙은 태을과 김 기사는 놔두고 득량을 이끌었다. 둘은 의아해하면서 강바람을 쐬고 있을 테니 다녀오라고 했다. 계수나무가 짙은 향내를 풍기는 묵정밭이 나오고 그 뒤로 작은 초가 하나가 엎뎌 있었다.

"들어가시지요."

열쳐진 문에 발이 쳐져 있었다. 들어가 보니 방 안에는 아무도 없었다. 곧 소반이 들어왔다. 소반 위에는 떡과 식혜, 사과가 담겨 있었다.

"드세요. 다른 분들께는 강변으로 도시락을 내드릴게요."

아낙이 나가고 좀 있다 방안에 들어선 여인은 놀랍게도 하지인이었다. 득량은 어안이 벙벙했다. 여기에 올 줄을 어떻게 알고 기다렸단 말인가.

평소 양장을 하던 그녀가 지금은 흰 모시적삼에 연초록 치마차림을 하고 있었다. 너무도 청초한 자태였다.

"득량 씨, 오랜만이네요."

"어찌된 일이오?"

서로 멋쩍고 반갑기도 해서 방 안에 어색한 기운이 감돌았다.

"보고 싶었습니다. 서울에 오실 것을 알고 예서 미리 만나 뵙고 싶었어요."

"여기에 오늘 온다는 건 어떻게 알았는데요?"

둘은 지난 겨울 이미 속정을 나눈 사이지만 이젠 남남이었다. 존댓말을 써야 했고 좁힐 수 없는 거리감을 느껴야 했다.

"다 아는 수가 있지요."

"귀신이 놀래 자빠질 일이오."

하지인은 과연 적극적인 신여성이었다. 득량은 대범하고 과단성 있는 그녀가 좀 무서웠다. 스승 태을은 이런 점을 미리 보고서 반대했던 것이다.

"당신 스승만 대단한 게 아니지요. 어찌 보면 그 분보다 더 뛰어난 분들이 세상에는 쌔고 쌨어요."

하지인 역시 스승 태을을 달갑지 않게 여기고 있었다. 태을만 없었더라면 두 사람은 맺어질 운명이었다고 굳게 믿고 있었다.

"그 뛰어난 분에게 내가 여기에 올 것을 알아냈나 보구려."

득량은 다소 신경질적으로 대꾸했다.

"득량 씨, 저는 득량 씨께 변함없는 사모의 정밖에 없어요. 우리는 꼭 다시 만납니다. 강물이 서로 다른 데서 출발했다가 이 두물머리에서 합쳐지듯 우리는 언젠가 하나가 됩니다. 지금은 저 양반이 가로막고 계시지만 우린 운명적으로 다시 만납니다."

하지인은 확신에 찬 어조로 읊조렸다. 눈에는 간절한 열망이 가득했다. 태을만 없다면 당장 이 두물머리에서 하나임을 증명해 보이고 싶다는 듯이.

"그럴 수 없다는 걸 잘 아시잖소? 나는 이미 가정을 꾸린 몸이오. 내년 봄이면 아이도 낳는다오."

"운명은 그렇게 단선철도가 아닙니다. 교차로도 있고 환승역도 있는 거예요. 득량 씨, 오늘은 이쯤 해두죠. 노인 양반 기다리니 더 붙들고 있을 수가 없네요. 원행에 몸조심하세요. 서울에서는 못 뵐 것 같네요."

그녀는 다소곳이 일어서서 큰절을 올리려 했다.

"이게 무슨 일이오! 그만 둬요."

"저의 첫 낭군이자 마지막 낭군이십니다. 말리지 마세요."

도리 없이 득량도 닷절을 해야 했다.

절을 마친 하지인은 양말과 속옷이 든 가방을 남기고 사라졌다. 꼭 무엇에 홀린 느낌이었다.

두어 식경 후에 득량은 차를 세웠던 강변에 나타났다. 태을은 아무렇지도 않게 득량을 맞았다.

"우규 선생이 학교 다니던 서울이 가까워지니 벌써부터 찾는 귀인이 있군. 출출하던 참에 대접 잘 받았네. 누군지 모르지만 나중에라도 고맙다고 전하시게."

 그뿐이었다. 누구며 왜 이런 접대를 하는지도 묻지 않았다. 김 기사 역시 그랬다. 평소 같으면 꼬치꼬치 물을 사람이었는데 오늘은 꿀 먹은 벙어리였다.

"여기가 조선 후기 최고의 실학자요, 저술가였던 다산 정약용 선생의 생가와 묘일세."

 태을은 5년 전인 1925년 을축년 물난리로 죄다 떠내려가 버리고 아직까지 복원공사를 하고 있는 자리에 섰다.

 "어쩌다가 이렇게 됐죠? 물이 너무 가까웠나요?"

 득량은 가슴이 아팠다.

 다산은 너무도 유명한 대학자여서 굳이 설명이 필요치 않았다. 그의 저서 가운데 하나인 《목민심서》는 불후의 명저였다.

 다산 3형제는 천주교를 믿었는데 약종은 처형당하고, 약전은 흑산도로, 약용은 전라도 강진으로 유배되었다. 다산이라는 호는 유배지 강진 귤동마을 뒷산 이름이었다. 18년간 유배생활을 하면서 다산 기슭에 초당을 짓고 차와 선을 통해 초의선사와 우정을 나누는 한편, 제자를 기르고 학문과 저술에 힘썼다.

 1818년에 18년간의 귀양살이에서 풀렸을 때, 다산은 57세의 노인으로 이곳 마현 생가에 돌아왔다. 큰형 약현이 생가를 지키고 있었을 뿐, 부모형제가 모두 세상을 떠나고 집안은 쇠락해 있었다. 그 후 다산은 74세로 세상을 뜰 때까지 다시는 벼슬길에 나가지 않았다.

 "다산은 실학자로서 풍수의 폐단을 지적하고 풍수부정론을 폈었지."

 태을이 말해주지 않아도 득량은 다산의 뜻을 잘 알고 있었다. 조선 중기 이후 풍수지리는 양택보다 음택으로 기울었다. 명당에 부모를 묻고 부귀영달하려는 이기적인 술법으로 변해버렸다. 남의 소유지에 몰래 시체를 묻는 암장과 투장이 성행했고 묘지싸움으로 이른바 산송(山訟)이 속출했다. 뿐더러 묘지의 증가로 농토마저 줄어드는 현실을 개탄했다. 실학자로서 당연한 논리였다.

"외람된 말씀 같네만 나는 이 자리에서도 자업자득을 말하고 싶네. 이곳은 맥이 잘 내려왔음에도 혈을 맺지 못한 자리야. 주룡을 따르며 오는 호종사나 보국이 전혀 없고 변화도 없어. 묘 뒤로 난 능선을 따라가 보겠나? 용이 일자로 축 늘어져서 마치 죽은 뱀과 같거든. 그렇거니 더 가다가 보면 맥이 끊겨버렸어. 죽은 용이어서 부장지야. 집터로서도 절대로 흉한 곳이지. 청룡과 백호도 감싸주지 못하고 달아나버렸고 더 큰 흠은 물이 들어온다기보다는 일직선으로 찌르고 대드는 형상으로 수살(水殺)을 띠었어."

태을이 이렇게 혹평한 위인의 유적은 일찍이 없었다. 아니라고는 하지만 감정이 섞인 느낌이었다.

"묘는 그렇다 쳐도 이 집터까지 그렇게 나빴다면 다산 같은 인물이 어떻게 났을까요?"

득량은 이 집터가 좋다는 걸 말하고자 함이 아니었다. 풍수를 모르는 이가 보더라도 그렇게 좋은 터는 아니었다. 하지만 다산은 분명 조선 후기 최고의 학자였다.

"인물은 어디서나 태어날 수 있어. 풍수를 두시하고 물 위나 나무 위에 집을 짓고 살아도 인물은 태어나거든. 문제는 순탄하게 뻗어 가느냐 도중에 꺾이느냐 하는 것이야. 지기의 도움 없이 장구한 세월 동안 뻗어갈 순 없다는 얘기네."

"이해가 갑니다."

"더 아쉬운 점이 뭔 줄 아는가? 풍수지리는 크게 풍수적인 면과 지리적인 면이 있거든. 그런데 왜 다산이 미신으로만 치부하고 부정했는지 몰라. 어지러운 술법은 차치하고라도 유용한 면은 더 연구해서 실생활에 유용하게 활용할 수 있었는데. 확실히 유가(儒家)의 먹물들은 현장에 약해. 풍수를 제대로 하려면 우리처럼 발로 밟고 다니며 익혀야 하네."

부인할 수 없는 논조였다.

와부읍 덕소 석실마을 김번(金璠, 1479~1544) 묘는 옥호저수(玉壺貯水)라 하여 호리병 속 같은 곳이었다. 조선 8대 명당에 속한다고 하는 기룡혈(騎龍穴, 혈판이 말안장 모양으로 앞뒤가 솟구침)이다. 안동 김씨들은 이 묘를 쓰고부터 정승 열다섯 명, 판서 서른다섯 명, 대제학 여섯 명, 왕비 세 명 등 수많은 인물들을 배출했다고 믿는다. 그러나 개안이 되지 않고서는 알 수 없는 자리다.

"이 자리는 앞으로도 혈이다 아니다, 말이 많을 걸세. 하지만 어쩌겠나? 김문의 번창을 부인하지 못하면 이 자리를 폄하할 수 없어. 저 오른쪽에 다닥다닥 붙은 김씨들 묘도 모두 빼어난 자리야."

힘이 넘치는 이성계의 구리 건원릉에 가서는 용맥을 밟았다. 통맥법으로 재서 왜 군왕룡인지를 가렸다. 일행이 서울에 입성했을 때 푹 익은 가을이 성큼 다가와 기다리고 있었다.

16
그리운 저 만주벌판

민초는 무엇에 기대랴

마이산 탑골 이갑룡의 명망은 하루가 다르게 높아만 갔다. 그의 도력에 의지해 산기도를 오는 사람들도 전국에서 모여들었다.
"이갑룡 도사가 나막신을 신고서 바위벼랑을 훨훨 날아다닌다지?"
"하룻밤 만에 금강산을 다녀왔다더군."
"아무렴, 영통해서 알지 못하는 게 없지."
소문은 바람을 타고 퍼져갔다. 정말 그 소문처럼 도술을 부리는 건 아니지만 이갑룡 처사의 도력은 범상한 사람들이 헤아릴 수 없을 만큼 높은 경지에 이르렀던 건 사실이었다. 산 아래 사는 사람은 산 위에 사는 사람을 말하지 말라는 말이 있다. 산 속에 사는 사람에겐 속세에 사는 사람들이 헤아릴 수 없는 경지가 있대서 하는 말이었다.
평범한 탑지기였던 이갑룡은 오랜 수행 끝에 지혜의 눈이 열린다.

그가 손수 쌓은 수많은 탑들도, 들어오기 전부터 있었던 음양오행탑과 비교해서 빠지지 않았다. 그의 조탑술(造塔術)은 단연 독보적이었다.

그는 눈만 뜨면 돌을 주워 와 탑을 쌓았다. 다람쥐가 밤톨을 주워 나르듯 그는 인근의 자연석들을 주워와서 탑 쌓는 일에만 몰두했다. 그것은 수행이었고 기도였다. 왕조가 멸망하면서 이미 비보터로서의 가치가 사라진 탑골이었다. 그럼에도 그가 탑을 쌓는 까닭은 뿌리칠 수 없는 염원 때문이었다. 이 땅에 찾아온 암흑과 맞설 수 있는 힘이 그에게는 없었다. 그뿐만 아니라 모든 민초들이 다 그랬다. 기도라도 해야 한다고 믿었다. 탑을 쌓으면서 억조창생(億兆蒼生)을 구제한다는 건 너무 꿈같은 얘기였다. 하지만 그렇게라도 하지 않는다면 견딜 수가 없었다.

이갑룡의 도력이 커진 건 역시 기도터가 좋았다고 봐야 옳았다. 좋은 터에서 오랜 수행을 하다보니 자신도 모르게 혜안이 열린 것이다.

사람들이 이갑룡 처사를 찾아 각지에서 몰려오는 데에는 나름대로 이유가 있었다. 도사에게 빌어서 복을 얻는다기보다는 일종의 정신적인 위안을 받고자 함이 더 컸다. 왕조가 멸망하고 일본인들이 판쳐대는 세월이었다. 내일을 알 수 없는 사람들은 저마다 기둥 하나가 필요했다. 믿고 기대는 의지처가 없이는 삶의 고해를 건너기가 너무 팍팍했다. 그게 잡신이든 도사든 정신적인 기둥을 삼아야만 했다. 정신적인 기둥이 없이는 사는 게 사는 것 같지가 않았다.

이때 우기의 독버섯처럼 태동한 것이 이른바 사이비종교들이었다. 이갑룡 처사가 사이비종교의 교주라는 건 아니었다. 그는 절대 교주가 아니었다. 교리도 없었고 추앙받고자 하는 욕심도 없었다. 다만 지성으로 기도하는 처사일 뿐이었다. 사람들은 그런 처사에게 달려와 길을 묻고 싶어했다. 이 어둡고 답답하게 닫힌 세월에 문을 내고 싶어했다. 이갑룡 처사는 그때마다 정성을 들여 기도하라고 일렀다. 적어도 기도하는 순간만큼은 창망함에서 벗어날 수 있었기 때문이다. 이 땅 사람들의 심성은 그랬다. 그게 근거가 있고 없고를 떠나서 빌고 빌며 살아온 사람들이었다.

언제부턴가 이갑룡 처사는 기도하는 마음으로 신서(神書)를 쓰기 시작했다. 신서란 사람이 알아볼 수 없는 기록물이었다. 한문도 아니고 한글도 아니었다. 차라리 부적이나 그림에 가까운 것들이었다.

"도사님, 그게 어떤 내용들입니까?"

수십 권의 신서를 본 신도들이 물었다. 신도들로서는 궁금하기 짝이 없었다. 더구나 자신들이 아는 한 이갑룡은 세속 글자를 써본 이력이 없었다. 처음부터 글을 배우지 않은 그였다.

"수십 년간 산신과 주고받은 내용이니라."

그렇게 대답하는 이 처사의 표정은 너무도 진지했다. 그는 정말 수십 년 동안 지독히 말을 아껴왔다. 그저 묵상하며 관조할 따름이었다. 그가 도력을 얻은 비밀의 문이 여기에 있었다.

말을 아껴라. 그러면 도를 통하리라.

그것은 청년시절에 시묘를 하면서 만났던 미후랑인의 당부이기도 했다.

신비감은 사람을 조복시킨다.

마이산 금당사 구암선사는 담백하고 맹맹한 스타일이었다. 더구나 정법이라며 낡은 경전구절을 반복했고 참선수행을 강조했다. 사람들은 맹물 같은 불교논리에 식상했고 보다 자극적이고 톡 쏘는 음료수를 원했다. 이갑룡 처사는 그런 심리를 너무도 잘 파악하고 있었다. 신서는 거기에 부응하기 위한 무의식적인 대응이 아니었을까.

어느날 일경들이 마이산 탑골에 들입다 몰아닥쳤다. 칼과 총을 찬 일경들은 산막을 뒤져서 신서들드 압수했다.
"저 노인을 수갑 채워 연행해라!"
"무슨 일이오? 평생 탑을 쌓고 기도만 하신 분이시오."
신도들이 앞을 가로막았다.
"비켜라! 혼쭐나고 싶지 않거든."
형사과장이 일본도를 빼어들며 소리치자 앞이 트였다. 일경들은 늙은이를 함부로 다루면서 읍내 경찰분서로 끌고 갔다. 뒤에서 신도들이 울며불며 따랐다. 죄 없는 이갑룡은 의연했다. 걸음도 당당하게 걸었다.
"이게 뭐냐? 바른 대로 대라!"
취조실에서 새파란 순사가 칠십이 다 된 노인에게 반말로 따져 물었다. 순사의 기세가 등등했다. 분명 어떤 모사를 적어놓은 거라고 판단했던 것이다. 순사들에게는 잘하면 큰공을 세울 수 있는 절호의 기회였다.
"신서요."
"신서?"
"그렇소. 기도하면서 받은 영감을 기록한 것이오."
"이 늙은이가!"
책상 위에 펼쳤던 신서를 집어던지면서 순사가 소리쳤다. 그는 독사눈을 하고서 다시 으르렁거렸다.
"놀리지 마라! 암호판독을 하게 하면 금방 들통나고 만다. 좋은 말 할 때 어서 불어라. 넌 그 옴팡진 곳에서 모사를 꾸미고 있었지?"
"모사라니, 무엇을…."
"몰라서 묻나! 독립운동, 독립운동 말이다!"

순사의 다그침에 이갑룡 처사는 어안이 벙벙했다. 독립운동이라니, 뜻하지도 않은 누명이었다. 천장에 먹장구름이 일었다. 일이 단단히 꼬여들고 있었다.
　"난 산 속에서 기도나 하는 노인이외다. 산 속에서만 처박혀 지내느라 기미년에 만세운동이 있었던 것도 나중에야 전해 들었소."
　"개수작 마라! 기도는 무슨 기도냐. 넌 산신령한테 조선을 다시 찾게 해달라고 빌었다. 그러면서 넌 너를 따르는 많은 신도들을 동원해서 독립운동을 해보려 했다. 이건 그걸 알리는 암호문이다. 맞지?"
　"당치 않소이다."
　"그럼 이게 무슨 내용인지 읽어라. 만약 같은 글자를 달리 읽는다면 거짓이 탄로나는 셈이니 그땐 명을 줄이게 될 것이다."
　"나도 모르오."
　"뭣이! 이 영감탱이 안 되겠구나. 지가 써놓은 글자를 모른다고 잡아떼다니. 얘들아!"
　곧 뭇매가 쏟아졌다. 두어 번의 발길질에 노인의 몸은 빈 자루처럼 무너져버렸다. 일경들은 거기서 그치지 않고 의자 뒤로 묶어서 갖은 고문을 가했다. 그러나 없는 죄가 쥐어짠다고 나올 리는 만무했다. 신서 또한 그랬다. 무의식 상태에서 그림처럼 휘갈긴 것들을 그가 다시 읽어낼 수는 없었다. 신서란 기록자도 모르는 비서였다. 결국 사흘간의 고통을 당하고 나서 이갑룡은 방면되었다.

욕망의 월광곡

득량 일행이 서울에 입성해 북악산과 남산을 오르내릴 즈음, 북촌 조영수는 남대문 상인 안씨의 인왕산 저택에 들어갈 골동품들을 준비하느라 여념이 없었다. 글씨와 그림, 도자기는 물론 가구까지 짜임새 있게 맞췄다. 거실에는 돈을 불러들이는 붉은 색 모란 그림과 달항아리, 안방에는 무성한 연꽃밭에 피라미와 잉어, 원앙새, 기러기, 갈대가 그려진 8폭 병풍을 넣기로 했다. 소싯적의 꿈을 크게 이루고 원앙 같이 금실 좋은 부부생활로 귀한 자식을 낳아 편안한 노후를 보낸다는 의미의 그림이었다. 자녀들 방에는 우애하라는 의미로 연뿌리 그림을 넣었다. 풍수의 기맥을 말할 때 쓰이는 우단사련(藕斷絲連)의 뜻이 있었다. 형제는 딴몸 같지만 가느다랗고 끈끈한 연실로 이어져 있음이다. 거기에 책장 그림과 쏘가리 그림을 곁들였다. 학문에 힘써서 크게 등용되라는 의미였다.

조영수는 골동품 값에 별도의 비용을 추가했다. 일종의 기획료였다. 말하자면 이 머리 좋고 발 빠른 풍수사가 골동을 활용하여 풍수인테리어 분야를 개척하게 된 것이다. 헐값에 확보한 골동품의 고가판로와 기획료가 한순간에 해결되었다.

그것으로 만족했을까.

조영수는 다소 황당무계해 보이는 명당장사를 포기할 위인이 못 되었다. 남대문 상인 안 부자의 새 저택을 골동품으로 꾸미느라 자주 만나게 되자 조상의 음덕을 입어야 오래 간다는 말씀으로 관심을 돌렸다. 지원이 필요하면 진흙구덩이 할매와 함께 만나 저녁을 먹으면서 공략했다.

"그것은 우리 동생 말이 맞아. 우리 조씨 가문은 명당바람을 제대로 받은 집안이지. 안씨들은 좀 약한 것 같구려. 안 사장, 이참에 제대로 된 자리 하나 골라 써요. 돈이면 무엇이든지 할 것 같지만 명당 잡는 건 꼭 돈만으로 가능한 게 아냐. 좋은 자리를 봐둔 지사를 잘 만나야 하거든. 우리 동생은 선친이 전주에서 워낙 유명한 풍수였고 대구로 옮겨 살면서부터 우리 동생이 그 맥을 이었어요. 가학(家學)인 셈인데 인연 닿은 사람 몇몇만 자리를 잡아줘. 직업적인 풍수쟁이가 아니라는 말씀이야."

세상의 아무리 잘난 사내도 맘껏 휘두르는 진흙구덩이 할매는 조영수의 그늘이자 뒷심이었다. 더구나 안 부자는 중요한 일이 있을 때마다 찾아와 상담하고 결정하는 고객이었다. 그녀의 말을 곧잘 들었다. 그래서 성공한 사람이기도 했다.

"나만 잘 살게 아니라 조상도 편하게 모시면 좋겠지요. 돈 버느라 바쁘게 살아서 미처 거기까지 생각이 못 미쳤네요. 새집에 입주하면 조상들 유택도 면례해 드리기로 하지요. 지금 있는 곳을 감정해보신 다음에 좋으면 됐고, 안 좋으면 조 사장께서 편한 자리로 옮겨주시오. 그나저나 조 사장은 참 재주도 많고 복도 많으시네. 이거 나보다 더 큰 부자 되려는 것 아니오?"

안 사장은 길고 도톰한 얼굴에 학의 부리 같은 코를 가졌다. 후덕한 듯해 보여도 날카롭고 욕심도 많은 사람이었다. 이런 타입을 요리하는 방법을 조영수는 익히 알고 있었다. 평범한 자리 하나와 결록에 나와 있는 이른바 족보 있는 자리를 함께 보여주면 그만이었다. 그러면 슬슬 오기와 자존심이 발동해서 천만금을 주고라도 결록에 나와 있는 자리를 원하게 돼 있었다.

조영수는 결록을 꺼내들고 연구에 들어갔다. 남양주와 양평, 광주,

시흥 일대에서 터를 골라야 했다. 종중산은 절대 팔지 않을 테니 국유지나 사유지를 잡아야 했다. 경기도는 어디나 축복받은 땅이었다. 노른자 서울을 감싸고 있는 흰자위라고 가볍게 볼 일이 아니었다. 옛날에는 왕실이나 명문 사대부 가문만이 소유할 수 있는 금싸라기였다. 명당을 잡으면서 넓게 확보해두면 언젠가는 빛을 발하리라는 게 조영수의 생각이었다. 특히 한강 남쪽 잠실과 서초 반포 일원의 광주 땅과 과천지역은 이후로 크게 쓰일 복지였다. 하다못해 참외밭을 하더라도 지금 사두면 50년 안에 큰돈이 될 게 분명했다.

가뭄과 흉년이 들어야 한다. 그래야 전답을 싸게 거둬들일 수 있다. 경주 최 부잣집에서는 흉년에 절대로 토지를 사들이지 말라는 가훈이 있다고 했다. 배고픔 때문에 밑지고 땅을 파는 사람 심정을 고려해서였다. 고상한 품격이었다. 배에 기름이 끼고 염치를 챙길 여유가 있으니까 하는 수작들이었다. 당장의 이익보다 남들의 평판을 고려한 고도의 이미지전략이라는 게 조영수의 냉정한 판단이었다.

고래는 배를 채울 때 잔물고기를 가리지 않는다. 커다란 입을 벌려 바닷물을 몽땅 마셔버리고 물만 뿜어낸다. 큰 부자들은 애초 돈을 벌어들일 때 고래처럼 했지 학처럼 부리로 하나하나 골라서 먹지 않았다. 고상해도 유지가 될 만하니까 이제 와서 가린다는 게 조영수의 생각이었다.

나는 아직 배가 고프다. 고난의 연대를 살다 가신 아버지의 몫까지 먹어야 한다. 게다가 이제 가문의 미래를 짊어진 자식들과 조카들이 공부에 매달리고 있다. 그들을 뒷바라지하려면 가리지 말고 돈벌이를 해야 한다. 품위는 집안을 반석 위에 올려놓은 뒤에 따져도 된다.

조영수는 사람을 시켜서 북촌 집주릅을 불러들였다.

"사장님, 좋은 건수라도 있는가요?"

"있지 않구요. 이번에는 산 좀 사줘야겠소."

"왜 갑자기 산을요?"

"강 남쪽 광주 일대와 과천 청계산, 관악산 자락이 좋겠소. 대략 몇 정보로 쪼개서 살 수 있고 시세가 얼만지 알아봐 주시오. 그쪽에도 알고 지내는 사람이 있을 거 아니오."

"그야 우리 같은 사람이 한 바퀴 쓰윽 돌아오면 훤하지요."

집주릅은 네모진 턱을 더 끌어당겨서 자신의 전공이라고 장담했다. 이런 인물들은 민첩하지 못해도 믿음직했다. 잔머리를 굴려서 이익을 취할 상이 아니었다.

"잠실과 반포 사이의 전답들은 얼마나 가는지도 알아봐 줘요. 압구정 일대의 농토는 몇 푼 안 주면 사겠던데."

"그럼요. 죽겠다고 농사져 놓으면 수해 나서 싹 쓸어가 버리는데 누가 잘 농사도 안 지으려 해요. 그런 땅을 사서 또 뭘 하시려고?"

집주릅은 봉이 김선달 같은 이 분네가 또 무슨 모사를 꾸며서 떼돈을 벌려고 하는가, 그게 궁금했다.

"골동품은 100년이 넘어야 물건이 되지만 땅은 그보다 훨씬 빨리 보배가 되지요. 서울에 집도 장만했으니 농토를 만들어 양식거리라도 대달라고 하려고."

조영수는 그렇게만 말해주고 지도를 펴놓고는 대모산, 구룡산, 우면산, 청계산, 관악산을 일일이 지목하며 알아볼 땅의 위치를 표시해 주었다.

진짜 도인은 세속도시에 있다. 깊은 산 절집이나 초막에 있는 게 아니었다. 그들이 그곳에 있는 것은 핑핑 어지럽게 돌아가는 세상에 적응하지 못해서다. 당대에 통할 도가 있다면 사람들이 넘쳐나는 도시 한복판으로 나와서 중생을 구제하라. 이게 조영수의 지론이었다. 그래서 그는 절대로 절집에 시주를 한다거나 교회나 성당에 십일조 헌금을 내지 않았다. 사이비교주는 아예 무시해버렸다. 정읍 입암의 차 천자의 경우처럼 오히려 명당장사를 해서 돈을 벌어들였다.
 "좌이시천리(坐而時千里) 하고 입이시만리(立而時萬里)라. 앉아서 천 리 보고 서면 만 리 보는 법이 이거요."
 조영수는 우연찮게 독도법을 익힌 것이 이렇게 유용하게 쓰일 줄은 정말 몰랐다. 총독부가 조선의 명당을 조사할 때 도와준 것이 계기였으니 고수는 넘어진 자리에서 보물을 건지고 일어서며, 하수는 신세를 한탄하다가 자멸해버린다.
 "자, 이건 활동비요. 넉넉히 넣었으니 일을 야무지게 처리하시오. 큰 장사꾼은 멀리 보고 사는 법이오. 일이 성사되면 복비를 두 배로 쳐드리리다."
 "여부가 있겠습니까요. 오늘 당장 제가 직접 나서서 알아보렵니다."
 집주릅은 날개가 달린 사람처럼 잽싸게 조영수의 집을 빠져나갔다. 사람을 부리는 건 뭐니뭐니 해도 속한 게 돈이었다. 돈을 벌어야 한다. 난세에는 특히 돈이 있어야 사람 구실을 한다.
 이번에 안 부잣집에 물건들을 넣고 산까지 알선해서 명당을 팔면 지난번에 모리타가 연결한 모리유키의 돈도 있고 해서 거금 몇만 원이 쌓인다. 장일곤은 충청도와 전라도를 뻔질나게 오가며 물건들을 해 나르고 동경의 모리타는 다른 손님들을 데려와 거간꾼 노릇을 잘해 주었다. 모리유키가 아들만 낳으면 만 원이 더 들어온다. 천마가 약효를 발휘하면 된다. 백자도의 영험을 믿는 것도 분명 심리적인 효과가 있을 터였다. 게다가 여태 딸만 낳았으므로 확률적으로 이제는 아들을 낳을 차례가 되었다. 과연 그가 아들을 낳아야 할 텐데.
 조영수는 좀이 쑤셔서 집에 앉아 있질 못할 것 같았다. 조선호텔에 가서 노닥거릴까 하다가 최민숙에게 실없이 보이는 게 싫어서 수구문 쪽으로 가보기로 했다. 진흙구덩이 할매에게 물을 일이 있었다.

이번에 돈이 좀 만져지면 독일제 자동차를 사야겠다고 맘먹었다. 짐까지 있는데 전차를 갈아타고 인력거를 타는 게 여간 불편하지 않았다. 호텔도 아니고 북촌에서 밴들리살롱을 잡아타기란 쉽지 않았다.

언제나 그랬던 것처럼 손님들이 북적댔다.

"누님, 좋은 그림이 나와서 누님 드리려고 가져왔네요."

"바쁜 사람이 대낮에 이런 데나 드나들어서 써. 누님 생각 좀 그만하고 우리 동생 사업이나 잘해."

진흙구덩이 할매는 잠시 손님들을 물리치며 홍삼 달인 물을 가져오라 일렀다. 그 사이 조영수는 족자 한 점을 펼쳤다.

"우리 누님, 오래오래 사시라고 수성노인(壽星老人) 그림을 가져왔어요. 이 방에 걸어두고 감상하셔서 더도 덜도 말고 두 갑자 120세만 사세요."

조영수의 언변은 장원감이었다.

"예끼! 벽이 똥칠하는 험한 꼴을 당하라고 덕담하는 게야? 그런데 이거 정말 귀한 것 같구나?"

문외한이라도 명품은 누구나 좋아한다.

"조선 중기 도화서 화원 출신인 연담(蓮潭) 김명국(金明國) 작품입니다. 달마도와 수성노인도로는 최고지요."

수성노인도는 남극노인성을 관장하는 신을 그린 그림이었다. 우리나라에서는 노인성이 잘 보이지 않았다. 춘분이나 추분 때 제주도나 남해안에서 지평선 언저리로 잠시 나타났다가 사라지는 광경을 어렵사리 볼 수 있을 따름이었다. 그 노인성을 보게 되면 장수한다고 했다. 보기 어려운 별을 가까이 두고 늘 볼 수 있는 묘법이 바로 이런 수성노인도였다. 땅딸막한 키에 이마가 얼굴 길이만큼 높은 상상 속의 장수노인이었다.
 "이런 그림은 돈 많은 집 마나님 칠순 때 맞춰 비싸게 팔아야지 왜 날 갖다 줘. 나는 이런 것 없어도 오래 살 팔자야."
 "누님 그만 돈돈돈 하세요. 정이 더 우선이요."
 참으로 둘러치기도 잘했다. 돈돈 하는 게 누군데 역공을 하고 나오는가. 천하의 조영수는 이렇게 처세에 능했다. 그는 당장 못을 옮겨 박아서 정면에다가 족자를 걸어버렸다. 이런 조영수를 물끄러미 바라보며 노파는 '저게 사내다. 사내란 저런 구석이 있어야 쓰지' 하면서 대견해했다.
 "누님, 전에 말씀드린 노리유키라는 사람 이번에 아들 낳겠습니까?"
 "이제는 남의 집 아들 낳는 것까지 신경 쓰며 살아야 하는구나. 그렇게 애가 타면 동생이 가서 덜컥 낳아주고 오지 그래."
 "누님! 지금 저는 절박해요. 그 사람이 아들을 낳아야 제가 자동차를 타고 다닙니다."
 진흙구덩이 할매는 눈을 감고 뭐라고 중얼거렸다. 미간이 좁혀지는가 싶더니 이내 활짝 웃었다.
 "어라! 쌍둥이다. 쌍둥이 형제야. 지금 당장 없는 돈 빚내서라도 자동차 사. 내년에 큰돈 들어온다. 동생집이 명당바람을 탔구나. 남쪽 승달산에서 사시사철 훈풍이 불어오고 있어."
 노파는 양손으로 들어 짝하고 박수를 쳤다.
 "그리고 누님!"
 "뭐가 또 있누?"
 "집 떠나와 서울서 혼자 살다 보니 여러 가지가 옹색합니다. 가끔 와서 살림을 정리해주는 참한 처자가 있는데 워낙 나이차이가 나서…."

조영수는 꺼내기 힘든 속내까지 죄다 드러냈다.

"도둑놈! 말 타니까 종까지 두고 싶지? 재복이 많으면 처복도 있어. 원하면 거둬서 살림 차려. 사십이면 한창 때인데 홀아비처럼 살 게 뭐야. 사내 잘 나면 축첩(蓄妾)해도 되는 거야. 다만 조강지처 버리지 말고 자식새끼들 잘 챙겨야 돼. 나중에 이복형제끼리 재산싸움도 일어나고 좀 시끄럽겠지만 팔자를 뭔 수로 막아. 좋겠다. 꽃각시하고 새장가 들어서. 한번 데려와 봐."

듣는 말마다 매화타령이었다. 일어나서 덩실덩실 춤이라도 추고 싶었다. 그는 조만간 데려와 인사를 시키마고 이르고 곧바로 밖으로 나왔다. 남산 밑 경성미술구락부로 간 그는 회원들이 나와 있는 국보다방으로 들어갔다. 경매가 없는 날에도 국보다방에 가면 골동품에 관한 정보들을 수집할 수 있었다.

한가롭게 차를 시켜놓고 회원들과 담소하다가 저녁때가 다가오자 사귀어 두면 좋을 회원 둘을 데리고 조선호텔로 향했다.

"요즘 전어구이가 맛이 기가 막히지요. 조선호텔에서 비루, 아니 맥주 좀 마시며 전어나 먹어봅시다."

조영수는 비루라고 했다가 바로 맥주로 고쳐 말하면서 최민숙의 깔끔한 외모를 상기했다. 길 건너 명치정(명동)에서 만났을 때, 그녀 앞에서 비루라고 했다가 편잔을 들었었다. 비어라고 하던지 맥주라고 해야 쪽발이들처럼 비루가 뭐냐는 거였다. 한두 번 밖에서 만나봤더니 사람이 무던했다. 흠이 있다면 나이 차이였다. 최민숙이 스물넷이니 자그마치 열여섯 살 차이였다. 하지만 그녀는 그걸 별반 의식하지 않았다. 오빠처럼 편하게만 생각된다고 했다. 요즘에는 휴일에 북촌 집에까지 드나들었다. 김치를 담가주고 빨래까지 해주었다. 그때마다 조영수는 돈이나 선물을 주었다. 최민숙은 안 받으려고 했지만 그래야 마음이 편해서였다.
"오라버니 오셨습니까?"
최민숙이 창가로 자리를 안내하며 맞았다. 서로를 바라보는 눈빛이 따뜻하고 정겨웠다. 조영수는 당장 달려들어 해사한 목덜미에 키스를 퍼붓고 싶을 정도였다. 진흙구덩이 할매의 부추김도 있고 하니 그냥 눈 딱 감고 일을 저질러버리면 그만이었다. 부도덕한 일인가 아닌가는 그 동안 수없이 생각했다.
전어구이는 정말 고소했다. 원님 덕에 나발 불어본다고 초대받은 회원들은 황송해하며 맥주와 전어를 즐겼다. 신선로에 밥도 주문했지만, 거의 뜨는 둥 마는 둥했다.
"머리 아파요. 맥주는 적당히 드시고 식사 좀 하세요."
최민숙은 틈만 나면 조영수 쪽으로 와서 시중을 들었다. 그때마다 조영수는 아무도 모르게 숨을 들이켜서 최민숙의 향기를 맡았다. 몸이 달아올라서 주체할 수 없을 지경이었다. 당장 객실 하나를 얻어 들어가서 속살을 더듬고 싶어 미칠 것 같았다. 객실을 얻는다고 최민숙을 바로 불러올릴 수도 없는데 그냥 애가 닳아서 혼자 해보는 몽상이었다.
곧 술자리가 파했고 조영수는 호텔을 나섰다. 문 밖까지 따라 나온 최민숙에게 조용히 속삭였다.
"좋은 일이 있어. 업무 끝나고 집으로 와줘."
최민숙은 가볍게 고개를 끄덕였다.
"차 잡아드려요?"
"아냐. 좀 들렀다 갈 데가 있거든."
조영수는 회원들과 헤어져 명치정으로 갔다. 진주목걸이와 반지를 장만하려고 귀금속 상점에 들렀다. 꽃집에 들러 장미도 한 다발 샀다.
　명당에 혼자리 제대로 쓰면 단점이 하나 있군.
　그는 혼잣말로 두런대며 북촌 집으로 돌아왔다. 초가을 밤에 달은 휘영청 밝은데 귀뚜라미 소리가 들려왔다. 그는 커다란 집정원과 거실을 오르내리며 배우처럼 대사를 연습했다. 최민숙을 감동시킬 말 한마디 찾아내는 것이 이렇게 어려울 줄 몰랐다. 사업상 하는 언변과는 또 다른 것이었다.
　사랑을 하면 젊어진다. 심장이 뜨거워지고 생명력이 넘쳐난다. 마흔 살이라는 나이는 어디론가 사라져버리고 여자나이를 닮아버린다. 그러므로 지금 조영수는 스물넷 청년인 것이다. 피 끓는 청년사업가였다.
　명당을 쓰면 확실히 단점이 하나 생긴다.
　그것은 바로 새 여자가 생긴다는 것이다. 다 좋은데 새 여자가 생기면 이렇게 달밤을 서성거려야 하고 달콤한 말을 연습해야 하고 울렁거리는 속을 다독거려야 한다. 뿐인가. 시골에 두고 온 처자식에게 미안한 마음도 품어야 하고 돈을 더 많이 벌어야 한다는 욕심까지 생긴다.
　명당의 이런 단점이 싫다고 안 쓸 것까지야 없지.
　조영수는 남대문 상인 안 부자에게 기회가 닿으면 이런 경험을 얘기해 주리라 마음먹었다. 오십이 다 된 그가 회춘하는 법이기도 했다.
　밤 열 시 반이나 돼서야 최민숙이 나타났다.
　"피곤하지?"
　정작 피곤한 것은 자신이면서도 일터에서 막 빠져나온 그녀가 반가워 나온 첫마디였다.
　"오늘 무슨 일 있으세요? 혹시 생일이세요?"
　"아냐."

"그런데 오라버니 좀 이상하세요. 아까부터 좀 허둥대시고요."
"그래 보였던가? 사랑에 빠지면 넋이 달아나."
조영수는 최민숙 앞에서 사랑이라는 말을 처음으로 입에 담았다. 쑥스러웠지만 아직까지 남아 있던 취기에 기댔다. 그녀는 움찔하면서도 싫지 않은 반응을 보였다.
"좋은 일이 있다더니 약혼이라도 하시나요?"
여자는 여우였다. 대상이 누군지를 다 알면서도 딴청을 피웠다. 기회는 바로 이때였다. 조영수는 거실에 두었던 꽃다발을 들고 와서 아직까지 정원에 서 있던 그녀의 가슴에 안겼다. 진한 장미향기가 여울졌다. 그 사품에 달빛이 더 밝아 보였다.
"내 사람이 돼줘. 혼자서 잠들고 혼자서 밥 먹는 일 이제 그만 하고 싶어. 행복하게 해줄게."
조영수의 목소리는 가녀리게 떨리고 있었다. 이제껏 당당하고 빤질빤질하기만 했던 그답지 않았다.
"아, 오라버니! 전 너무 부족해요. 가난하고 예쁘지도 않고요."
최민숙은 더 떨고 있었다. 그녀는 조영수를 노총각 사업가로 알고만 있었다. 이런 사람과 결혼하리라고는 꿈도 꿔보지 못한 일이었다. 고성에 자녀를 4남 1녀나 뒀고 소같이 일만 하는 마흔 둘 아내가 있는 유부남이라는 사실은 전혀 몰랐다. 묻지도 않았고 말해주지도 않았다. 조영수 입장에서는 굳이 그런 말을 해줄 필요가 없었다.
"내겐 당신이 저 달에서 방금 하강한 천사야. 잠시 기다려줘."
그는 마루 끝에 놔둔 반지와 진주목걸이를 가져와서 직접 끼워주고 채워주었다. 조영수의 눈썰미는 정확했다. 재고 맞춘 것처럼 꼭 맞았다.
"너무 행복해요. 이렇게 행복해도 되는…."

'건가요?' 하는 말은 입 밖으로 나오지 못했다. 조영수가 뜨거운 입김을 불어넣으며 키스를 퍼부어댔기 때문이다. 그녀는 꽃다발을 놓치며 조영수의 몸을 끌어안았고 조영수의 숨소리는 거칠어졌다. 그것은 만월을 향해 꽉 차오른 욕망의 월광곡이었다.

허리를 다친 호랑이

서울에서 득량은 스승 태을을 극진히 모셨다. 편안한 잠자리를 위해서 호텔을 잡았다. 아까 조영수가 들렀고, 최민숙이 근무하는 조선호텔이었다. 뿐이랴. 그 호텔은 지난 겨울 득량과 하지인이 첫정을 나눴던 곳이기도 했다.

노인이 사시면 얼마나 사시겠는가. 모처럼 오신 서울에서 신문물을 마음껏 향유하게 해드리고 싶었었다. 득량은 맥주도 사드리고 명치정 번화가도 구경시켜 드렸다. 그런데 찬 맥주로 태을은 배탈이 났다. 나이가 들면 찬 것을 즐길 수가 없었다.

"좋은 게 좋은 거라는 말 틀린 말이야."

호텔방에서 득량은 낮에 답사한 내용을 정리하고 있었고 태을은 간단없이 화장실을 들락거렸다. 비싼 음식 먹고 탈나서 고생하니까 호텔음식이 보리개덕만도 못하다는 얘기였다.

"내일 하루는 좀 쉬시죠. 저도 친구들을 수소문해서 좀 만나볼 게요. 학교에 가보면 알 수 있거든요."

득량은 경복궁에 관한 자료를 정리하고 있었다.

"우규 선생은 학교를 마저 마칠 생각이 없는 건가?"

"일제가 물러가면 몰라도 당장은 법학공부를 계속할 뜻이 없어요."

"먹고사는 거야 평생 고민 없는 사람이지만 야인으로 살기에는 너무 아까워서 그러네."

태을은 김 기사가 사온 지사제 환약을 입에 털어 넣었다.

득량은 무엇을 생각하는지 한동안 말이 없었다. 그러다가 입을 열었는데 역시 신상문제가 아니라 풍수 얘기였다.

"경복궁은 이 나라에서 최고의 궁궐터로 도봉산을 태조산, 북악산을 주산으로 삼고, 아미산 아래로 교태전(交泰殿)과 강녕전(康寧殿), 근정전(勤政殿)이 정혈처(定穴處)라는 말씀이죠?"

"그럼. 말 많은 사람들이 인왕산을 주산으로 해서 동향판으로 궁을 앉혔어야 한다는 둥, 옛 승문원(承文院, 외교부) 자리인 계동이 정혈처라는 둥 떠들지만 경복궁만한 터가 어딨어? 이 땅에 자미원국이 있다면 그것은 분명 경복궁이네."

아까 낮에 현장을 답사한 태을은 득량이 자료정리를 하고 있는 이 순간에도 분명히 못을 박았다.

"터를 달리 잡았다면 구한말의 혼란과 일제의 병탄을 막을 수 있었을까요?"

"천만에. 우규 선생이 잘 알고 있질 않는가? 중국은 저 모양으로 됐는데? 북경 터가 안 좋아서? 아냐. 근대화를 먼저 하고 안 하고 문제지 터가 문제는 아니었어. 언젠가 우규 선생이 내게 말하지 않았던가?"

"그랬었죠."

"두고 보시게. 일제에 의해 망해버리게 되니까 모든 걸 부정적으로만 보는데 조선왕조는 제도나 궁성이 모두 잘 짜여진 나라야. 독립이 되고 열패감에서 벗어나게 되면 제대로 평가받을 때가 있을 것이네. 지금은 모든 것이 다 나쁘게만 보이지. 일제가 또 그렇게 조장하고. 아까 현장에서 얘기했던 것처럼 광화문에서 남대문으로 난 길만 해도

그래. 1914년 일제가 도로개수하기 전만 해도 광화문 앞 육조거리가 끝나는 지점에 황토마르라는 길고 나지막한 안산이 하나 있었거든. 그걸 밀어내 버리고 남대문까지 도로를 내버림으로써 경복궁을 온화하게 감싸는 지기를 파손해버렸어. 궁성 후원의 건물들을 헐어내고 지은 총독관사, 근정전 앞에 돌덩이리로 지은 조선총독부 건물, 경성부 청사(현 서울시청)가 모두 당돌하고 버르장머리없는 풍수탄압이야. 얼마나 소름끼치고 괘씸한 줄 아는가. 위에서 보면 총독관사는 대(大)자, 총독부 건물은 일(ヨ)자, 경성부 청사는 본(本)자로 지어서 대일본(大日本)이라는 글씨가 되거든."

"네! 정말 그런 것 같네요."

득량은 소름이 돋았다.

"남산에 세운 신궁도 마찬가지야. 해방되면 그것들부터 헐어버려야 해."

태을은 독립과 해방이라는 단어를 처음으로 입에 올렸다. 일제에 의해 망가진 궁성을 보니 화가 난 것이다.

서울에서 사흘을 보낸 일행은 북쪽 여정에 나섰다.

고양의 서오릉을 둘러보고 고려의 명장 최영(崔瑩, 1316~1388) 장군의 묘를 찾았다. 아버지가 위에 있고 장군은 아래에 잠들어 있었다.

"그런데 웬만하면 사초를 하지 떳장이 이렇게 벗겨지도록 놔두었네요."

"명문가도 후손이 게으르면 우리같이 별 볼일 없는 집안과 똑같네요."

득량과 김 기사가 입을 모아 벌겋게 흙이 드러나 있는 장군의 봉분

그리운 저 만주벌판 207

에 대고 한마디씩 내뱉었다. 석물도 잘 갖추고 봉분도 우람하건만 뗏장 하나 돌보지 못하고 있다는 게 좀 한심했다. 아무리 죽은 자의 집이라지만 방치해서야 쓰겠는가.

"본래 적분(赤墳) 일세."

태을이 담담하게 말했다.

"적분이라면?"

"풀이 안 나는 무덤이라는 말이네. 아무리 어려워도 장군의 묘역 하나 돌보지 못하겠는가. 처음부터 풀이 나지 않았다고 하네."

"이 녹음 우거진 산 속에서 왜 하필 이 봉분에만 풀이 안 날까요?"

"위화도 회군으로 권력을 잡은 이성계는 간신들의 간언을 받아들여 최영 장군을 목을 베고 말지. 죄목은 상국(上國, 명나라) 을 정벌하려 해서 무례를 범했다는 것이었어. 평소 최영 장군을 존경하던 이성계였네만 권력에 눈이 멀었으니 어쩌리. 칼을 받는 형장에서 장군이 말했느니라. 내가 평생에 탐욕의 마음을 품었다면 내 무덤에 풀이 날 것이요, 그렇지 않으면 풀이 나지 않을 것이라고."

"과연 그래서 이렇게 풀이 나지 않는 것이로군요."

"오늘날 왜놈들에게 빌붙어서 백성들의 등이나 처먹는 잡배들에게 너무 좋은 귀감이 아닌가. 왜 그런 말이 있지. 최가가 앉은 자리에는 풀도 나지 않는다고."

"맞아요. 최가들 정말 고약해요. 오죽 독하면 앉은 자리에 풀도 안 난다는 말이 있것어요 그래."

김 기사가 침을 튀겼다.

"최가에게 뭐 당한 거라도 있소?"

"아니, 말이 있잖아요. 최씨, 황씨 고집불통이라고요."

"허허허, 근거를 못 대는 얘기를 함부로 해서는 안 되지. 그래서가 아니고 바로 이 최영 장군의 무덤 때문에 나온 말이라. 그러니까 나쁜 뜻의 말이 아니고 충절을 기리는 아주 좋은 뜻이 담긴 말인데 사람들이 잘못 알고 최가 고집만 생각해서 험담처럼 지껄이는 게야. 장군의 높은 충절을 알고서 어찌 그런 망발을 할꼬."

요동을 치려했다는 어처구니없는 죄목으로 원정 나간 군사를 안으로 돌려 역성 혁명한 이성계에게 목을 베인 최영은 청렴결백했다. 황금을 보기를 돌같이 하라는 부친의 유훈을 끝까지 지킨 사람이기도 했다. 전장에 나아가서는 장수요, 조정에 들어와서는 재상을 지내면서도 청탁이 미치지 못했다. 뿐더러 휘하에 거느리고 있는 군사들이 장군의 얼굴을 모를 만큼 나서기를 삼갔다. 걸핏하면 아랫사람들 앞에서 군림하려 드는 요즘 정치모리배들을 부끄럽게 만드는 처세였다.

풍수답사는 역사의 인물을 만나는 시간이기도 했다. 한 사람의 삶이 정리된 현장이 바로 무덤이었고 그 무덤을 통해서 그 사람의 일생을 돌아보는 계기가 된다. 파주에서는 율곡 이이를 만나고 연천에서 미수(眉叟) 허목(許穆, 1595~1682)과 강회백(姜淮伯, 1357~1402)을 만났다. 모두가 당대를 빛낸 걸출한 인물들이었다.

빼어난 돌혈(突穴)로 진주 강씨의 발복처인 강회백의 묘는 신비한 느낌마저 준다. 들판을 향해 길게 달려온 내룡은 탄성을 자아내게 한다.

"살아 꿈틀거리는 용이 들판에 그대로 누워 있네요. 전후좌우가 모두 귀한 구색을 갖췄으니 미혈도 이런 미혈이 드물 것 같습니다."

득량은 쓰다듬고 싶은 충동을 느꼈다.

"알토란같이 야무진 야산 봉우리를 앞에서 보시게. 처녀의 젖무덤 위에 유두처럼 묘가 올라앉았어. 막 피어나려는 연꽃봉오리 같기도 하고. 석물들을 아래쪽 평지에 세운 것은 꽃봉오리를 다치지 않게 하려는 의도야. 혈의 결지 조건을 두루 갖췄으니 자연의 오묘한 조화에 머리가 숙여지지."

태을이 시를 쓰듯 읊었다. 과협이니, 개장천심이니, 박환이니 하는 어려운 풍수용어들은 사용하지 않았다. 사실 그런 용어들은 용이 살아 있고 살기를 벗어 혈을 맺었음을 설명하기 위한 것들이었다. 그런데 복잡한 한자용어들과 이기법이 풍수를 어렵게 하고 있었다. 원리를 알면 그런 용어들과 이기법이 전혀 필요치 않았다. 자연은 단순하고 조촐하며 진리는 누구에게나 와 닿는 것이기 때문이다.

태을과 득량은 돌혈이 갖춰야 할 지각 따위의 조건들에 관해 토론했다.

"드디어 금강산을 보는 개벼요. 집 떠난 지 한 달 보름 만이네요."

김 기사는 지루한 이야기가 끝나고 현장을 벗어나게 되자 숨통이 트이는 모양이었다. 들판에 기다랗게 이어진 구릉을 가지고 뭐가 그리 아름답다고 하는지 이해가 되지 않았다. 싹 밀어내고 논이나 만들면 좋을 것 같았다.

금강산은 이 땅의 사대명산으로 통한다. 이 땅 사람들은 살아서 금강산 구경하는 게 소원이었다. 민족의 영봉 백두산에서 시원한 맥이 아래로 뻗쳐 한양을 중심으로 남쪽에 지리산, 북쪽에 묘향산, 서쪽에 구월산을 솟구쳐 놓고 동쪽에는 이 금강산을 빚어놓았다.

내금강과 외금강으로 나뉘는 금강산은 보통 세 코스로 나눠서 돌아보는 게 좋았다. 득량 일행이 지금 타는 금강산의 준봉 비로봉 남쪽 장안사에서부터 표훈사를 거쳐 마의태자 묘까지 갔다 내려오는 내금강 코스, 멀리 동쪽 해금강으로부터 시작하여 외금강 남쪽을 보는 구룡연 코스, 마지막으로 북쪽 만물상 코스를 보면 되었다.

가을이 깊어졌고 고산지대의 일기가 고르지 못해서 장비를 새로 장만했다. 짐군들도 고용해서 만반의 준비를 갖췄다. 일본인들과 서양인 여행자들도 많았다. 삼나무, 전나무, 구상나무, 미인송 따위의 교목숲이 무성하여 하늘을 가리고 있었고, 그 아래로 돌을 차면서 소리 내 흐르는 쪽빛 시냇물이 굽이굽이 감돌았다. 오르막길은 그 시냇물과 같이 꼬여 있었다.

배재령 마루에 올라서 보니 전방 멀리 뾰족뾰족한 봉우리들이 오밀조밀 엉겨 있는 게 보였다. 금강산 1만 2천 봉우리였다.

"저 즐비한 봉우리들 좀 보게들."

태을이 앞을 우러르며 물었다.

"신선들이 무리지어 있는 것 같습니다."

표훈사 가는 길은 좁고 험했다. 길섶에는 기암괴석들과 고죽(苦竹), 칡넝쿨이 엉겨 있어서 사람의 발길을 거부하고 있었다. 그러나 한 고비를 넘으면 믿어지지 않게 다시 길이 나왔고 갖가지 형상의 봉우리들이 우뚝우뚝 막아섰다. 길에서 이따금씩 일본인 행락객 무리와 마주쳤다. 남녀가 짝을 지은 그네들은 조선인 인부 수십 명을 거느리고 있었다.

그네들을 등지고 얼마를 더 가니 커다란 못이 나왔다. 못에 담긴 물은 쪽을 풀어놓은 듯 푸르렀고 너무 맑아서 눈썹까지 내비쳤다. 옆에는 수백 명이 들어앉을 수 있을 만큼 드넓은 마당바위가 벌려 있었다.

표훈사에 도착해서 유점사의 박 처사를 물었다. 험준한 백두대간 차일봉을 사이에 두고 있었지만 박 처사는 곧잘 넘나들며 표훈사 대중 스님들에게 선무를 가르치고 있었다.

"박 처사님은 외금강 신계사에 가 있소."

뻣뻣한 대중들 가운데 한 스님이 말했다. 국제적인 관광지여서 그런지 스님들의 태도가 오만불손했다. 신도건 여행자건 가리지 않고 잠자리나 식사를 제공할 때마다 턱도 없이 비싼 돈을 노골적으로 요구했다. 절집이 아니라 사업장 같았다.

"낭패로다. 박 처사가 없다면 내금강은 더 볼 것이 없게 됐네. 마의태자 묘야 볼 것이 있나."

태을은 좀처럼 중도포기를 하지 않았었는데 하산하자고 했다. 박 처사는 태을이 전부터 말한 도가의 막역한 친구였다. 일찍이 금강산 골골을 두루 여행한 적이 있는 태을이 다시 찾은 것은 득량과 김 기사에게 금강산 구경을 시켜주고 싶어서가 아니었다. 거의 전적으로 친구 박 처사를 만나보기 위함이었다.

"그럼 금강산을 여기밖에 못 보는 건가요?"

김 기사가 못내 아쉬워했다. 그가 이번 풍수원정에 기꺼이 합류한 까닭이 바로 금강산 구경 때문이었다.

"금강산 준봉인 비로봉이 저거 아닌가? 비로봉을 봤으면 금강산 구경 다한 거지 뭘."

태을이 정색으로 대답했다.

"그래도 죽을 고생하며 여기까지 왔는디."

"걱정 마시게. 서북쪽으로 빙 돌아서 온정까지 가서 외금강을 구경할 거니까. 거기가 진경일세. 박 처사와 함께 다니면 제대로 볼 수가 있어요."

태을의 말에 김 기사는 비로소 씨익 웃었.

이틀 뒤, 그들은 신계사에 당도했고 신계천 상류 바위 위에서 박 처사와 극적으로 해후했다.

"아—."

득량의 입에서 터진 감탄이었다.

관음연봉이 늘어선 계곡 바위 위에서 검은 새 한 마리가 춤을 추고 있었다. 그것은 거대한 새였다. 학을 연상시킬 만큼 가볍고 유연한 춤사위였다. 양 날개가 하늘을 가르고 다리가 사방의 허공을 감아 당겼다. 저녁노을이 물든 좁은 하늘이 선경을 이루고 있었다.

"선무(禪舞)라는 도가의 춤이야."

"저게 정말 사람의 동작입니까?"

득량은 춤추는 게 사람이라고는 여겨지지가 않았다. 높은 바위 위에서 춤추는 사람은 득량 일행을 의식치 못하고 있었다. 다만 까마득한 아래에 선 두 사람이 그 황홀경을 관망하고 있을 뿐이었다.

"저분이 박 처사네. 저처럼 유연한 선무를 통해서 강한 기를 몸에 끌어들이는 중이야. 막힌 경락을 풀어서 흡사 침을 맞는 것과 같은 효과를 보는 선무는 노화를 방지한다네. 또한 정신을 맑게 하여 도력을 높이지."

박 처사의 선무는 멈출 줄 몰랐고 태을의 설경도 계속됐다.

경락이란 우리 몸 안에 기가 흐르는 통로를 말한다. 세로로 통하는 것을 경(經)이라 하여 굵은 가닥 12개가 얽혀 있으며, 가로로 통하는 것을 락(絡)이라 하여 가는 가닥 15개가 얽혀 있다. 또한 인체에는 365개의 혈(穴)이 있는데 혈은 기가 흐르다 멈추기도 하는 역(驛)이랄 수 있고 경락은 역으로 뻗친 도로망이랄 수 있다. 선무가 침술과 같고, 침술이 경당의 흩찾기와 같음은 모두 우주의 생성원리인 기를 뿌리로 하고 있기 때문이다.

태을이 말을 마치는 사이, 바위 위에서 선무를 추는 사람도 동작을 멈췄다. 검은 새는 어디로 날아가고 지금 바위를 내려오는 것은 사람이었다. 나이를 짐작하기 어려울 만큼 가벼운 몸태의 사내였다.
"아니, 태을장!"
"박 처사, 그새 학이 다 됐구려."
"참말 기쁘이. 태을장이 이곳을 다 찾아오시고."
두 사람은 예를 갖춰 서로 맞절을 했다. 계곡에서 그런 모습을 보니 다소 우스꽝스러웠다.
"인사 올리게. 전에 말했던 분이시네. 박 처사, 늦게 얻은 후학이오."
득량이 박 처사에게 큰절을 올렸다. 박 처사는 속된 티라고는 한 점도 없어 보였다. 조각처럼 이목구비가 뚜렷한데 세월을 이겨낸 수석처럼 고졸하기만 했다.
"이 땅의 천을태을성(天乙太乙星)이 되시게."
"명심하겠습니다."
박 처사의 덕담에 득량이 머리를 조아렸다. 천을태을성이란 명혈 뒤에 좌우로 치솟은 봉우리를 가리켰다. 지금 이 땅에 그런 존재가 있다면 그 사람은 다른 이가 아니라 스승 태을이었다. 태을이란 바로 이 천을태을성에서 따온 이름이었던 것이다. 이 땅을 하나의 커다란 혈자리로 보고, 좌측 봉우리인 천을은 비워두고 그 자신은 우측 봉우리인 태을을 취한 것이다. 뒤에서 혈을 받쳐주듯 이 땅의 밑거름이 되겠다는 뜻이었다. 스승 태을은 가히 이 땅의 태을성이라 할 만했다. 그렇다면 과연 내가, 스승이 비워둔 나머지 봉우리, 천을이 될 수 있으려나. 득량은 너무 까마득했다.
"나는 토굴을 짓고 따로 나와 사오. 절집이 좀 불편해야지요."
바위벼랑에 기대어 겨우 비나 피하게 엮어 지은 토굴이었다. 부엌이랄 것도 없는 화덕을 보니 좁쌀 한 줌이 전부였고 솔잎가루와 물대

접뿐이었다. 화식(火食)을 한 흔적도 없었다.
 "박 처사! 이렇게 혼자 지내오셨구려."
 "전에 절에 있을 때는 시동이 하나 있었소만 두고 왔소이다. 데리고 와 봤댔자 배도 채워주지 못할 테니까요."
 "절에서 양식이 안 올라오는가 보구려."
 "절집 사람들 배 채우기도 근근하오."
 "허나 박 처사가 어디 그깟 양식조차 못 받을 처지요?"
 태을이 목소리를 높이자 박 처사가 무겁게 입을 열었다.

 지리산이 더럽혀지자 그곳을 떠나 곧장 유점사로 돌아와 보니 사정이 더 나빴다. 지리산처럼 어중이떠중이들이 들이닥쳤다면 차라리 나았다. 기가 막히게도 이 유서 깊은 절에 신사(神社)가 세워져 있었던 것이다. 신사 안에는 도요토미 히데요시(豊臣秀吉)를 비롯한 역대 천황들의 신위가 자리잡고 있었다.
 "아니, 주지스님, 이 무슨 작태요!"
 신사를 발견한 박 처사가 대뜸 침을 튀겼다. 법력이 높아서였다기보다 대중들 다스리는 재주가 있어서 가사를 물려받은 주지였다. 평소 맺고 끊는 데가 분명치 못하고 뒤가 무른 주지였다. 했으니 어떤 경위로 왜인들이 압박해오자 그걸 받아들이고 만 것이었다.
 "싫으면 그 편에서 떠나면 될 일, 이미 떠날 사람은 다 떠났소이다."
 주지의 말은 사실이었다. 좀 근기가 있다 싶었던 스님들은 다 떠나고 지금 남아 있는 스님들은 어디 가봤댔자 뾰족한 수도 없고 또 자리를 봐가며 머무를 만큼 불법에 미치지 못한 밥통들이었다.
 신사뿐만이 아니라 했다. 마하연에 있는 암자 하나에 기녀들 수명을 들여놓고 금강산 내외에 있는 절집 스님들의 회포를 풀어주기도 했다는 것이다. 지금도 철이 바뀔 때마다 그런 일을 계속한다는 거였다. 어디서 주관하는지 확실치는 않으나 왜인들의 소행임에는 틀림없다 했다. 순진한 스님들은 근기를 망치는 줄도 모르고 그 술책에 말려들었고, 때문에 1600년 쌓아온 진리의 불탑이 오늘에 이르러 허망하게 무너져버렸다는 것이다.

"이곳이라고 예외는 아니었구려."

"태을장, 초행길인 제자분과 동행도 있으니 내일 아침에 옥류동과 구룡폭포를 구경시켜 드립시다. 그런데 여러분이 드실 만한 게 없어서 그게 큰일이오."

박 처사는 벽에 달아매 놓은 주루막에서 복령을 꺼냈다. 죽을 쑤면 훌륭한 선식이 된다고 했다.

"그건 걱정 마시게. 우리가 만반의 준비를 해왔으니."

김 기사가 배낭을 열어서 쌀을 꺼내 밥을 짓고 말린 홍합과 미역으로 국을 끓였다. 박 처사는 복령으로 죽도 쑤었다. 아무것도 넣지 낳고 소금으로 간만 해서 먹어도 좋았다. 박 처사와 태을은 이밥을 먹고 득량과 김 기사는 별미로 복령죽을 먹었다. 서운한 듯하여 밥을 곁들이니 포만감이 들었다.

"늙은 우리는 속인이고 젊은 두 분은 신선이 됐소이다."

박 처사는 손바닥만한 토굴마당에 나와 성성이 돋아나는 별들을 보면서 말했다. 단전 깊숙이에서 울려나오는 목소리가 묘한 울림과 떨림을 동반했다. 득량과 김 기사는 금강산의 품에 깃들었다는 성취감과 내일 보게 될 옥류동, 구룡폭포에 대한 설렘으로 달떠 있었다.

태을과 박 처사는 민족의 앞날 걱정이었다.

"태을장, 내가 보여드릴 게 있어."

박 처사는 그을음이 시커먼 관솔불을 산방 벽 쪽으로 가져갔다. 벽에 드리워진 검은 휘장을 걷어내자 그 속에서 얇은 판목에 새긴 호랑이 조각상이 나왔다. 모양은 조선의 지도와 같았고 크기는 두 자가량 되어 보였다.

"지난해 여름 벽조목(霹棗木)에 새긴 거외다."

벽조목이란 벼락을 맞은 대추나무를 말한다. 벼락에 맞은 대추나무는 복숭아나구(霹桃木)와 더불어 잡구를 쫓고 재앙을 멀리하며 행운을 불러온다그 한다. 수백만 볼트의 전력을 지닌 벼락의 힘이 부정적인 것들을 죄다 태워버리고 길함을 가져온다는 것이다. 박 처사는 그 벽조목 호랑이 조각 앞에 무릎을 꿇었다. 한참 동안 기도를 올린 뒤, 물러나 앉았다.

"지리산 청학동을 나와 유점사에 오면서 이 나라의 혈맥이 무차별로 끊기는 걸 봤지요. 유점사에 당도해서 밤낮 기도를 했답니다. 다음날 아침부터 하늘이 어두워지면서 장대비가 쏟아졌답니다. 그러더니 점심 무렵 귀청을 찢는 벼락소리가 절집에 울리더군요. 혼비백산하여 바깥을 내다보지도 못하다가 비가 그친 다음에 봤더니 그 큰 대추나무가 완전 박살이 나버렸지 뭡니까? 그런데 꼭 이런 크기로 한 조각이 나왔어요. 나머지는 아주 몽글게 바순 것처럼 돼버렸고. 그걸 깎아서 호랑이 모양으로 다듬어놓고 이곳에 올라와 기도를 해오고 있소만, 너무 상처가 큰 이 광의 울음소리가 꿈자리에서도 그치질 않는다오."

신기한 일이었다. 어떻게 그 큰 벼락에 조선반도의 모양만 남았을까. 검게 탄 부분 부분이 호랑이의 털 무늬를 연상케 해서 더 그럴싸했다.

"박 처사, 박 처사의 기도로 끊긴 혈자리가 회복되었으면 좋겠구려. 내가 해야 할 일을 박 처사가 해주고 있었으니 너무 부끄럽소."

태을이 박 처사의 기다란 손을 잡았다.
"혈자리를 지키는 일이 어찌 태을장만의 몫이겠소이까? 난 이렇듯 소극적인 방법밖에 모르지만 태을장은 직접 혈자리를 찾아서 회복시킬 수 있질 않겠소? 지금 이 땅의 수많은 혈맥은 모두 잘리고 말았다고 봐도 허언이 아닐게요. 전라도와 경상도 충청도 일대가 가장 심하다고 보오. 하지만 그건 낙맥(洛脈)이오. 더 중요한 건 척추골에 해당하는 백두대간일 것이오. 지금 이 땅의 척추가 부러지기 일보 직전이라 할 만하오. 마구 파헤쳐 버렸기 때문이오. 위로 원산, 통천, 고성에서부터 아래로 간성, 속초, 낙산, 울진에 이르기까지 척추마디에 해당하는 혈자리에 깊은 상처를 내고 말았소. 그걸 태을장이 보면 밥맛을 잃고 말 것이오."
"그 말이 사실이라면 큰일이구려. 허리를 다치면 힘을 쓸 수가 없게 마련이오. 이 땅이 그토록 숱한 어려움에 처했다가도 능히 일어설 수 있었던 것은 다 척추의 힘이 받쳐주고 있었기 때문이오. 한데 그 척추골이 상했다면 이건 변고요. 언제라도 그 대가를 치르고야 말지."
태을은 자신의 허리에 통증을 느끼는 듯 미간을 좁혔다.
득량은 자신이 지금 풍수를 배우려고 이 땅을 유람하는 게 아니라는 생각이 들었다. 어디 가나 스승 태을은 민족의 장래에 대한 걱정과 근심을 잊지 않았다. 만나는 사람들마다 다 그랬다. 비단 살아 있는 사람들뿐만이 아니었다. 죽어 역사된 분들도 민족을 생각하고 있었다. 대왕암의 문무왕이 그랬고, 천옥에 갇혀 저물어갔던 북창 선생이 그랬으며, 적분에 누운 최영 장군, 그리고 여기 박 처사가 그랬다.
풍수란 어쩌면 민족신앙이랄 수 있었다. 개인의 복이나 가문의 영화만을 꾀하려는 건 지극히 얌체 같은 소행일 뿐이었다. 덩굴이 말라 비틀어지는데 곁가지 호박이 크게 열리기를 꿈꾸는 것처럼 어리석은 일도 없을 거였다.
 풍수에는 분명 부정적인 면이 없지 않았다. 그러나 그것은 커다란 줄기를 모르고 곁가지만 붙들고 있는 사람들의 경우일 뿐이었다. 같은 물도 소가 먹으면 우유가 되지만 독사가 먹게 되면 독이 되는 것과 다를 바가 없었다. 그렇다고 독을 만드는 독사가 먹지 못하도록 물 자체를 없애버릴 수는 없었다.

 옥류동은 인간의 경계가 아닌 선경이었다. 김 기사는 사진을 찍기에 바빴다. 장엄한 구룡폭포에 가서는 아예 사진 찍는 것조차 잊어버리고 매혹돼 버렸다. 다음날, 온정천 상류 만물상 코스에서는 더했다.
 "이대로 눈이 멀어도 더 보고 잡은 게 없겠구먼요. 작은 서방님, 고마워요. 저 같은 놈한티 이런 존 구경을 다 시켜주시고요."
 김 기사는 목이 메인 채로 연방 사진을 찍어댔다. 만물상을 배경으로 득량은 태을과 박 처사와 함께 사진을 박았다.
 일행은 온정리로 나와 석양을 등지며 고성 해금강에 당도했다. 푸른 동해바다가 넘실대는 정자에서 회 한 접시에 소주로 회포를 풀었다. 이른 새벽 해돋이는 장관이었다. 천하절경 금강산이 동해로 머리를 풀어헤치는 해금강에 찬란한 해가 솟았다. 나라를 빼앗기고 척추를 다쳤지만 태양은 구김살이 없었다.
 "태을장, 이제 언제 조 뵙겠소?"
 "허허허, 안 보면 또 어떻겠소. 어차피 돌아가면 볼 것을. 우리는 본래 만남도 이별도 없는 것 아니오."
 "자하도인(紫霞道人)은 뵙고 내려갈 테지요?"
 "그래야지요."
 "혹 도인께서 내 안부를 묻거든 이 땅의 허리가 잘릴까 두려워 이곳을 벗어나지 못한다고 일러주시오."
"도인도 대견하게 여기실 것이오."
 태을과 박 처사의 하직인사는 길지 않았다. 번거롭게 나눠본들 가슴만 더 쓰릴 거라는 것을 두 사람은 너무도 잘 알고 있었다. 득량에게는 자하도인 이야기가 심상치 않았다. 두 사람은 마치 자하도인을 뵙는 게 의무라도 되는 것처럼 말을 섞고 있었다.
"부지런히 배워야 하네."
 박 처사는 득량에게 그렇게 당부했다. 스승을 잘 모시라는 말은 없었다. 모시는 일보다는 배우는 일이 더 급하다는 것이었을까.

 차는 원산을 거쳐 묘향산으로 달렸다. 가을이 깊을 대로 깊어 있었다.
 묘향산은 서산대사가 임진왜란 때 승병을 일으킨 성지였다. 이 묘향산은 백두산의 생기를 이어받은 이 땅의 4대 명산 가운데 하나였다. 그러나 이중환은 《택리지》에서 명산의 의미를 다르게 파악하고 있었다. 경치보다 풍수적인 관점을 중시한 것으로 보이는데 무릇 산의 형세는 반드시 수려한 바위로 봉우리를 이루어야만 산이 빼어나고 물이 맑은 것이며, 또한 반드시 강과 바다가 교류하는 곳에 자리해야 큰 힘을 갖는다고 보았다. 그렇게 보자면 묘향산은 큰 힘을 갖지는 않는다는 것이었다. 하지만 묘향산은 금강산에 버금가는 빼어난 산이었다. 이 산의 유서 깊은 보현사에는 서산대사의 유품 가운데 금불상을 조각한 지팡이가 전해오고 있었다.
 태을은 한가롭게 경치를 구경할 처지가 아니었다. 그는 곧장 단군굴(檀君窟)이라고 불리는 석굴로 찾아갔다. 그곳에 또 한 사람의 산친구 편 대인이 있었다.

편 대인은 토중욕(土中浴)을 해오고 있는 수행자였다. 토중욕이란, 녹음 우거진 나무 그늘 아래 흙구덩이를 파고 맨몸으로 들어가 앉은 다음, 머리만 내놓고 온몸을 흙으로 덮은 채 하루 종일 보내는 것이었다. 반드시 푸른 잎이 무성한 나무 밑이라야 하고 맨몸이라야 효과가 크다. 이런 토중욕을 오랫동안 반복하면 땅과 나무의 생기를 그대로 얻을 수 있어서 잡병을 물리치고 회춘(回春)한다고 한다. 일종의 생기풍수(生氣風水)인 셈이었다.

그가 외진 곳으로 들어가 이 토중욕을 하고 있을 때, 몇 사람의 유람객들이 지나다가 기이한 광경을 보고 와서 물었다. 눈에 안 띄는 곳을 찾아 하고 있는데 그만 길을 잘못 든 사람에게 들켜버린 것이다.

우르르 몰려오는 일행을 보니, 코쟁이 양놈 몇에다가 조선인, 일본인 남녀가 두루 섞여 있었다. 어느 국제모임에서 온 유람객들인 모양이었다. 갑자기 코쟁이 사내가 뭐라고 혀 말린 소리를 해왔다. 단발머리를 한 조선인 신여슷이 통역했다.

"당신은 고행하는 수도승이오?"

"……."

편 대인은 못 들은 체했다. 이번에는 일본 여자가 관심을 보였다. 그녀는 쥐처럼 기다란 치아를 드러내며 뭐라고 지껄여댔다.

"인도도 아니고 조선에서 당신과 같이 괴상한 고행자는 처음 본답니다. 왜 이런 고행을 하는 건지 말해줄 수 있느냐고요."

조선인 여자가 통역했다. 오늘은 일진이 사나워 목욕 자리 하나 제대로 못 잡은 셈이었다.

"당신은 나이를 짐작할 수 없겠습니다. 세속 나이로 몇 살이나 되는지요?"

"먹지도 않고 땅강아지마냥 그렇게 흙 속에서만 지내시오?"

코쟁이의 계속된 물음이었다.
편 대인은 약이 올랐다. 잡종들이 다 몰려와서 따따부따하는 게 영 마뜩찮았다. 남이야 뭘 하든 오지랖 넓게 나설 건 없었다. 산구경 왔으면 산이나 구경할 일이지 목욕하는 노인을 당황케 하다니 무례하기 짝이 없었다. 편 대인은 꾀를 냈다. 이 잡종 무리들을 골려주자는 생각이 들었다. 지금 자신이 벌거벗고 속고쟁이 차림으로 들어앉아 목욕을 하고 있으리라고는 상상도 못할 바보들일 게 뻔했다.
"나는 지금 괴질에 걸렸다. 이 산 속에서만 발생하는 아직 밝혀지지 않은 풍토병인데 그 독성이 매우 강하다. 아무리 산 속이라지만 전염될 것 같아 일부러 몸을 흙 속에 묻고 지내는 중이다. 말하는 것도 위험하다. 공기로 전염을 시키기 때문이다. 이제 곧 용변을 봐야 할 시간인데 그러자면 부득이 흙 속에서 몸을 빼내야 한다. 그러면 병균이 뻗쳐서 당신들의 몸 속으로 들어가 병을 퍼뜨리고 말 것이다. 이건 정말 원치 않는 바다. 어서 똥이 빠져라고 뛰어 내려가라."
편 대인은 부러 몸을 들썩이며 흙구덩이에서 빠져나오려는 시늉을 했다. 조선인 여자가 재빨리 통역을 했고 잡종 무리는 정말 생똥이 빠져라고 내빼기 시작했다. 편 대인은 뒤에다 대고 가가대소했다.
토중욕을 하다가 담비떼를 만나서 곤혹을 치른 적은 있지만, 등산객들 때문에 성가신 적은 처음이었다.
토중욕을 하고 나면 나이로 인해 어쩔 수 없이 노쇠해진 몸이 생기를 되찾았다. 이런 토중욕은 봄부터 가을 초까지나 가능했지만 수목의 기운을 제대로 받자면 여름철이 적합했다.
그러나 이 토중욕이 전혀 문제가 없는 건 아니었다. 토중욕을 하고 나면 그늘이 돼주었던 그토록 짙푸르던 수목이 서서히 말라비틀어져 죽고 마는 것이었다. 그것은 몸에서 나온 강한 독기가 나무뿌리를 통해 들어가 끝내는 그 나무를 죽게 하기 때문이었다. 다른 한편으로는 나무의 진기를 사람의 몸에 모조리 빼앗겨 더 이상 섭생을 못하고 마는 것이었다.

기(氣)란 이처럼 무서운 것이었다. 특히 사람의 기는 더했다. 모든 생명은 살아생전 이 기싸움을 하고 있었다. 죽음이란 다른 게 아니었다. 그 기가 약해지거나 막히게 되면 죽는 것이었다. 그러나 죽었다고 해서 그 왕성하던 기가 완전히 소멸되는 건 아니었다. 뼈에 녹아 있던 기는 좋은 땅의 기운과 만나서 무한한 힘을 발휘하는 것이었다. 활동이 없기 때문에 그 기는 고스란히 동질의 기에 감응한다. 동질의 기란, 동기간의 기랄 수 있었다. 바로 이것을 이용하는 게 풍수였다.

남들이 모두 허황된 잡술이라고 일축해도 편 대인이 풍수를 인정하는 까닭이 이태서였다.

"애들아, 오늘은 떡을 하고 술을 걸러라."

이른 아침 약초를 캐러 깊은 골짜기로 들어가면서 편 대인은 두 명의 제자들에게 일렀다. 그의 어깨에는 닥나무 껍질로 엮은 망태가 메어져 있었다.

"아직 추석이 되려면 닷새나 남았습니다, 선생님."

두 제자는 어리둥절했다.

"이놈들아, 산에서 사는 풍수들에게 추석이 다 뭐냐? 어디 성묘 갈 데라도 있다더냐?"

편 대인이 꾸짖었다.

"그런데 대관절 떡과 술은 왜요?"

산삼과 귀한 약초를 잘 캐어 회천 약방에 내다 팔아서 그런 대로 살림을 꾸리는 처지지만 산 속의 살림이 넉넉할 리 없었다.

"그럼 수천 리 길을 오는 귀한 손님에게 거친 풀뿌리나 내밀라는 게냐?"

그서야 제자들은 단군굴을 찾아 올 손님이 있다는 걸 눈치 챘다. 편 대인이 산 속으로 사라지자 두 제자들은 귀한 쌀을 내어 물에 담갔다.

편 대인과 두 제자들은 절집에 사는 중들이 아니었다. 그렇다고 공부하는 유학자들도 아니었다. 그들은 신선이 되기 위해 수련을 쌓고 있는 사람들이었다. 약초를 캐어 단약(丹藥)을 만들고 대지의 기를 호흡하여 장생불사하고자 했다. 선가(仙家)의 사람들의 꿈은 물외(物外)에서 천수를 향유하며 평화로운 삶을 추구하는 것이었다. 극락왕생을 꿈꾸는 불가(佛家)와는 그 점이 달랐다. 물론 속세에서 입신양명에 목적을 둔 유가(儒家)와도 달랐다. 영원한 은자의 길을 걷는 것이야말로 선가의 즐거움이었다. 단군이 나중 산에 들어가 신선이 되었다는 건 익히 알려진 이야기였다. 이들이 단군굴과 그 옆에 초막을 짓고 사는 것도 단군을 닮고자 하는 소망이랄 수 있었다.

득량 일행이 당도했을 때, 머리를 치렁치렁 늘어뜨린 두 젊은이는 따끈따끈한 떡과 술을 바로 대접할 수 있었다. 과연 그들의 스승 편 대인의 영감은 놀라웠다. 태을은 조용히 웃었고 득량과 김 기사는 어리둥절했다.

"저희 스승님께서는 오늘 손님들이 오실 줄 아셨습니다."

편 대인은 정오가 지나고 늦은 하오가 돼서야 돌아왔다. 삼단 같은 머리를 이마께에서 흰 띠로 묶고 있었다. 복장은 굵은 베옷이었고 행전도 거칠었다.

"그새 혈색이 더 좋아지셨소이다."

태을이 말했다.

"소원대로 제자를 됐는데 태을장은 웬 시름이 그리 가득하신가?"

편 대인이 득량과 태을을 번갈아 보며 말했다. 태을의 안색이 어둡다는 건 득량도 눈치 채고 있었다. 지난 겨울 장정을 떠나기 전부터 그랬었다. 다마 마이산 금당사에서 왜놈들이 쇠말뚝을 박는다는 소식을 접하면서부터였을 것이다. 스승 태을은 미소를 잃고 있었다. 경상도 명당순례를 해오면서도 그랬다.

"대인을 만나 뵈니 투정이라도 부리고 싶어지는군요. 전 이렇게 만나 뵐 수 있을지 어떨지 확신이 서지 않았소이다."

"허허, 능청은. 내가 없다는 걸 알았다면 예까지 올 위인이 아니지."

득량은 경탄을 금치 못했다. 허투루 신선 수련을 하는 게 아니었다. 전에 기약이 있었던 것도 아닌데 이 깊은 산중에 사는 사람이 어떻게 손님이 찾아온다는 걸 알았던 걸까. 천문(天文)이라도 본다는 것인가. 스승 태을이 만나온 산인(山人)들은 하나같이 웬만큼 경지에 간 사람들이었다. 그저 시늉이나 하고 있는 얼치기 도인들이 아니었다.

초막에서 추석을 나고 묘향산을 내려왔다.

"자하도인을 뵙는 게 도리겠지?"

"가시는 길을 밝혀드려야지요."

편 대인의 물음과 스승 태을의 답변이 의미심장했다. 득량은 비로소 전부터 스승 태을이 걸음을 서두른 까닭을 알 것 같았다. 그것은 백두산 등반을 위해서이기도 했지만 자하도인 때문이기도 했다. 고성에서 하직한 탁 처사가 자하도인을 못 찾아뵙는 걸 마음에 걸려 하던 이유도 다 같은 맥락이었다.

편 대인은 괴나리봇짐을 짊어지고 동행했다. 그리하여 산에 오를 때 셋이던 일행이 내려올 때는 넷이 되었다.

"편 대인, 우리가 자동차를 가지고 있으니까 백두산까지는 힘들더라도 강계와 만포를 거쳐 압록강변 집안을 가보고 싶군요. 우리 우규 선생에게 광개토대왕 비석이라도 보여주려고요."
"그야 뭐 어렵겠나. 시간이 촉박하긴 하지만 잘만 하면 백두산도 가볼 수 있겠으나 이미 눈이 내려서 어려울 것일세."
사실 묘향산을 포기하고라도 백두산에 올랐어야 했다. 서두르고 서둘렀건만 이미 계절을 놓치고 말았다. 백두산은 만년설 때문에 여름철이 아니면 여간해서 오르지 못했다.
"우규 선생이나 김 기사에게는 슬픈 소식이네. 이 땅 만산의 조종인 백두산을 지척에 두고도 못 올라보다니. 나중 기회가 닿으면 꼭 올라보시게."

미인이 많이 난다는 강계의 지세를 보고 곧장 국경의 도시 만포로 올라갔다. 압록강을 건너기 위해 수속을 밟고 차까지 배에 올랐다. 도강하는 사람들은 대개가 보따리를 이고 짊어진 이민자들이었다. 중국인들이 더러 섞여 있었지만 거의 조선인들이었다.
"강 건너면 기름 넣을 데가 없을지도 모르니 가득 채우고 여분으로 더 싣고 가요."
"알았어요, 작은 서방님."
"강 건너가 바로 집안이어서 많이 달리지는 않아. 그래도 대비해 가는 게 좋겠네. 수많은 독립지사들이 이 배를 타고 강을 건넜겠지만 우리처럼 차를 가지고 건넌 분들은 없었을 것이네. 우규 선생 덕에 만주 대륙을 자동차를 타고 달려보는 호사를 누리게 생겼어."
태을은 처음으로 감사의 말을 전했다.
"호강은 지가 하는구먼요."
김 기사가 나섰다.

고구려의 초창기 유리왕 때부터 광개토대왕 때까지 수도였던 집안에 진입했다. 국내성 성벽이 어지럽게 헐리고 사람들은 그 돌들을 가져다가 집을 짓고 있었다. 동산처럼 우람하고 즐비한 고총들은 일본인들과 약삭빠른 중국인들에 의해 도굴되고 연도(埏道) 입구가 엉성한 철제문으로 닫혀 있었다. 관리인도 없었고 마음만 먹으면 누구나 들어가서 벽화들을 떼어갈 수도 있었다. 그렇거니 웅혼(雄渾)한 고구려의 유적들은 지천으로 널려 있었다. 환도산성 아래 즐비한 고총들과 거대한 피라미드형의 장군총, 높이가 5m가 넘는 광개토대왕비(廣開土大王碑)는 고구려인들의 기상을 대변했다.

"고구려인들은 드넓은 만주벌판을 지배했는데 어쩌다 우리 후손들은 나라를 일본에 빼앗긴 걸까요."

"우리가 못나서라고 말할 수는 없어. 이 우주에서 영원한 패자는 있을 수 있지만 영원한 강자는 없지. 우리가 멸망하는 족속이 아니라면 힘을 기르며 기다리다 보면 언젠가 또 떨쳐 일어서는 날이 와요."

비석을 쓰다듬으며 굳는 득량에게 편 대인이 일렀다.

"하지만 멸당 직전까지 시련을 당해야 할 겁니다. 고구려 시절처럼 만주를 지배할 날은 아직도 멀었지요."

태을이 눈을 지그리며 장군총과 광개토왕비를 품고 있는 용산(龍山)을 휘돌아보았다. 기맥이 우선(右旋)으로 힘차게 뻗어 감돌아 내린 터였다.

득량은 다소 부정적인 생각을 달렸다.

지금 반도도 지켜내지 못하고 일본에 빼앗겨 신음하고 있는 판에 이 만주벌판을 무슨 수로 회복하랴. 조선인들이 옛 조상들의 숨결이 스며 있는 터에 숨어들어와 능사나 일구며 살아가는 것만으로도 고마운 일이었다. 서간도와 북간도 일대에 건너온 조선인들이 수만 명이었다.

이곳은 그리운 터다.

조상들의 말발굽 소리가 묻어있는 현장이다. 고구려가 멸망하고 천년이 넘도록 중국인들이 지배해온 중국의 강토다. 역사는 돌고 돈다지만 천 년 전의 역사를 들먹이며 소유권을 주장할 수는 없다는 게 법학도 정득량의 해석이었다. 하지만 편 대인과 스승 진태을, 자연인으로서의 정득량의 생각은 좀 달랐다. 잊지 않고 노려보고 있다 보면 기회가 온다는 거였다.

석양이 졌다.

만주벌판 지평선 너머로 핏빛 노을을 뿌리며 태양이 잠들었다. 광개토대왕비는 대륙에 이상국가를 만들고자 했던 하늘의 자손들의 사상과 역사를 돌에 새겨놓았다. 대왕은 영락(永樂)이라는 연호를 썼다. 영원한 낙원을 꿈꾼 제왕의 나라에 그 후예들이 건너와 국경의 한을 달랜다.

대륙은 늘 그 자리에 있다.

사람들은 금을 긋고 경계선을 만들어 국경을 정하지만 그들이 만든 나라는 천 년을 넘기기 어렵다. 때문에 대륙의 영원한 주인은 없다. 작은 나라 적은 백성으로 이상향을 만들 수 있다지만 지평선을 품은 대륙을 가져본 이들은 대륙의 꿈을 기억한다. 곤륜산의 맥이 동쪽 끝까지 치달려 천 년의 잠에 빠져 있지만 언젠가는 떨쳐 일어나 대륙을 호령하리라 믿고 있다.

17
스승을 길에 묻고

무덤이 하는 말

그를 만나야 한다. 이제 시간은 정말 많지 않았다. 그를 만나서 이 땅의 불확실한 미래를 물어야 한다. 태을은 마음이 급했다.

네 사람은 평양을 향해 달렸다. 대동강변의 순천 고을에 다다르자 온 마을이 떠들썩했다. 요기를 하고 갈까 해서 차에서 내린 득량은 스승 태을과 편 대인을 대신해서 행인에게 물었다.

"마을에 무슨 일이 있습니까?"

"평양에서 유명한 황 풍수가 안 왔겠슴메. 병도 편작같이 잘 나순다 오."

이빨이 모조리 빠진 학죽이 촌로가 입을 옴찔거리며 말했다.

"풍수라고요?"

득량이 놀라서 되물었다.

"그렇다니깐두루."

촌로는 싸게 걸어서 어느 기와집으로 들어갔다. 길거리로 나온 사람들도 모두 그 집으로 몰리는 풍경이었다.

"선생님, 온 마을이 이렇게 들썩대는 걸 보니 대단한 풍수인 모양입니다. 들어가서 잠시…."

"허비할 시간이 없네."

역시 태을은 별 관심이 없었다. 온 마을이 떠들썩하게 하면서 하는 풍수쟁이질이라면 안 봐도 뻔했다. 진짜 풍수는 매사를 조용히 처리하는 법이었다.

"태을장, 숨도 돌릴 겸 한 번 들어가 보세나."

편 대인이 제때에 거들어 주었다. 정히 흥미가 생겨서라기보다는 득량의 호기심을 가상히 여겼기 때문이었다. 편 대인이 앞장서서 기와집으로 들어섰다.

마당에는 마을사람들로 북적댔다. 그야말로 송곳 하나 꽂을 데가 없을 정도였다. 아직 젊은 사내 하나가 마루 위에 앉아서 환자들을 보고 있었다. 평양에서 왔다는 유명한 풍수이자 의원인 모양이었다. 세 사람은 마을사람들 틈에 끼어서 잠자코 구경했다.

"쯧쯧, 젊은 아낙이 몸이 이래서야 쓰겠소. 맥노는 게 팔십 먹은 노인네 같소 그려."

새파란 황 풍수라는 이가 젊은 아낙의 팔목을 붙잡고 앉아서 우렁우렁한 목소리로 말했다. 어찌나 크게 말하던지 넓은 마당에 서 있는 사람들이 다 듣고도 남아 담 밖으로 넘쳤다. 아주 호방한 성격의 사내였다.

"워낙 못 먹어서 안 그렇습메? 어려서 클 때는 양식이 없어서 흙떡까지 안 해 먹었것소."

아낙이 얼굴에 홍조를 띠면서 나부댔다.

 깨끗하다고 모래를 먹은 사람은 죽었어도 흙을 먹은 사람은 살았다는 말이 있었다. 나라님도 어쩌지 못하는 대흉 때 생겨난 말이었다. 정말 흙떡을 먹고 큰 사람이 여기에 있었다.

 "그려, 내가 아는구먼. 저 사람 참 고상 많이 했네. 술지게미, 쌀겨가루 얻어다 먹고 큰 사람이란 말이지. 저승 사잣밥은 고급이었어."

 마당에 서 있던 사람 가운데서 노파 하나가 따따부따했다. 거지 딸네라도 된다는 말이었다. 듣고 있던 사람들이 고개를 끄덕였다.

 "여기 있는 사람 중에서 배 안 곯고 큰 사람 손 들어보쇼! 다 그렇게 살아온 세월이야 뭘. 내도 송기떡, 흙떡 배가 뒤틀리게 먹어봤어."

 어디에선가 사내의 볼멘소리도 터졌다.

 그때 마루 위에서 조용히 하라는 소리가 나왔다. 풍수가 데리고 다니는 짐꾼이었다.

 "하여튼 부인, 몸을 보하시오."

 "누가 보하고 싶지 않아서 보 안 한답네까? 없는 살림에 뭘로 보를 허겻소. 똥 밑 닦는 일도 드문 판에."

 아낙이 오리주둥이가 되어 비꼬자 마당에서는 폭소가 터졌다. 아낙이 이렇게 나온 데는 제 딴에 다행이다 싶어서 해본 농담이었다. 몸을 보하란 말은 달리 병이 없다는 말이기도 했던 것이다.

 "허허, 그 여자, 몰래 먹으라니까 적다고 아우성일세. 꼭 돈 있어야만 보하나? 저 부지런하면 지천에 깔린 게 보약인데. 창출이네 엉겅퀴네 부지런히 캐다가 푹 고아 마시면 다 보약이오. 다음 분!"

 황 풍수가 입매로 비웃음을 흘렸다. 볼일 더 없으니 어서 마루에서 엉덩짝을 내리라는 독촉이었다. 말마따나 똥 누는 일도 드물 만큼 가난한 치 더 붙들고 있어봤자 나올 게 한숨 외에 아무것도 없었다.

이번에 올라온 환자는 머리가 아프다는 중년여인이었다. 차림새가
제법 호화로웠다. 쌀가마니나 쌓아놓고 사는 집 여편네 같았다.
"꼭 맷돌을 이고 있는 것 같구면요. 머리가 멍하니 무겁고 윙 하는
소리가 들리면 어지러워서 아무것도 할 맛이 안 납네다."
부인이 두 손으로 머리를 감싸 쥐며 고통을 호소해왔다. 그러자 황
풍수가 손을 가져가 정수리를 만져쌓고 눈을 까뒤집어보고 야단이었
다. 그러다가 이내 손을 떼고는 입을 열었다.
"바람이오."
"예?"
"바람이란 말이오."
"그래요. 나도 바람이 들었다고 생각은 했었습네다. 시방은 괜찮지
만 좀 있다 찬바람이 나면 머리가 더 무겁고 귀까지 잘 안 들립메."
부인이 신바람이 나서 침을 튀겼다. 허물은 감추고 병은 자랑하라
더니 오늘에야 연대 맞은 의원을 만났다는 투였다.
"백 가지 약이 다 필요 없겠소!"
황 풍수가 무 자르듯 내뱉었다.
"맞소. 별 약을 다 써봤지만 말짱 도루묵이었지요. 산초지름으로 빈
대떡을 부쳐서 뜨거울 때 그걸 뒤집어쓰고 지지라고 해서 그랬지 않았
겠습네까? 돌팔이 말 들었다가 정수리에 머리칼만 다 잃었단 말입네
다. 여기 보쇼."
부인이 머리를 숙여 들이밀며 한 손으로 정수리를 파헤쳤다. 과연
벌건 정수리가 그대로 드러났다. 머리칼을 넘겨서 낭자를 하고 있었기
때문에 잘 드러나 보이지 않았을 뿐이었다. 여자들은 대머리가 없는데
사정이 달랐다.
"약은 딱 한가지요."

황 풍수가 내친 김에 초를 치고 나왔다.

"뭡네까? 선상님!"

부인이 눈을 크게 떴다. 그녀는 엉덩이를 들썩거리며 황 풍수 앞으로 바투 다가왔다.

"묘를 옮겨 써보시오!"

드디어 황 풍수의 입에서 나온 말이었다.

이장하라는 말에 득량은 눈이 번쩍 뜨였다. 그는 좌우 두 선생님의 표정을 살폈다. 두 사람은 아무렇지도 않게 마루 위로 시선을 널어놓고 있었다.

"어떤 묘가 탈이 났을 것 같습네까?"

부인의 말투로 봐서 이장이라도 불사하겠다는 눈치였다.

"그건 이따 저녁에 찾아가서 일러드리겠소. 집이나 일러주시오."

부인이 골목이며 가죽나무, 탱자나무 울타리를 대며 자기 집을 일러주었다. 여자는 저녁에 들르라는 말을 남기고 마루에서 내려갔다. 식구들에게 알릴 셈인지 곧장 대문 밖으로 치맛자락을 감췄다.

다음에 올라온 사람은 열댓 살 되어 보이는 사내아이와 족제비 입을 한 할멈이었다. 할멈의 설명에 따르면 손자는 무서움을 몹시 타는 아이였다. 크디른 것이 밤만 되면 마루에도 나오지 못한다는 것이며 대낮에도 혼자 있질 못한다는 거였다. 걸핏하면 놀라 경기(驚氣)가 심하다 했다.

황 풍수의 진단이 궁금했다. 그러나 놀랍게도 황 풍수는 아주 간단한 방법을 쓰고 있었다. 네모진 가죽가방을 열치더니 그곳에서 종이뭉치를 꺼냈다. 노란 그 종이들은 손바닥만하게 잘려져 있었다. 옆에서 짐꾼 사내가 기다렸다는 듯이 경면주사를 물에 풀어 매매 갈기 시작했다. 경면주사가 다 풀어지자, 황 풍수가 붓을 들었다. 그리하여 즉석에서 한 장의 부적이 그려졌다.
"1원을 내시오. 귀신을 쫓는 항마부적이오."
얼떨결에 부적을 건네받은 할멈이 주저하는 빛을 보였다.
"그리 큰돈은 없음메."
할멈은 슬그머니 부적을 내려놓았다. 손자를 생각해서는 당장 사들여야 할 부적이었지만 1원이라는 돈은 할멈에게 큰돈이었다. 차라리 불공드리러 다니는 절에 가서 스님에게 공짜 부적을 써오는 편이 나았지 싶었다.
곤란해진 쪽은 오히려 황 풍수였다. 그는 잠시 뜸을 들였다. 마당을 휘둘러보면서 뭔가 생각하는 눈치였다.
"할멈?"
황 풍수가 은근한 어조로 불렀다.
"예, 선상님."
할멈이 앉은 자세로 굽실거렸다. 어쨌든지 잘 봐달라는 자세였다. 손자를 생각하는 노인의 마음이 비굴함마저 잊고 있었다.
"그냥 가져가시오. 형편이 되는 대로 쌀 한 되나 가져올 수 있으면 더 좋고, 그도 저도 없으면 어쩌겠소. 우리도 굶고 살 수는 없지만 적선하는 수밖에. 적선지가(積善之家)에 필유여경(必有餘慶)이랬지 않았소이까. 허허허허."
황 풍수가 떨떠름한 빛을 감추며 너털웃음을 터뜨렸다. 득량이 봐도 허세가 섞인 웃음이었다. 마당에 앉거나 서 있던 사람들이 놀라고 있었다. 참, 고마운 사람도 다 보겠다는 중론들이었다.
"선생님, 아무래도 반풍수인 것 같습니다."
사람들이 웅성거리는 틈에 득량이 조그맣게 말했다.
"그만 가십시다."

태을이 득량의 말에는 대꾸도 하지 않고 편 대인에게 말했다. 세 사람은 기와집 마당을 나와 차가 대기하고 있는 곳과 정반대 쪽 골목길로 접어들었다.

"선생님, 어디로 가시려고요?"

"아까 그 부인네 집에서 묵어가세. 큰 공부거리가 생긴 거 같으니. 안 그렇습니까, 대인어른?"

"나야 풍수가 뭔지 아나?"

그들은 가죽나무가 있는 돌담을 지나 탱자나무 울타리 집으로 들어갔다. 기와집은 아니었지만 좋은 재목으로 반듯하게 세운 초가집이었다. 마당도 넓고 행랑채며 광까지 딸려 있는 걸 보니 제법 산다 하는 집이었다.

"계시오!"

태을이 점잖은 거동으로 싸리문 앞에 섰다. 누가 봐도 양반의 풍모를 하고 있는 노익장이었다.

"뉘쇼?"

아까 그 부인이 부엌에서 일하다 말고 나왔다. 벌써 먹을거리를 준비하고 있는 것 같았다. 이따 저녁에 들르겠다는 황 풍수를 접대하기 위한 거라는 건 묻지 않아도 알 수 있었다.

"지리공부를 하는 나그네들이오. 평양 가는 길에 마침 이 마을을 지나게 되어 이렇게 들렀소이다. 주인장이 계시면 담소나 좀 나누다가 갈까 하오만."

태을이 말을 마치기도 전에 안방 문이 열리면서 건장해 보이는 사내가 마루로 나왔다. 바깥주인으로 보이는 사내였다. 사내는 대문 안에 서 있는 세 사람의 행색을 뜯어보았다. 그러더니 마당으로 내려오며 말했다.

"여보 마누라, 사랑방으로 주안상을 봐 오시오."

사내는 일행을 사랑방으로 이끌었다. 열녁 자 장방형의 커다란 방이었다. 방에 들어와 앉으면서 득량은 스승 태을의 언행에 다소 의아한 마음을 품었다. 지난 겨울부터 이 날까지 그림자처럼 따라 다녀왔지만 스스로 지리공부를 하는 사람임을 밝힌 적은 없었다. 말 한마디 허투루 하는 스승이 아니었다. 스승 태을이 초장부터 이렇게 나온 데에는 분명 까닭이 있었다.

"이 촌것은 일자 무식꾼입네다. 돌아가신 선친께서는 학식이 높았고 산을 좋아하셨지요. 거기 저 책보따리가 선친이 보시던 산서들이오. 누가 볼 사람이 없어서 묵혀두고 있지요."

해주 오씨라는 주인 사내가 겸손하게 말했다. 농사짓는 사람치고는 그렇게 무지렁이로 보이지 않았다. 그가 가리킨 선반 위에 제법 큼직한 책보따리가 올려져 있었다. 사랑방에 놓아둔 걸 보니 이 사내는 산서에 별반 관심이 없는 듯했다.

"좀 보아도 되겠습니까?"

태을이 물었다.

"얼마든지 보시고 필요하면 가져가시오. 물건에는 저마다 주인이 있는 것 아니겠소?"

웅숭깊은 심성의 소유자만이 할 수 있는 언행이었다. 득량이 일어나서 선반 위의 책보따리를 내렸다. 스승 태을 앞에서 보자기를 풀었다. 보자기 속에서 웅크리고 있던 퀴퀴한 냄새가 일어섰다. 태을이 그 책들을 한 권 한 권 덜어서 제목을 살펴봤다. 《명심보감》이었다. 그 다음에는 《청오경》, 《금낭경》, 《명산론》, 《호순신》, 《인자수지》, 《설심부》, 《탁옥부》 등이 나왔고 《주역》도 있었다. 지리를 꽤 깊이 공부한 편력들이었다.

"선친께서는 저더러 늘 명심보감을 외우도록 하셨지요. 세상에 좋은 말씀이 아무리 쌔고 쨌어도 명심보감을 따라올 게 없답디다."

오가가 말했다. 주인 오가의 선친 되는 이는 산공부하는 자세가 돼 있던 사람이었을 거라는 생각이 들었다. 모든 건 다 마음씀씀이에 달려 있었다. 아무리 뛰어난 법술을 지녔대도 마음을 비뚤게 쓰면 재앙을 불러오고야 마는 게 세상 이치였다.

"하면 선대인께서는 풍수를 지내셨소?"

편 대인이 물었다.

"아닙네다. 전답 좀 있는 걸 부치면서 일생을 농사꾼으로 사셨지요. 가까운 사람이 청을 해도 절대 묏자리 잡아주는 법이 없었습네다. 평생 공부해서서 당신 혼자 들어갈 집 하나 보시고 마셨답네다."

"사는 것 같이 살다가신 분이로군요."

태을이 조용히 읊조렸다. 그는 많은 생각을 하고 있었다. 풍수쟁이로 한평생을 살아오면서 본의 아니게 잘잘못을 숱하게 저지른 태을이었다. 난다 긴다 하는 재주가 있더라도 역시 사람이 하는 일이라 실수가 없을 수는 없었다.

태을도 수차례 헛것을 본 이력이 있었다. 화살에 맞아 죽은 닭 모양의 자리를 금계포란형이라고 봤던 적이 있었고, 죽어 널브러진 뱀 모양의 자리를 쌍룡농주형(雙龍弄珠形, 두 마리의 용이 서로 여의주를 물려고 다투는 모양) 대길지라고 잘못 본 적도 있었다.

세상일이 다 그렇듯 당시에는 자신이 옳게 보았다고 스스로 쾌재를 불렀었다. 그러나 세월이 흐른 뒤, 다시 그 자리에 가볼 기회가 있어서 살펴보니 얼토당토않았던 것이다. 태을은 너무 부끄러워 사연도 말하지 못하고서 다시 이장할 곳을 일러주었다. 그리고는 이제 다시 남의 묏자리 따윈 잡아주지 않겠다고 맹세하곤 했다. 실제로 태을은 여간해서 자리를 잡지 않았다. 피치 못할 사정이 있을 때나 묘에 이상이 있을 때만 나섰다. 그것은 최소한의 덕 쌓기였다. 그러나 그 덕 쌓기가 세상을 얼마나 밝게 할 것인가.

오가의 선친은 그걸 체득하고 있던 분이었다. 부지런히 농사지어 식구들을 먹여 살리면서 틈나는 대로 산서를 본 어진 농부였다. 뭘 안다고 남 앞에 나서지도 않았다. 오직 자신이 돌아갈 유택만 찾아 들어갔을 뿐이었다. 했으니 적어도 남에게 폐단을 일으키지는 않았다. 제 잘난 맛에 함부로 나서다가 남의 신세 조지는 게 반풍수였다. 선무당이 사람 잡고 반풍수가 집안 망친다는 말은 빈말이 아니었다.

"선친이 늘 하시던 말씀에, 길지라는 것이 후손만 끊이지 않고 밥술이나 뜨면 된다셨슴메."

오가가 우직해 보이는 표정으로 선친의 말을 옮겼다.

"신선이 여기에 머물다 가셨구먼."

편 대인이 오가의 선친을 일러 신선이라 추켜세웠다. 산 속에서만 산다고 신선이 아니었다. 단약을 지어먹고 수련을 한다고 신선이 되는 것도 아니었다. 산 속에서 수련을 하는 까닭은 산의 정기를 받고자 함도 있지만 보고 듣고 느끼는 유혹들을 뿌리치려는 뜻도 있었다. 세속에 살면서도 그런 욕망을 허허롭게 가지쳐낼 수만 있다면 굳이 산 속에 들어갈 필요가 없었다.

그때 술상이 들어왔다. 언제 해두었던지 푸짐한 두부찌개가 올라와 있었다. 술은 농주였다. 네 사람은 주인과 객, 위와 아래를 따지지 않고 한 술상에서 어우러졌다. 한참 취기가 오를 때 저녁상이 들어왔으므로 모두들 밥은 뜨는 둥 마는 둥이었다. 밥상이 물려지고 술상만 남았다.

"계시오?"

밖에서 들려오는 우렁우렁한 목소리였다. 그 황 풍수라는 사람이 드디어 온 듯했다.

"예, 어서 오시오. 저녁은 어떻게?"

부인이 황 풍수를 반갑게 맞아들였다.

"기와집에서 들었소. 워낙 바빠서⋯."

"여기 봐요! 아까 말씀드린 선상님이 오셨어라."

부인이 사랑방 문 앞에 와서 주인양반을 불렀다.

"손님이 있는 것 같은데⋯."

황 풍수가 주저하고 있었다. 그러면서도 집 안을 둘러보고 있었다. 생활이 어떤가 알아보는 것이었다.

"들어오소. 다 알 만한 사람들이니 오히려 잘 됐지 않겠슴둥?"

오가가 마당에 서 있는 황 풍수와 방안을 번갈아 보면서 양편의 의사를 물었다. 묻기야 했지만 이미 합석시키겠다는 뜻이 농후했다. 방안에 든 세 사람이야 진작부터 기다리고 있던 참이었다. 이 집에 먼저 온 까닭이 다른 이 아닌 황 풍수를 만나고 싶어서였던 것이다. 셋은 고개를 끄덕였다.

"크음―. 그럼 실례하겠소이다."

썩 내키지는 않았지만 주인 뜻에 따를 수밖에 없는 황 풍수였다. 풍채 좋은 그는 당당한 몸짓으로 들어섰다.

곧 인사가 나눠졌다.

"하면 세 분 모두 풍수지리를 공부하신 분들이오?"

황 풍수가 다소 놀란 어조로 물었다.

"아, 아니외다. 우리야 그저 산에서 허송세월로 늙어버린 번데기들이고 이 젊은이가 조금 아는 정도지요. 이제 입문했으니 어린애지만 말이오."

태을이 연막을 쳤다. 그러면서 득량을 전면에 내세웠기 때문에 득량은 불 맞은 것처럼 얼굴이 달아올랐다.

"주인장, 손님들도 있고 하니 각설하겠소. 아까 부인의 머리를 진찰해봤더니 묏바람이었소. 짐작가는 자리라도 있소?"

황 풍수가 딱 부러지게 말했다. 세 사람은 너무 의식하지 않아도 되겠다는 눈치였다. 태을의 변죽이 먹혀든 셈이었다.

"마누라한테 얘기 들었습네다. 여태 쭉 일 없었는데 어떤 묘가 탈났을까 모르겠슴메."

오가가 근심 어린 얼굴빛을 했다. 10년 전, 선친이 돌아가신 뒤로는 묏자리에 관한 일은 잊고 지내왔었다. 집안 묏자리에 만전을 기하시고 가신 선친의 음덕이었다. 그런데 문제는 마누라의 병이었다. 백약이 무효였던 것이다. 모르는 게 땅속 사정이 아니겠는가.

"대개는 가장 최근에 썼거나 이장한 묘가 탈나게 마련이오."

황 풍수가 말했다. 태을 일행은 꿔다 놓은 보릿자루 모양으로 침묵을 지켰다.

"그럼 아무래도 선친 묘가…."

"얼마나 먼 데 있소?"

"아닙네다. 마을 뒷산인데요, 뭘."

"내일 한 번 가보십시다. 부인의 병을 고칠 의향이 있다면 말이오."

황 풍수가 바짝 조여들어 왔다.

"물론입네다."

오가는 흔쾌히 대답했다.

"그럼 내일 아침에 오겠소. 편히들 쉬시오."

황 풍수는 커다란 몸을 일으켜 성큼성큼 밖으로 나갔다. 태을은 수염을 쓸어내리다가 앉은 채로 고개를 숙여 보였다. 편 대인은 눈인사

정도로 그쳤다. 득량만이 일어나서 마루까지 나와 예를 갖췄다.
"살펴 가시지요, 어르신. 내일 아침 산공부 좀 배웠으면 합니다요."
득량의 인사는 깍듯했다. 방 안에 거드름 피우고 앉아 있는 두 노익장들이나 몸을 빼내 예를 갖추는 득량이나 호락호락한 사람들은 아니었다. 오히려 득량의 능청은 더 고단수였다.
"오 생원, 내일 아침 이 젊은이를 함께 대동하고 가시오. 저 선반 위에 올려진 산서 정드는 줄줄 꿰고 있는 실력자요. 데리고 가시면 손해될 건 없을 게요."
오가가 들어와 앉자마자 태을이 주문을 하고 나왔다. 득량이 짐작한 대로 스승 태을은 자신과 황 풍수를 대결시키려 하고 있었다.
"좋습네다. 저도 선친 묏자리에 대해서는 달리 생각하는 바가 있어요. 일러주고 가신 말씀도 있고 말입네다."
오가는 편히 쉬라는 말을 남기고 안방으로 건너갔다. 오가는 생각했던 대로 어리석은 촌무지렁이가 아니었다. 아들은 아버지의 그림자라는 말이 있었다. 아버지가 세상을 알고 간 사람이었다면 그 아들도 허투루 세상을 살고 있지는 않을 터였다.
김 기사는 먼저 떨어졌고 세 사람은 밤늦도록 이 얘기 저 얘기를 나누다가 잠들었다.

황 풍수는 식전에 불려 왔고 함께 조반을 먹었다.
"그럼 어서 가봅시다."
황 풍수가 서둘렀다. 그리하여 득량은 황 풍수와 함께 주인 오가를 따라 나섰다. 김 기사가 동행했을 뿐 태을과 편 대인은 사랑방에 남았다.
묘는 한 마장이나 걸었을까 싶었을 때 나타났다. 산자락이 양편으로 갈라져 내려오는 사이에 쓴 산소였다.
 황 풍수가 묘 앞에 서서 사방을 둘러보았다. 득량도 깜냥대로 지세를 살폈다. 득량은 실망을 금치 못했다. 한평생 산서를 읽으며 썼다는 자리가 이렇게 별 볼일 없다니 산공부의 허망함을 알 것만 같았다. 이 자리는 절대 명당일 수가 없었다. 아무것도 제대로 갖춰지지 않은 팔풍(八風) 바지나 다름없었다. 산은 등졌고 물은 빗나갔다. 산서를 읽었다는 이가 왜 이런 자리에 자신을 묻게 했던 것인지 이해가 되지 않았다.
 마침내 황 풍수도 지세보기를 끝낸 모양이었다. 그는 우두커니 서서 고개를 절레절레 흔들었다. 그 역시 좋지 않은 자리로 결론을 내린 듯했다.
 "이랬으니, 부인이 병을 얻을밖에."
 뭔가 단단히 잘못됐다는 뜻이었다.
 "탈이라도 났습네까?"
 오가가 물었다.
 "여기는 부장지요."
 황 풍수가 잘라 말했다.
 "부장지라면 묘를 못 쓰는 자리라는 말씀 아닙네까?"
 문자 좀 아는 오가가 반문했다.
 "이런 자리는 눈 못 뜬 봉사나 잡을 엉뚱한 자리요. 차라리 눈 감고 돌을 던져서 그 돌이 떨어지는 데다 쓰는 게 낫겠소."
 황 풍수의 그 말은 틀리지 않았다. 황 풍수는 이 묘에 누운 사람이 생전에 부지런히 산서를 읽었다는 사실을 모르고 있었다.
 "저도 같은 생각입니다, 오 생원. 애초 묏자리가 아닌 데에다 묘를 쓰셨던 것 같습니다. 이런 자리는 만약 관직에 있는 사람이 썼다면 퇴

관 실직할 곳, 흉지입니다."

득량도 속에 고인 말을 흘렸다.

"허흠!"

황 풍수의 거드름 섞인 기침이 터져 나온 건 그 직후였다. 네깟 것이 뭘 안다고 깝죽거리느냐는 힐난이 담겨 있었다. 황 풍수는 득량 쪽은 거들떠보지도 않고 오가에게 산서에 나와 있는 기초적인 말씀을 풀어놓았다.

"부인의 병은 이 산소로부터 비롯되었소. 지금 당장 이장하시는 게 좋겠소. 마침 내가 봐둔 자리가 평양 변두리에 있소. 굳이 산을 사지 않더라도 쓸 수 있는 자리요. 사례에 연연하지 않겠소. 50원만 내시오. 후대에 영화가 있으리다. 이런 기회가 더는 생기지 않을 것이오."

황 풍수는 득량이 있는데도 돈 얘기를 스스럼없이 꺼냈다. 50원이면 쌀 열 가마값으로 시골에서는 적지 않은 돈인데도 마치 헐값에 잡아준다는 투였다.

"황 풍수님, 이 자리가 좋지 않은 자리라는 건 알겠는데 부인의 병이 이 산소 때문에 생겼다는 건 왜인지요?"

득량이 캐고 들었다.

"젊은 사람이 따따부따 나설 일이 아니네. 뭐라고 설명해줘 봐야 알리도 없을 테고. 크음."

득량보다 10년 가량밖에 위가 아닐 법한 황 풍수가 나이 연만한 척했다.

"아니오. 젊은 선생, 선생의 말씀을 들어보고 싶소."

그때 주인 오가가 나섰다.

"이런 자리를 산비수거(山飛水去)라 합니다. 등산(登山)에 견일수지사류(見一水之斜流)면 퇴관실직(退官失職)하고 입혈(入穴)에 견중산지배거(見衆山之背去)면 실정이향(失井離鄕)이라 했지요."

득량이 산서《설심부》를 인용했다.

"무슨 뜻이오?"

주인 오가가 반갑게 물었다.

"산에 올라보아 물이 기울어 흘러가면 관직을 잃고 혈판에서 볼 때, 뭇산이 등지고 달려가는 것처럼 보이면 마시던 우물을 잃고 고향을 떠나는 신세가 되지요."

"이장을 하란 말씀 아님메?"

"이장하는 게 좋기는 하겠으나 이 때문에 부인의 몸에 병이 붙은 건 아니라는 말씀입니다."

득량이 뻣뻣하게 나왔다.

"흉하다면서 웬 소리야!"

황 풍수가 골을 냈다.

"참 난처합네다. 황 선생님, 며칠 말미를 주시오. 문중 어른들과 상의해서 곧 가부간에 결정하겠습니다."

그들은 산을 내려왔다. 황 풍수는 입이 나와서 기와집으로 갔다.

"어찌 되었소?"

"이장을 하는 게 옳을 듯합네다. 황 풍수도 그렇고 이 젊은 선생 말도 그렇고. 한데 선친의 유언이 있어서 그게 아무래도…."

오가가 그제야 선친 얘기를 흘렸다.

선친은 어떤 일이 있어도 이장을 하지 말라 했단다. 혹 안다 하는 풍수가 보고서 이장을 권하면 절대 그 말에 혹하지 말고 물리치라는 것이었다. 가세가 기울어 망해 나가는 한이 있더라도 묘만은 건들지 말랬다고 한다.

"허허, 그것 참 기이한 유언이오."

듣고 있던 편 대인이 각별한 관심을 보였다.
"우규 선생이 보기에 어떤 자리였는가?"
태을이 득량에게 물었다.
"산비수거하는 자리였습니다."
"이장을 해야 하겠다란 말이지?"
"그렇습니다, 선생님."
"으음, 여보시오 주인장! 내가 한번 가봤으면 하오."
태을은 예사로 넘길 자리가 아니라고 여겼다. 그처럼 읽을 만한 산서는 다 읽은 분네가 왜 그런 부장지에 묘를 썼으며, 또 이장은 왜 못하게 유언했던가가 못내 궁금했다. 안다 하는 풍수가 나서서 이장을 종용한다는 건 어찌 알았을꼬. 여기에는 어떤 숨은 뜻이 담겨져 있을 것만 같았다.
"그, 그러시려면 그러던지요."
오가가 다소 을밋을밋했다. 본인은 잘 모른다며 젊은이를 천거하던 어제 일이 상기된 때문이다. 한데 젊은이의 깍듯한 스승 대접도 그렇거니와 노익장의 언행에서 보이는 기품이 거절을 못하게 하고 있었다. 오가는 태을을 데리고 다시 한번 산행을 하기에 이르렀다. 편 대인도 득량도 동행했다.
묘를 둘러본 태을은 깊은 생각에 잠긴다.
이 자리는 산서 좀 읽었다 하는 사람이라면 절대로 쓰지 않을 나쁜 자리였다. 한데 평생을 공부하며 이 한 자리만 찾아서 썼다는 사람이 하필이면 왜 이런 흉지에다 자신의 묘를 잡았을꼬.
태을의 생각은 번개 같았다.
일단 이 묘에 묻힌 사람의 뜻을 존중할 필요가 있었다. 굳이 이런 자리를 택한 까닭과 뒷날에 이장을 하라고 종용하는 풍수가 나타나거든 절대로 말을 듣지 말라는 말을 유언으로 남겼다.

뭘꼬.

어떤 비밀을 숨기고 있을꼬.

그 생각에 몰두하자 다른 다소간의 의문들이 연달아 꼬리를 물었다. 태을은 뒷짐을 지고 봉분 주위를 배회하며 그 의문들을 붙들었다. 그러다 불현듯 말했다.

"주인장!"

"예."

"혹 선대인께서 혹시 《주역》을 많이 보셨소?"

"물론입네다. 숨어사는 선비셨습네다."

그렇다면 이 묘에 묻힌 사람의 뜻을 그대로 받드는 게 옳았다.

모든 무덤은 말을 한다. 고인돌은 선사시대 부족들의 규모를 말하고 만주벌판의 장군총은 제국의 위세를 웅변하며 명당은 적덕했음을, 흉지는 박복했음을 말한다. 여기 이 무덤 역시 말하고 있다. 저 무언의 말을 어떻게 해석해야 할까.

자신의 뼈를 이용해 자식들을 타향으로 내쫓으려 한 아버지⋯. 왜 그랬을까. 부자간에 이처럼 뼈에 사무치는 원한이라도 있었더란 말인가. 이것은 앙갚음이다. 그 외에 다른 말로 설명할 길이 없는 흉지가 아닌가. 부자간에 어떤 문제가 있음이다. 그렇지 않고서야 뼈를 묻어 자식에게 복수하는 것과 같은 이런 무시무시한 일은 도모하지 않았으리라. 대략 따져보니 한 세대, 30년 안에 나쁜 영향이 생길 자리였다. 10년이 지났으니 앞으로 20여 년 안에 사달이 생긴다. 그때는 무슨 수가 생기든 고향을 떠나 물이 빠져나가는 방향으로 멀리 이사해야만 하는 자리였다.

아⋯.

태을은 속으로 신음소리를 물었다. 고통스런 상지술이 아닐 수 없었다. 그는 조용히 입을 열었다.

"솔직히 털어놓으시오! 주인장, 선대인과 무슨 원한이라도?"

"무슨 말씀입네까? 부자유친이라는 말씀 그대롭네다!"

오가가 놀라자빠졌다. 태을은 의미심장하게 고개를 끄덕였다. 그러더니 갑자기 정색을 하고 묘 앞에 섰다. 태을은 그 자리에서 두번 절하고 물러났다. 살아서 한 번도 만난 적이 없는 촌로에게 당대 최고의 도인 태을이 예를 갖추고 나온 것이다. 오가는 고개를 갸우뚱했고 득량과 편 대인은 무엇에 홀린 양반이 아닌가 싶기만 했다.

"주인장, 여기 누워 계신 선대인은 뛰어난 달인이셨소. 말이 촌로지 실은 미래를 점치다가 가신 분이시오."

"무슨 말씀을 하시는 건지…."

늘 글을 읽었다지만 한낱 농사꾼으로 살다가 소리 없이 땅으로 돌아간 선친에게 예사롭지 않은 노익장이 과분한 찬사를 쏟아놓자, 오가는 뭐가 뭔지 분간이 가질 않았다.

"절대 이장하지 마시오. 선대인의 뜻을 받드는 게 옳소. 물을 말이 있소."

"무엇입네까, 선생님."

"몇 형제이시오? 적어도 둘은 되실 듯한데."

"맞습네다. 두 형제지요."

오가가 머리를 조아렸다. 이미 태을이 예사로운 사람이 아니라는 걸 알아차린 터이다. 이장을 권유해서 사례를 바라지도 않았고 그저 선친의 숨은 뜻을 캐려고만 애쓰던 사람이었다. 곧 그 뜻을 헤아렸던지 선친의 유언대로 하라는 말을 하고 있는 이 사람을, 오가는 일가붙이처럼 믿고 따르지 않을 도리가 없었다.

"이 자리는 형제 모두가 묘를 쓰고 30년 안에 고향을 떠나 살아야 하는 자리요. 이런 걸 이향사라 하오. 좌청룡이 날고 있는 자리는 큰아들이 고향을 뜨게 하고 우백호가 날고 있는 자리는 작은아들이 망하여 고향을 떠야 하외다. 우리 우규 선생이 본 그대로요. 이 묘를 쓴지 10년 되었다 했지요. 앞으로 20년쯤 지나면 형제 모두가 이 마을을 뜨게 될 날이 반드시 있을 것이오. 그때 가서 주저하지 말고 미리 떠나시오. 이 무덤이 말하고 있는 방향은 남쪽이고 거리도 아주 머오. 한강 이남이오."

20년쯤 뒤에 한강 이남으로 이사를 하라는 말이었다. 그건 태을의 말이 아니고 이 묏자리에 묻힌 사람이 자신의 묏자리를 통해서 무언으로 말하고 있는 바였다. 곧 땅의 말인 것이다. 이 땅의 말을 태을이 법술로 읽어내 해석하고 있는 것뿐이었다. 하면, 지금이 1930년이니 20여 년을 보태면 1950년 경인년 안에 이 마을을 떠나 한강 이남으로 내려가야 한다는 얘기였다. 그 안에 오가 형제에게 피치 못할 사정이 생긴다는 말이었다. 그걸 알고서 오가의 선친은 그때 이 마을을 반드시 떠나야만 하는 자리에 스스로 묻힌 것이다. 정말 귀신도 놀라 자빠질 법술이 아닐 수 없었고 그걸 읽어내는 태을 역시 신통한 법술을 지닌 사람이었다. 하지만 이게 어찌 법술로만 얻어지는 신통함이겠는가. 오직 그 사람이라야만 가능한 신명이었다.

"잘 알겠습네다, 선생님. 그럼 안식구의 병은?"

"그건 이 묘와는 아무런 상관이 없소. 전에 머리를 크게 다친 적은 없었소?"

태을이 오가를 추궁하고 나왔다.

"글쎄, 그, 그게…."

오가는 말끝을 가무리다가 10여 년 전에 있었던 부끄러운 과거를 실

토해놓기 시작했다. 꿰뚫어 보는 듯한 태을의 시선에서 놓여나질 못한 것이다.

그는 한때 노름에 미쳤었는데 땅문서까지 내가자 부인이 팔을 걷어붙이고 매달렸다. 그래도 듣질 않자 노름방에까지 쫓아가서 말리고 들었다. 날린 돈이 상당해서 제풀에 화가 치민 터라 오가는 장작개비를 들어 부인의 정수리를 내려쳐 버렸다. 부인은 그 자리에서 피를 토하고 쓰러졌다. 그제야 눈이 제대로 돌아온 오가가 방금 자신이 무엇을 하고 있었던가를 깨달았다. 눈에 번갯불이 일었다. 죽는 줄로만 알고 뜨끔했으나 다행히 자리를 털고 일어났다. 그리고 며칠이 지나자 부인은 아무렇지도 않게 되었다. 그렇게 몇 년이 흘렀다. 부인은 머리에 바람이 든 것처럼 무겁고 어지럽다는 말을 하기 시작했다. 사람이라는 게 참으로 염치없는 족속이었다. 장작개비로 후려친 건 생각지도 않고 공연히 딴 생각만 해오다가 결국엔 묏자리 탓을 하기에 이르렀으니 미욱한 중생심이 아닐 수 없었다. 바로 이런 틈을 노리고 들어오는 틈입자(闖入者)가 이른바 작대기 풍수라고 일컬어지는 얼치기 풍수쟁이들이었다.

오가의 집을 나서면서 태을은 숨은 고수들에 대해서 생각했다. 다투어 이름내기를 도모하는 시절에, 과연 숨어사는 사람들의 깊은 뜻은 이렇구나 싶었다. 어차피 세상사람들은, 나 여기 있소, 라고 얼굴을 내보이면서 설치는 이들에게만 관심을 쏟을 수밖에 없었다. 그러나 정작 진짜 고수는 멀찌감치 떨어져서 조용히 웃고 있는 이들이었다. 그들이야말로 현자들이 아닐 것인가.

이틀 뒤, 일행은 평양을 둘러보고 있었다.
"고려 공민왕 때 신돈(辛旽, ?~1371)은 송도기쇠설(松都氣衰說)

을 들어 서경(西京, 평양) 천도를 주장했었지요. 지기(地氣)가 그렇게 쇠해지는 겁니까? 한양도 지기가 쇠해져서 일본에게 나라를 잃었다고 하잖습니까?"

득량이 중요한 것을 물었다.

"나무는 땅에 뿌리박고 잘 살지 않던가? 지기가 쇠했다 함은 땅을 말함이 아니고 기득권층의 부패를 말함일세."

태을이 예리하게 짚어줬다.

"그렇죠? 혁명세력들은 항상 기득권층의 뿌리를 흔들어놓고 자신들의 꿈을 펼치기 위해서 천도를 주장하고 나오지요. 만일 신돈의 평양 천도론이 성공했다면 고려가 좀더 오래 갔을 겁니다."

"허허허, 우리 젊은 선생이 대단하다."

편 대인이 득량을 칭찬하고 나왔다. 태을은 많은 유적들 가운데 굳이 능묘 쪽으로 일행을 이끌었다.

"이곳 강서와 용강, 그리고 남포 일대에 있는 고구려 고분군(古墳群)을 놓칠 수 없지. 만주에서 본 것들과는 또 다를 테니까."

일행은 대동강 나루에서 나룻배를 타고 아래쪽으로 흘러 내려갔다. 역사의 강을 따라 가는 길이어서일까. 드센 팔뚝으로 노를 젓는 사공이 고구려 무사의 기상을 품고 있는 것만 같았다. 나룻배는 진남포에서 멈췄다.

강서대묘.

일행은 시커멓게 입을 벌리고 있는 돌의 문 앞에 섰다. 준비해온 횃불에 불을 당겨들고 안으로 들어갔다. 남쪽 한가운데로 나 있는 연도(埏道)는 3미터가량 되었고 안으로 들어갈수록 좁아져서 급기야 후실 앞에 이르러서는 몸을 숙여야만 했다. 돌 문턱을 넘으니 곧 장방형의 석실이 나왔다. 본래 이 돌 문턱을 의지해 쌍닫이 돌문이 있었던 듯한

데 누구의 손에 의허선지 파괴되어 버리고 없었다.

돌의 방.

가로 세로 높이 모두가 3m는 넘어 보이는 돌로 된 방이 나타났다. 횃불이 일렁이면서 그림자가 흔들렸다. 네 사람의 그림자이건만 무덤 속 벽면에 엉겨 붙게 되니 야릇한 귀기(鬼氣)마저 띠고 있었다.

비어 있었다.

주인이 누구인가를 알 수 없는 무덤 속은 텅 빈 채로 검은 허공만 가둬놓고 있었다. 그 시커먼 허공을 득량의 손에 들려진 횃불이 삽시에 빨아들였다. 시커먼 허공은 네 사람의 그림자에 숨어서 횃불에 먹혀들지 않으려고 몸브림을 치고 있었다. 그것은 어쩌면 이 석실에 묻혀 있던 고구려 사람의 혼령인지도 몰랐다. 그는 아마도 귀족이었거나 왕이었을지도 몰랐다. 그러나 1400여 년의 깊은 잠은 깨어지고 머리맡에 두었던 부장품들은 도적들의 손에 들어가고 말았다. 그리하여 빈 돌의 방만 덩그렇게 남아 있을 뿐이었다.

"횃불을 벽면 가까이에 대게."

스승 태을의 말이 돌의 방 속에서 야릇하게 울렸다. 무덤 속이어서 일까. 스승 태을의 목소리는 귀신의 음성처럼 떨리고 있었다. 득량이 동쪽 벽 가까이로 횃불을 들이댄 직후였다.

"앗! 청룡이로다!"

그렇게 외친 이는 편 대인이었다. 용이 살아서 꿈틀댔다. 횃불을 움켜쥔 김 기사의 손이 파르르 떨렸다. 청룡은 벽면을 타고 내려오고 있었다. 머리를 치켜들고 커다란 눈을 부릅떠서 네 사람의 침입자들을 노려보고 있었다. 입을 벌려 붉고 기다란 혀를 내민 청룡은 네 다리를 뻗쳐서 뛰어내려올 기세였다. 뱀처럼 꿈틀거리는 몸통, 위로 뻗어 올린 꼬리는 스스슥—, 바람을 갈랐다. 오색이 영롱한 비늘들이 온몸을 덮었고 가슴에는 불꽃이 휘날렸다.
 그것은 너무도 생동감 넘치는 벽화였다. 반듯한 석벽에 그린 채색화였다. 벽화는 서쪽 벽면에도 있었고 남쪽, 북쪽 벽면은 물론 천장에도 있었다. 서쪽에 있는 벽화는 백호였고, 남쪽에는 주작, 그리고 북쪽에는 현무가 꿈틀거렸다. 사신도(四神圖)였다.
 컴컴한 무덤 속에서 나와 광명천지의 태양 아래 섰다. 천몇백 년이라는 시간여행에서 돌아온 뒤라서인지 머리가 멍했다. 환상적이라고 밖에 말할 수 없을 사신도가 살아서 대지 위로 날아올랐다. 청룡은 왼쪽 산맥이 되고 백호는 오른쪽 산맥, 그리고 주작은 앞산, 현무는 뒷산이 되어 사람의 마을을 감싸고 있었다. 그리하여 이 사신이 먹는 바람과 물이 혹은 가둬지고 혹은 흘러서 대지를 널어놓고 있었다. 어머니의 품과도 같이 포근하고 생명력 넘치는 터알이 그 가운데에 자리잡고 있었다. 사람들이 그런 곳을 명당이라고 불렀다.

 덕흥리 무학산 쪽으로 걸었다. 남쪽 기슭에서 산역을 하는 사람들이 보였다. 이 강서군 덕흥리의 무학산 남쪽 기슭에는 무수한 고분군들이 산재해 있었다. 이런 곳에 묘를 쓰는 것은 위험천만한 일이었다. 이미 쓴 묏자리 주위에 묘를 쓰게 되면 조상의 음덕이 끊겨버린다고 알려져 있었다. 그런데도 굳이 묘를 쓰는 걸 보니 형편이 딱한 모양이었다.
 머리에 포마드를 발라서 번질번질한 신사 하나가 산역을 감독하고 있었다. 한쪽에는 휘장까지 쳐놓고 있었다.
 "묘를 쓰기 위해 하는 산역이 아닙니다."
 태을이 편 대인에게 일러줬다.
 "허면?"

편 대인이 물었다.

"저놈들은 왜놈 도굴꾼들이외다. 고분을 마구 파헤쳐서 부장품들을 챙겨가는 놈들이지요. 경찰들과 선을 대고 있어서 공공연하게 판을 벌이고 있는 겁니다."

태을이 진작부터 아는 바가 있었던지 소상히 말했다.

"저런 쳐죽일 놈들! 나라를 빼앗더니 이제는 조상들 무덤까지 짓밟고 나서는군. 저런 후레자식들을 내가 그냥!"

편 대인이 불끈 화를 내더니 도굴현장으로 쫓아갔다. 태을과 득량이 말릴 사이도 없었다. 편 대인은 다짜고짜 왜놈 신사 앞에 다가서서 호통을 치기 시작했다.

"네 이놈! 너희 섬나라 쌍것들은 조상도 섬기지 않느냐? 천벌을 받고 말 놈들! 어디라그 감히 옛 선인들의 능묘를 파헤치느냐!"

편 대인은 벌써 일본인 신사의 넥타이를 말아 쥐고 있었다. 흰 양복 차림은 느닷없이 내달아온 백발노인의 손아귀에서 벗어나려고 엉거주춤 뒤로 물러났다. 그 사품에 금테안경이 달아나 버렸다. 그는 숨넘어가는 소리로, 부리는 사람들을 불렀다. 휘장 그늘 아래서 골동품들을 손질하며 앉아 있던 젊은 사내 둘이 달려들어서 편 대인을 떼어놓으려고 기를 썼다. 인부들은 괭이질을 멈추고 우두커니 구경을 하는 풍경이었다. 두 사내는 왜놈들이었고 인부들은 조선인들 같았다.

"이 노인, 죽고 싶소!"

편 대인의 완력이 드세어 좀처럼 떼어놓을 수가 없자 급기야 젊은 사내 하나가 육혈포를 꺼내 편 대인의 관자놀이에 들이댔다. 하지만 편 대인은 전혀 기세가 꺾이지 않고 왜놈 신사의 멱살을 잡아 흔들었다.

"탕—."

총소리가 한낮의 공기를 찢었다. 태양이 잠시 눈을 감은 듯 어두웠다가 다시 밝아졌다. 뒤쫓아오던 태을과 득량의 가슴이 철렁 내려앉았다. 인부들도 왜놈 신사도 눈이 휘둥그레졌다. 멱살을 움켜쥐었던 편 대인의 손이 시부저기 풀렸다. 얼굴이 새파래진 편 대인이 장승마냥 넋을 놓고 서 있었다. 다행히 총알이 머리에 박히지는 않았다. 공포를 쐈던 것이다.

"늙은인 뭐요!"

그제야 일본인 신사가 안경을 주워 걸치면서 가소롭다는 표정을 드러냈다.

"……."

편 대인은 창망한 나머지 아무런 말도 못하고 있었다. 육혈포 터지는 소리 한 방이 그처럼 협협하던 대인의 기질을 잠재운 것이다. 편 대인은 그처럼 순진한 산사람이었다. 귓가에서 천둥소리가 울렸으니 그러는 것이 당연했다.

태을이 나섰다.

"점잖은 분 같으니 한마디하겠소. 우리 조선인들이 조상 섬기기를 하늘 떠받들 듯 한다는 건 선생도 잘 알 것이오. 이 분은 산에서 살면서 예를 숭상하고 기도에 열중하는 어른이시오. 마침 이곳을 지나면서 젊은 선생이 무덤을 파헤치는 광경을 목격했으니 이 어른이 이처럼 나서신 거요. 선생이 한낱 도굴꾼 잡배가 아니고 예의를 중시하는 사람이라면 백주에 남의 무덤을 파헤치는 이런 불경스런 일은 절대 하지 않을 것이오!"

부드럽지만 논리와 설득력이 있었다. 부끄러움을 갖게 하기에 충분했다.

"이 작자들, 이거 불령선인들 아냐, 떠돌이냐?"

신사 대신 젊은 사내가 나섰다. 도굴꾼을 모시는 주제에 경찰 행세까지 하려 들었다.

일정한 주소나 생업이 없이 떠도는 사람은 경찰법 처벌령 중 제1항에 의해 붙잡아들여 구류를 살게 하는 시절이었다. 이른바 부랑자 취체령이었다. 이 부랑자 취체령에 걸려들어 구류를 사는 조선인은 경찰서마다 수두룩했다. 같이 부랑자지 만만하면 죄다 붙들어 가뒀다. 왜정에 불만을 품은 지식인들이나 민족주의자들을 옭아매 넣는 구실이 됐던 것이다. 이런 조치는 일본 헌병들이 조선인들을 죄다 범인으로 간주하려는 발상에서 비롯되었다.

"말을 삼가시오! 난 정득량이라고 하는 경성제국대 법학부 학생이오. 선생님들을 모시고 여행다니는 중이오. 만약 당신들이 이런 짓을 하고 있다는 걸 경성 경무총감부에 알리면 좋지 못할 것이오!"

모처럼 득량이 허세 아닌 허세를 부렸다. 초장에 기를 꺾어놓지 않으면 일이 잘못 꼬일 여지가 있다고 봤기 때문이다. 자칫 경찰서에 연행돼 가서 좋을 건 하나도 없었다. 수색 당해봐야 나오는 건 패철 하나에 책과 옷가지 따위가 든 등짐이 전부이긴 했다. 그러나 놈들이 무슨 허물이나 죄가 있어서 사람을 가두는 게 아닌 시절이었다. 밉게 보이면 무작정 가둬놓고 보는 수작들이었다.

"피차 상관할 일이 아닌 듯하군. 곱게 보내줄 때 어서 가던 길이나 계속 가시오!"

득량의 행색을 훑어보던 신사가 여유만만한 표정으로 말했다. 그래도 경성제국대 법학부 학생이라는 말에 조금 주눅이 들었던 것이다. 그러지 않고서야 자신의 멱살을 쥐고 드잡이한 사람 일행을 곱게 보내줄 리가 없었다.

"대인 어른, 그만 가시지요. 뒷일은 지하에 계신 영령들에게 맡겨야지요."

 태을의 말에는 가시가 돋쳐 있었다. 무덤을 건드려 부장품을 챙기는 네놈들을 귀신이 가만두지 않을 거라는 으름장과 다름없었다.

 죽는 걸 저 세상으로 돌아가는 것으로 알았던 이 땅 사람들이었다. 이승의 삶이 다했대서 그것으로 끝이 아니었다. 저 세상으로 돌아가면 거기에는 또 다른 삶이 기다리고 있으리라고 믿었다. 그래서 이승에서 쓰던 물건들, 이를테면 그릇들이나 장신구 따위를 무덤에 가지고 들어감으로써 돌아가는 저 세상 삶에 대비하고자 한대서 부장품을 묻는 풍습이 생겼다. 부장품 가운데는 귀한 보물들뿐만 아니라, 생전에 타던 말이나 심지어는 부리던 종들까지 함께 묻는 예도 있었다. 순장제도가 그것이었다.

 일본인들은 이처럼 부장품이 들어 있는 고분들을 노렸다. 굶주린 스라소니나 여우, 살쾡이와 다름없는 치들이었다. 그래서 호리(狐狸)꾼들이었다.

 은율평야에서 돌출된 구월산은 일찍이 단군이 도읍한 아사달산(阿斯達山)으로 알려진 명산이다. '아사'는 아침의 옛말이며 '달'은 응달, 양달 할 때의 달로서 벌판을 뜻한다.

 스승 태을이 그렇게 자주 거론하고 흠모하던 자하도인의 처소는 냉천리에서 구월산 정상으로 가는 지점이었다. 구월산은 아래서 보는 것과는 딴판이었다. 산의 속살에 파고들수록 협곡도 깊고 수림이 울창해서 장엄한 맛을 지녔다.

 "다행이 늦지는 않았군요."
 "서두른 보람이 있네."
 정갈한 초막에 들어서자 머리끝에서 발끝까지 온통 하얀 노인이 자리에 누워 있었다. 기편에 눈길을 주며 누운 이는 살아 있는 신선 그대로였다. 박 처사나 편 대인의 풍모와 비교할 수 없을 정도였다. 꼭 신선도에서 본 모습이었다.

"선생님, 소생 진태을 이제야 문안 여쭙니다."

"저 편가올습니다."

태을이 절을 올리려고 뵙기를 청하자 도인은 말없이 손을 들어 말렸다. 태을과 득량이 부축하여 몸을 일으켜 앉혔다. 도인은 물끄러미 득량을 응시했다. 잡티 하나 없는 얼굴이 은색 머리칼과 수염 속에서 고매한 인상을 풍겼다.

"소생의 제자 정득량입니다."

태을이 말해주자 묵연히 응시하던 두 눈에서 눈물이 흘러내리기 시작했다. 사람의 눈물이 아니라 흡사 자작나무 숲 사이로 흐르는 개울물 같았다. 노인의 은백색 수염은 자그마치 120여 년을 살아온 해묵은 자작나무 숲이었고 뽀얀 볼 위로 흐르는 투명한 눈물은 벽계수(碧溪水)였다.

무슨 뜻일까.

모두가 궁금한데 도인은 끝내 입을 열지 않더니 자리에 누워 잠에 빠졌다. 팔 다리가 너무 야위어 학과 같았다. 태을과 편 대인은 다리를 주물러드렸다. 얼마나 지났을까. 해가 이울어 곰털 같은 어둠이 기웃거리고 있었다. 일행이 배낭에 든 먹을 것을 풀어놓지도 못하고 옆자리를 지키는데 끙―, 소리를 내며 도인은 몸을 일으켰다. 수면으로 얼마쯤 기운을 회복한 듯했다.

"목욕 좀 하고 오려네. 그대로들 있게나."

"물이 차갑습니다."

도인은 아랑곳없이 허허롭게 처소를 빠져나갔다.

"곧 선화(仙化) 하실 모양입니다."

이제 누구를 의지한단 말인가. 하긴 자신도 다 저물어가는 삶이었다. 태을은 쓸쓸하게 득량을 쳐다보았다.

한 식경 뒤, 깔끔한 모습으로 돌아온 도인은 관솔불 아래 모인 네 사람을 일일이 바라보았다.

"그대들에게 한 곡조 불어줘야 하겠네. 만남에 음악이라도 있어야 하니까."

도인은 도포자락에서 희고 작은 피리를 꺼냈다. 학처럼 앉아서 피리를 불었는데 일찍이 들어보지 못한 곡이었다. 슬픈 듯하면서도 묘한 흥이 이는 신비한 소리였다. 꿈을 꾸고 있는 느낌이었다.

곡이 끝나자 모두 머리를 숙였다. 몸만 편찮으시지 않다면 밤새 취하고 싶은 신선들의 음악이었다.

"이거 학 다리로 만든 뼈피리야. 오래 살 사람이 갖게."

그러면서 득량에게 건네는 것이 아닌가. 득량은 좌중을 둘러보았다. 태을이 어서 받으라고 눈짓했다. 득량은 피리를 받아 들고 머리를 숙였다.

"나, 그만 갈 시간 됐네."

꼭 어디 약속이 있는 사람처럼 담담했다.

"남기실 말씀이 있습니까?"

"없네."

"이 땅은 언제 광명을 되찾는 건가요?"

"이제 초저녁인 걸. 아직 어둠도 채 여물지 않았잖은가. 잘들 있게들."

자하도인은 몸을 일으켰다. 그는 바람처럼 초막을 빠져나갔다. 추석을 지나 그믐으로 치닫고 있던 무렵이어서 달빛 한 줄기 비치지 않는 어둠 속으로 사라졌다. 모두가 황급히 뒤를 밟았지만 어디로 갔는지 알 수가 없었다. 분명 초막 위로 난 소로를 탔을 것인데 흔적을 감췄다.

"선생님!"

메아리만 되돌아왔다. 외침도 멎고 사방에 정적이 감돌았다.

우― 우―, 숲 속 어디선가 산짐승 우는 소리가 들렸다.

날이 밝자 모두가 나서서 산을 뒤지기 시작했다. 아무런 흔적도 없었다. 혹시 시신을 거두면 천하 명풍 진태을이 구월산 정혈에 모실 생각이었으나 끝내 찾을 수가 없었다. 하긴 흔적을 남겼다면 자하도인이 아니다. 신선이 됐건 안 됐건 이런 도인이라면 아무도 모르는 곳에 돌아갈 문을 만들어놓았을 터였다. 하늘과 땅과 사람의 삼중주를 아는 도인이 감쪽같은 비밀의 문을 모르겠는가.

"태을장, 잘 가시게. 내가 여기 남겠네."

편 대인이 문설주에 자하도인의 손때만 반질거리는 구월산 초막에 남기로 한 건 의외였다. 그에게는 이미 묘향산 단군굴이 있었고 두 제자가 스승을 기다리고 있었기 때문이다.

편 대인과도 마지막 이별일 터여서 태을은 쓸쓸했다.

큰 별이 지다

"구월산 연변은 제대로 원국을 지은 터일세. 나중에라도 크게 쓰일 곳이야. 자, 그럼 도선국사와 왕건의 작품이자 풍수의 도성이랄 수 있는 개성으로 가볼거나."

세 사람은 산을 내려와 자동차로 개성을 향해 달렸다.
노인의 건강은 아무도 모른다. 아무리 도인의 풍모를 지닌 스승 태을이지만 개성에서 만월대와 선죽교, 도학자 서경덕이 안빈낙도한 화담을 둘러보다가 그만 병이 생기고 말았다. 식은땀이 흐르고 으스스한 추위를 탔다.
병원에 들렀더니 몸살이라고 했다. 기력이 쇠해졌고 피로가 누적된 탓이었다. 사흘간 입원치료를 받아야 했다. 득량은 충격을 받았다. 천하의 진태을이 몸살을 앓다니. 서리한 눈빛은 여전히 빛나는데 늙은 몸은 기력을 잃고 있었던 것이다. 지난 겨울에 시작해서 이 만추까지 거의 1년 가까이 팔도강산을 떠돌았다. 더구나 칠순의 연세가 아닌가. 사람 몸은 금강석이 아니었다.
"우규 선생. 내가 선생께 부탁이 있네."
사흘 뒤, 기운을 차린 스승 태을이 득량의 손을 부여잡았다.
"말씀하세요, 선생님."
"나하고 임진강가에서 술을 좀 마셔야겠네."
"괜찮으시겠어요? 그건 부탁이 아니죠."
"그리고 또 있네. 임진강을 건너면 내 고향집 남원으로 곧장 데려가 주시게. 더 봐야 할 곳이 아직 많이 남았네만 나중에 기회를 보세."
태을은 간절한 눈빛을 해보였다.
"그래요, 선생님. 이대로 계속 다니시는 건 무립니다."
"고마우이."
임진강 옛 나루터에는 아직도 주막집이 있었다. 새로 지은 깨끗한 여관도 있는데 태을은 굳이 그곳에서 묵어가기를 바랐다. 가서 보니 주모와 오뉘처럼 친한 사이였다. 주모는 과거에 큰 은혜를 입었다며 귀빈대우를 했다.

"나룻배 하나 구해주게. 매운탕에 술도 준비해주고."

몸이 불편하신 양반이 뱃놀이를 자청했다. 김 기사는 주막에 있도록 했다. 득량에게 뭔가 할 말이 있는 눈치였으므로 김 기사는 섭섭하게 생각하지 않았다.

"이 강물이 눈물의 강이요, 핏물의 강이로다. 시주임강(釃酒臨江)이라던가. 술을 걸러 강에 다다랐으니 강신(江神)에게 먼저 술 한 잔을 올리세."

태을은 술병을 들어 나룻배 고물 밖으로 술을 뿌렸다.

"우규 선생부터 한 잔 받게나."

"아닙니다. 제가 올리겠습니다."

"이 술 먼저 받지 않으면 훗날에 후회하리."

결국 득량이 먼저 잔을 받고 스승 태을께 따라 올렸다. 술잔을 비우면서 태을은 철철 눈물을 흘리고 계셨다. 자하도인 때문일까. 이 강물이 눈물이라고, 아니 핏물이라고 여겨서일까. 지켜보는 득량은 속이 쓰렸다.

"선생님! 왜 그렇게 슬퍼하세요."

"아닐세, 우리 우규 선생. 청산에 들어가 화전(火田)을 일구더라도 자신만의 인생길을 가시게. 고달프고 알아주는 이가 없어도 자신의 인생을 즐길 줄 아는 이가 진정한 도인일세. 험한 세상에 험한 꼴 적게 보고 무리 없이 인생을 즐기도록 하게. 자신이 할 수 있고 없는 일을 알면 인생이 즐거우리."

태을은 여전히 눈물을 흘리며 읊조렸다. 득량은 스승 태을의 말씀이 이상하게 받아들여졌다. 꼭 다시 못 볼 사람을 마지막으로 대하는 투였다.

이해할 수 없는 일은 다음날에도 이어졌다. 주막집에서 잠을 자고 아침에 자동차로 다리를 건넜는데 겨우 강 하나를 건너고서 다시 나루터를 찾았다.

"어제는 북녘 강나루에서 묵었으니 오늘은 남녘 강나루 주막에서 묵어가세."

"예? 몸이 편찮으니 얼른 돌아가시자면서요?"

김 기사가 어안이 벙벙하다는 기색을 보였다.

"왜, 안 되겠는가? 그렇다면 남양 홍씨네 묘라도 구경하고 가던지."

"아닙니다. 선생님 원하시는 대로 하세요."

득량이 나섰다.

"고마우이. 진종일 임진강물이나 실컷 보면서 한시름 잊고 싶어서 그러네."

어제 종일토록 바라본 강물이었다. 도대체 이 임진강에 무엇이 있다고 저러시는 걸까. 북쪽에서 보는 강물과 남쪽에서 보는 강물이 뭐가 다르랴.

넘실넘실 흘러서 서해로 몸을 섞는 이 강물에다 암울한 시대를 관통해온 노인의 한 생을 씻어내기라도 하는 듯 스승은 강물 속에서 나룻배를 저었다. 오늘은 술은 들지 못했다. 몸이 쇠약해져서 간밤에 술병을 얻은 탓이었다.

득량은 밤새 악몽에 시달렸다. 임진강은 거대한 한 마리 황룡이 되어 꿈틀거렸다. 사람들이 용에 올라타고 뭔가를 박아댔다. 가까이 가서보니 용의 척추에 쇠말뚝을 박고 있었다. 일본사람들이었다. 용은 몸부림치다가 힘을 잃고 널브러져 버렸다.

안 돼, 안 돼, 울부짖다가 잠에서 깼다. 흉몽이었다. 스승이 위태로운 것일까. 황급히 옆자리를 살폈다. 그런데 자리가 비어 있었다. 득량은 여명이 어린 창호지문을 박차고 밖으로 나왔다. 스승 태을은 안개 짙은 새벽 강에 나와 담배를 태우고 있었다.

새벽밥을 청해 먹고 곧바로 남행했다. 한강을 건너고 대전을 지나 전주까지 지나쳤다. 득량이 웬만하면 전주 본가에 들러 쉬어가자고 했지만 스승 태을은 아니라며 남행을 독촉했다. 요즘 스승의 거동은 전에 봐왔던 것과는 사뭇 달라서 득량은 당혹스러웠다.

남원 동쪽 교룡산을 넘어 풍악산 낙맥 응봉 근처가 스승 태을이 태를 묻은 곳이었다. 대산면 대곡리였다. 좌우와 뒤가 장풍이 잘 된 터였고 앞쪽 멀리로 요천이 흘렀다.

스승은 마을로 가지 않고 봉황대(鳳凰臺)에 올라서 무너지듯 주저앉았다.

"다 왔구나."

"네?"

득량은 자신의 귀를 의심했다. 스승 태을이 앉은자리에는 묘는커녕 쓰러져 가는 원두막 한 채도 없었다.

그런데 다 왔다니.

"진기도이사자(盡其道而死者)는 정명야(正命也)요 질곡사자(桎梏死者)는 비정명야(非正命也)라."

그 도를 다하고 죽는 자는 정명이요, 형벌로 죽는 자는 정명이 아니다. 태을은 《맹자》 진심장구에 나오는 말씀을 읊조렸다. 왜 그런 말씀을 하시는가.

스승 태을은 바위등걸에 기대어 곧게 다리를 뻗고 앉았다.

하늘을 찢는 대성통곡이 득량의 입에서 터져 나온 것은 잠시 뒤였다. 스승 태을은 앉은 그 자리에서 그대로 운명했다. 달리 유언도 없었고 단말마의 신음도 없었다. 그저 아래로 굽어다 보이는 마을을 평화롭게 바라보다가 소리 없이 잠들어간 것이다. 그 마을이 스승 태을의 고향 대곡리 상대마을이었다.

"선생님!"

아무리 소리쳐도 스승 태을의 잠이 깨어날 까닭이 없었다.

"전, 전 어떡합니까! 이렇게 벌써 가시면 전 어떡합니까! 이제 겨우 걸음마를 배운 저는 어떡하란 말씀입니까!"

그때였다.

눈물이 범벅된 득량의 흐릿한 시야로 거대한 봉황 한 마리가 날아들었다. 봉황은 스승 태을이 앉아서 죽은 바로 그 자리로 스며들었다. 그 자리는 스승 태을이 맨 마지막으로 보여준 명당자리, 봉황귀소혈(鳳凰歸巢穴)이었다. 9만 리를 날아오르다가 둥지로 돌아오는 형국의 대지였다.

《풍수》 제5권 〈인간의 대지〉로 계속